古典詩歌研究彙刊

第十七輯

龔鵬程 主編

第 3 冊

白居易的詩歌創作與中國佛學

鄒 婷 著

國家圖書館出版品預行編目資料

白居易的詩歌創作與中國佛學／鄒婷 著 -- 初版 -- 新北市：花
木蘭文化出版社，2015〔民 104〕

目 2+222 面：17×24 公分

（古典詩歌研究彙刊 第十七輯；第 3 冊）

ISBN 978-986-404-071-1（精裝）

1.（唐）白居易 2.唐詩 3.詩評

820.91   103027247

ISBN-978-986-404-071-1

9 789864 040711

古典詩歌研究彙刊
第十七輯 第 三 冊   ISBN：978-986-404-071-1

白居易的詩歌創作與中國佛學

作　　者	鄒　婷
主　　編	龔鵬程
總 編 輯	杜潔祥
副總編輯	楊嘉樂
編　　輯	許郁翎
出　　版	花木蘭文化出版社
社　　長	高小娟
聯絡地址	235 新北市中和區中安街七二號十三樓
	電話：02-2923-1455／傳真：02-2923-1452
網　　址	http://www.huamulan.tw 信箱 hml 810518@gmail.com
印　　刷	普羅文化出版廣告事業
初　　版	2015 年 3 月
定　　價	第十七輯 14 冊（精裝）台幣 22,000 元

白居易的詩歌創作與中國佛學

鄒　婷　著

作者簡介

鄒婷，1980 年生，文學博士，現任職於蘇州市職業大學教育與人文學院，主要研究方向為中外比較文學研究，並涉獵文學人類學、文藝學等領域。發表論文《從接受美學看「哈利·波特現象」》、《「何人知此義，唯有淨名翁」——白居易對大乘佛教的思想選擇》、《從「歎老」到「喜老」——試析白居易的生命意識及其與佛教的關係》、《白詩「淺切」與「俗」之重探》、《奧賽羅殺妻之謎新解》等論文。

提　要

　　中唐著名詩人白居易，其交遊、思想、詩文都與佛教有著密切的關係。本文以白居易的文本為研究對象，將其置於中唐儒、釋、道三教並行以及中國的佛禪思想最為盛行的文化歷史語境下，以比較文學的方法，從主體性選擇、宗教心理學、文本的分析、詩學思想等方面來論述白居易最終選擇佛教信仰的歷程和其人其詩與中國佛學之間千絲萬縷的聯繫。

　　全文共分為引論、正文和結語三個部分。引論部分簡單回顧了中國學界白居易研究的發展概況和現狀，簡述了本文的寫作構想。

　　正文部分由六章組成。第一章探討白居易對佛教的主體性選擇，即從白樂天到晚年自封「香山居士」、「佛弟子」，白居易在歸依的漸進過程中也經歷了一個思想選擇的過程：從早年對佛教的隨性接觸與認識到因貶謫江州等生活變遷對佛教有親身的體認並產生了居士情懷；隨著他對大乘佛理的深刻領悟、居士情懷的日愈深厚，他又將儒、道（老莊與道教）思想融合到自己以佛教指導生活、嘗試居士修行的生活實踐中；晚年重修香山寺的完成也成就了其居士之名。而這個轉變過程都在白居易的詩文中得到了反映。

　　第二章從宗教心理學的角度結合白居易的生平及其創作來分析探討白居易皈依佛教的過程中其宗教意識的發展過程以及他在以佛教為「個人信仰」的過程中對傳統的儒、道（老莊與道教）思想所作的選擇。從艱難多故的童年、「三登科第」到「志在兼濟」十年仕途生活（公元 772 年～ 815 年冬），從貶謫江州、忠州量移的仕途轉機到離京外任（公元 815 年冬～ 826 年），從再次短暫的歸朝擢任到求分司東都以終老（公元 827 年～ 846 年），白居易經歷了抽象意義上的「外在宗教意識的形成——遵守型宗教意識——內在型宗教意識——自決型宗教意識」這一發展模式；同時，表現詩人錯綜複雜的情感和思想的詩文則呈現了白居易作為個體人所經歷的與時代、社會、文化、個人性等密切相關的具有「個人特性」的歸依歷程。

第三章和第四章以白居易的文本爲立足點來探討其詩文中所蘊含的「主體意識及其自覺」與佛學之間的關係。第三章從白居易詩文中所經常表現的感逝歎老的主題出發，對詩人強烈的生命意識、自我意識與自省意識進行解讀。白居易的生命意識與自我意識使他在詩文中反覆表達了自己對時間流逝、生命短暫、命運蹉跎的感慨與執著自我的苦痛；與此同時，其自省意識與自我意識又促使他在感傷、痛苦中表現出對自我執著的超越。在與佛教逐步深入的接觸中，白居易的「主體意識的自覺」和自我反思得以強化，這促使他在肯定自我生命經驗的同時也超越了對自我的執著並在詩中表現了閒適逸老之情。這一轉變是在佛學思想的啓悟下完成的。第四章對白詩中所蘊藏的「主體意識的自覺」進行了深入解讀。對自我的極度關注和對人生無常的親身體悟使白居易在詩中表現出中唐詩人普遍所共有的對外物的「詩性佔有」。宇文所安所說的這種「個體意識」作用下通過詩文體現「個人特性」和風格的話語層面的「佔有」與白居易較早具有的人生無常的思想密切相關。「中人」意識與親身體認後形成並加深的人生偶然無常的思想使白居易更易於接受佛教思想。在佛禪之理特別是南宗禪的明心見性、「平常心是道」等思想的引導下，白居易以不同於傳統的「形式化（詩）」的表達方式對佛禪之理作出了個人化的詮釋。

　　第五章從佛學思想的角度探討白居易淺切平俗的詩風和他的「根情」思想。在佛禪啓發主體性思維和自主性意識的思想作用下，白詩所謂的「淺切平俗」的風格，其實是詩人主動自覺地追求實踐個人風格（即具有任性率眞「特性」的眞切自然）的外在表現；在此基礎上，其「詩者，根情、苗言、華聲、實義」的詩學觀點中所包含的對詩人主體意識的關注及對詩歌創作整體、辯證的認識等思想也表現出白居易的「根情」說與佛教整體、辯證的思維方式之間的聯繫。

　　第六章在分析白居易的情理觀的基礎上，探討了其被稱爲「廣大教化主」的深層原因及由此而顯現出的白居易對佛教的本質和實用性的深切把握。白居易的「廣大教化主」之名不僅表現在其詩中所展現出的包容豁達的品格和開闊詩境的創新，更爲重要的是在於詩人於詩中所表現的以佛理指導人生，在反思自我、直面人生問題時流露出的「情」「理」交融的眞實感悟和在實踐中領悟佛理而獲得的人生智慧。在挖掘佛教的內在價值和實用性的同時，白居易的人生也逐漸進入了全新的境界，而他對儒釋道思想的擇取與吸收並用也體現出中國文化深層的辯證理性思維方式的作用。

　　結語部分進一步強調了白居易以實用性爲原則融通儒、釋、道的思想，並運用中國佛學圓融無礙、方便任運的思想打通了文學創作與佛教信仰之間的界限。這不僅爲唐以後的崇佛文人將佛教思想融入個人生活提供了範本，而且也標誌著佛學思想在整體上已經逐漸溶入中國社會和意識形態傳統。

目次

引　論

　　白居易，字樂天，晚年自號醉吟先生、香山居士。他死後被諡爲「文」，因此後世又稱他爲「白文公」。白居易的祖籍是山西太原，〔註1〕自稱是秦朝大將白起的後裔。白氏是出自西域的胡姓。〔註2〕曾祖父時代，舉家遷居到下邽（今陝西渭南）。在白鍠任官河南時，白家寄居在鄭州新鄭（今屬河南）。〔註3〕白居易就出生在這裡。白居易的父親白季庚，明經出身，先後做過彭城縣令、徐州和襄州別駕。白季庚四十一歲結婚，夫人陳氏善良賢惠，頗有見識。白居易兄弟四人。其中一個弟弟白行簡，官至主客郎中，是文學史上有名的詩人和小說家。白居易生於唐代宗大曆七年（772），卒於唐武宗會昌六年（846）。其仕途經歷較爲明晰：貞元十六年（800）二月，二十九歲的白居易一舉登進士第（第四名）；貞元十九年（803），再登書判拔萃科（第三等），

〔註1〕關於白居易的祖籍，孟繁仁在《「太原白居易」考》中經過多方面的考證分析後指出，白居易的祖籍是山西太原。參閱《晉陽學刊》，1996年第4期，第98～103頁。
〔註2〕蹇長春在《白居易評傳》中指出，經過中外學者的努力探索，學術界對白氏出於胡姓（即白氏與西域之白或帛氏有關）的結論已經給予了認可。參閱蹇長春：《白居易評傳》，南京：南京大學出版社，2002年版，第1～19頁。
〔註3〕據蹇長春在《白居易評傳》中的考證，白居易出生在新鄭縣東郭里。他十二歲前的童年生活也是在這裡度過的。參閱蹇長春：《白居易評傳》，南京：南京大學出版社，2002年版，第20～26頁。

被授爲秘書省校書郎，爲朝廷校勘和整理圖書典籍，從此踏上仕途。元和元年（806）四月，白居易、元稹同登才識兼茂明於體用科。登科後，被授爲盩厔尉。元和二年十一月正式充任翰林學士。這是白居易仕途生涯上具有轉折性的一次任職。元和三年（808）四月遷左拾遺，依前充翰林學士。元和五年，改京兆府戶曹參軍，仍充翰林學士，草擬詔書，參預國家機要。元和六年至十年，白居易因丁母憂而罷官回鄉，服除回朝後授太子左贊善大夫。元和十年（815）八月，因「越職言事」被追貶爲江州司馬；元和十三年（818）十二月，白居易改任忠州刺史。元和十五年，他被召還長安，拜爲尚書司門員外郎。唐穆宗長慶元年（821），遷任尚書主客郎中，知制誥，進中書舍人，又轉上柱國。長慶二年（822），白居易請求外任，出爲杭州刺史。後又在短期內出任蘇州刺史。唐文宗大和元年（827），白居易重回長安改任秘書監。大和二年正月，授刑部侍郎。大和三年春，他以太子賓客的身份，分司東都洛陽直至離世。唐武宗會昌二年（842），白居易以刑部尚書退休；會昌六年（846）八月，七十五歲的白居易於洛陽去世。

　　白居易是唐代繼李白、杜甫之後的一位頗具影響力的詩人。他的影響力不僅來自於其保存較爲完整、數量較多的詩文創作和富有現實精神的理論主張，還來自於與其「似出復似處」（《中隱》）的處世態度和豁達的胸襟。白居易的詩在名家彙集的中唐頗負盛名，流傳甚廣。其好友元稹亦曾親身見證了「自篇章以來，未有如是流傳之廣者。」（《白氏長慶集序》）的事實。晚唐批評家張爲在《詩人主客圖》中對白居易「廣大教化主」的稱名和梁章鉅：「唐以李、杜、韓、白爲四大家……平易而最近乎情者，無過白居易。」（《退庵隨筆・學詩二》）的評價各自指出了白居易詩歌所表現出的平易近情、語淺意深、題材廣泛、眾體兼擅等突出特點。白居易在文章方面的才華可與詩歌相媲美。在其文集中，除詩歌外，賦、策、論、箴、判、贊、頌、碑、銘、書、序、文、檄、表、記等文學體式皆都有收錄。而在具有三十八種文體分類的《文苑英華》也錄有白居易的二十五類作品。這些都足以表明

白居易在各種文體創作方面的才華了。在其他方面，白居易也頗有建樹。他「歌詩合爲事而作」、「爲時爲事而作」的頗富現實主義創作精神的詩學思想至今對文藝的創作仍具有啓迪和借鑒的意義。其作品中大量與音樂、舞蹈有關的詩句，同樣顯示了白居易在音樂、舞蹈方面所具有的敏銳洞察力和藝術的睿智。《胡旋女》、《柘枝妓》、《西涼伎》、《齋戒滿夜戲招夢德》等詩中對西域歌舞的記述爲我們瞭解當時異域歌舞及文化提供了重要的資料。他的政治觀念、人生態度與他的文學創作共同成爲開「宋型文化」之先河的代表人物。〔註4〕與元稹的友誼與晚年與劉禹錫的交好使「元白」和「劉白」成爲文學史上的佳話。

一、白居易研究回顧

　　白居易是唐代詩人中勤於著述又十分注重編集、保存自己作品的詩人之一。他曾將有自己與元稹、劉禹錫等人的作品編爲《因繼集》、《劉白唱和集》、《劉白吳洛寄和集》、《白氏經史事類六帖》（又名《白氏六帖》）等集，並從元和十年（815）開始連續不斷地編集整理自己的作品。元和十年，他整理了十五卷的作品集。長慶四年（824）他整編了五十卷的《白氏長慶集》，元稹爲其作序；大和二年（828），繼元稹所編《白氏長慶集》五十卷之後，又續編《文集》並作《後序》。大和九年（835），自編《白氏文集》六十卷，總計詩文二千九百六十四篇，藏於廬山東林寺。開成元年（836），自編《白氏文集》六十五卷，共詩文三千二百五十五篇，藏於東都興善寺。開成四年（839），以《白氏文集》六十七卷，詩文三千四百八十七篇，藏於蘇州南禪院。開成五年（840），將歸洛後之所作自編爲《洛中集》十卷，共格律詩八百首，藏於香山寺。他先後編成的《白氏文集》除了三部送往寺院外，還有兩部傳於家人。〔註5〕正是詩人的親自編集和注重身後的妥

〔註4〕參閱張再林：《白居易是「宋型文化」的第一個代表性人物》，《中州學刊》，2006年第1期。

〔註5〕參閱謝思煒撰：《白居易詩集校注・前言》，北京：中華書局，2006年，第1頁。

善保存才使自己成爲唐代詩人中在創作數量之多、作品保存之完整兩方面都首屈一指的文人。

白居易存世的詩作有二千八百餘首。宋紹興木刻本《白氏長慶集》，七十一卷，是現存白居易著作最早的木刻本。明代萬曆三十四年，馬元調的《白氏長慶集》七十一卷刻本等也屬於此「先詩後筆本」的版本系統；另一版本系統是前後續集本，日本那波道圓翻刻朝鮮本及金澤文庫本等日本古抄本屬於這一系統。又有《白氏諷諫》爲單行本，內容爲白居易著名的《新樂府》五十首，後有宋代刻本、明代翻刻本、清末武進費氏刻本傳世。此外，還有敦煌文書法藏與俄藏綴合詩文叢抄卷白居易詩。〔註 6〕清康熙年間，汪立名編注《白香山詩集》。該書取《長慶集》前二十卷、後集十七卷、別集一卷，又眿摭諸書，爲補遺二卷，共四十卷。此集中還附載了宋陳振孫編的《白文公年譜》。後汪立名也編寫了《白香山年譜》。清人查愼行亦校評白詩爲《白香山詩評》。清代的《四庫全書》之《御選唐宋詩醇》中也收錄並評點了白居易的部分詩作。從中外如此多的刻本即可看出，白居易的詩文在當代和後代均受到人們的喜愛。他的作品也成爲後世文人評點注釋的對象之一。二十世紀五十年代以來所出版發行的白居易文集或詩集的選編、校注等也都主要以宋刻本爲底本並參照了明、清刻本及日本抄本。1979 年中華書局出版了顧學頡校點的《白居易集》，1985 年再版。此書是中國最早的全集白話注釋本，全書共四冊，含外集詩文共七十三卷。校點以宋代紹興本爲底本，參照宋、明、清各本，對各本的明顯錯漏、脫文等都作了校正。1988 年上海古籍出版社出版了朱金城的《白居易集箋校》，共六冊。本書箋校了全部白居易集及補遺詩文共 3700 餘篇，採掘歷代筆記、詩話、研究專著及有關考證評論等資料，分別納入白居易的每篇詩文之下。書末附錄有白氏傳記、序跋。1992 年由上海古籍出版社以文淵閣本《四庫全書》所收唐人

〔註 6〕參閱謝思煒撰：《白居易詩集校注·凡例》，北京：中華書局，2006年。

集影印出版了《白氏長慶集》。該集爲清代乾隆時四庫館臣精心整理、彙集的白氏文集，共七十一卷。嶽麓書社 1992 年出版，喻岳衡校點的《白居易集》，則是以《四部叢刊》影印、日本那波道圓翻宋本《白氏長慶集》爲底本的。2006 年中華書局出版了謝思煒的《白居易詩集校注》（六冊）。此書以宋刻本巍爲底本。爲白居易全部存世詩歌的校注本。在對白詩進行重新的校注的同時，此書還糾正、補充說明了一些白詩中曾被人混淆、誤解或不甚明瞭的用語，如佛典用語、當時的俗語、古語等。這些校注的出版爲白居易研究提供了有力的幫助。

　　近代學者對白居易的研究主要集中在生平包括其世系、家族、籍貫及出生地、詩文創作及其研究、人生經歷與其思想發展、詩學思想等幾個方面。早在宋、清時代，陳振孫、汪立名就曾各自編寫過白居易的年譜。1957 年褚斌傑的《白居易評傳》〔註7〕和萬曼的《白居易傳》〔註8〕是我國近代比較早的有關白居易生平的著作。此外，王拾遺的《白居易研究》〔註9〕、蘇仲翔的《白居易傳論》〔註10〕、陳友琴的《白居易》〔註11〕等都是有關白居易傳記得著作。陳友琴編著的《白居易資料彙編》〔註12〕更是將從中唐到清末大約兩百多種著作中的有關白居易其人其詩詞文章的評論和記述輯錄而成。陳寅恪的《元白詩箋證稿》〔註13〕即從歷史考證的角度爲白居易詩文及思想的研究提供了豐富的資料。八十年代，王拾遺的《白居易生活繫年》〔註14〕、《白居易傳》〔註15〕和朱金城的《白居易年譜》〔註16〕、《白居易研

〔註 7〕褚斌傑的《白居易評傳》，1957 年由人民文學出版社出版。
〔註 8〕萬曼的《白居易傳》，1957 年由湖北人民出版社出版。
〔註 9〕王拾遺的《白居易研究》，1954 年由上海文藝聯合出版社出版。
〔註10〕蘇仲翔的《白居易傳論》，1957 年由古典文學出版社出版。
〔註11〕陳友琴的《白居易》，1978 年由上海古籍出版社出版。
〔註12〕陳友琴編著的《白居易資料彙編》，1962 年由中華書局出版。
〔註13〕陳寅恪的《元白詩箋證稿》，1958 年由上海古典文學出版社出版。
〔註14〕王拾遺的《白居易生活繫年》，1981 年由寧夏人民出版社出版。
〔註15〕王拾遺的《白居易傳》，1983 年由陝西人民出版社出版。
〔註16〕朱金城的《白居易年譜》，1982 年由上海古籍出版社出版。

究》〔註17〕等更加詳細地記述了白居易的生平、交遊等狀況。近年，謝思煒的《白居易集綜論》〔註18〕和褰長春《白居易評傳》〔註19〕也都是全面分析白居易其人其作的專著。前者主要是考證白居易文集的版本源流並分析其人生、思想和文學創作的。主要內容包括探討白居易文集的版本，對版本源流演變和現存白居易集的構成情況進行調查和研究，並從白居易的家世和早年生活、白居易與中唐儒學、白居易的佛教信仰、白居易與李商隱、中唐社會變動與白居易的人生思想、文學思想和他的敘事詩創作等方面對白居易的思想及創作進行全方位的解析。後者則主要以評、傳結合的原則分別對白居易的家世、人生經歷、前後期的思想、文學主張及地位和影響進行了分析與闡述。而近年來有關白居易家世背景、人生經歷及其思想、文學藝術觀等方面的論文也大量湧現，這裡就不再贅述了。

　　從八十年代中期開始，張中行、陳允吉、孫昌武、葛兆光、郭紹林等學者在唐代文學的研究中都注意到了唐代不同時期的文學與佛教、道教的關係，而作為李杜之後頗具影響力的詩人白居易與二者的錯綜複雜的關係也成為學者們所關注的對象，特別是白居易的思想及其與佛道二教的關係。由此，有關白居易的研究展現出全新的面貌。學者們認為白居易的思想及其人生態度的轉化與其人生經歷以及佛老思想的影響有關，並從不同的角度切入進行了分析與探討。孫昌武、蕭馳、尚永亮、馬現誠等學者還在論文中深入探討了白居易與佛教的關係。孫昌武先生在《白居易與洪州禪》〔註20〕、《白居易與禪宗》〔註21〕中即指明了白居易與佛教尤其是洪州禪、淨土宗的關係並探討了白居易人生態度中南宗禪的影響。蕭馳則在論文《洪州禪與白居易閒適詩的山意水思》中從白居易對洪州禪「無事」

〔註17〕朱金城的《白居易研究》，1987 年由陝西人民出版社出版。
〔註18〕謝思煒的《白居易集綜論》，1997 年由中國社會科學出版社出版。
〔註19〕褰長春的《白居易評傳》，2002 年由南京大學出版社出版。
〔註20〕參閱《文學研究》第三輯，1993 年第 4 期。
〔註21〕參閱香港《法言》，1992 年第 2 期。

題旨領悟的角度出發，對白居易的詩歌的日常性內容和山意水思的詩境進行了深入剖析，從而揭示了洪州禪將般若生活化對白氏生活情趣和詩境的開發上的貢獻。〔註22〕尙永亮則在《論白居易所受佛老影響及其超越途徑》中探討了白居易如何運用佛禪思想與道教及老莊來超越現實困境、獲得精神自由的問題。〔註23〕王新亞在《白居易的淨土信仰與後期詩風》中探討了白居易後期的淨土信仰與其思想、詩風的變化之間的關係。〔註24〕馬現誠則在《白居易與佛教》一文中對白居易與佛教各宗派的眞實關係以及其受佛教思想影響後在詩歌創作中所體現的莊禪交融的特點給予了闡述。〔註25〕胡遂也在《三學兼修話香山──白居易佛學修養初探》〔註26〕和《從「平常心是道」看白居易平易淺俗詩風》〔註27〕等論文中，對白居易的佛學修養及白氏思想上所受到的禪學思想的影響在詩作內容、題材、形式等方面的表現給予了分析。除論文之外，張弘的《迷路心回因向佛──白居易與佛禪》〔註28〕則是以白居易與佛禪關係爲主線記述其人生經歷的一部著作。此書是圍繞著白居易與佛教由淺入深的關係及其皈依的歷程而進行論述的：從早年踏入仕途、初交僧友到鄉居渭濱、迴向南宗禪，從宮中屢諫、勤於佛學到外出江州、實踐佛禪並最終成爲香山居士的人生歷程。

　　海峽兩岸學術文化交流的增強也使白居易研究呈現出豐富多樣的局面。對白氏的佛禪思想、與道教的關係、莊禪合流的傾向及其人生態度、詩歌的審美鑒賞等等都是討論研究的重點。羅香林的《白

〔註22〕參閱蕭馳《佛法與詩境》，北京：中華書局，2005 年版，第 163～206頁。

〔註23〕參閱《陝西師範大學學報》（社會科學版），1993 年第 2 期。

〔註24〕參閱《山西大學師範學院學報》，1998 年第 2 期。

〔註25〕參閱《江漢論壇》，1999 年第 2 期。

〔註26〕參閱《湖南大學學報》（社會科學版），2002 年第 3 期。

〔註27〕參閱《文學評論》，2007 年第 1 期。

〔註28〕張弘的《迷路心回因向佛──白居易與佛禪》，2001 年由河南人民出版社出版。

居易與佛道關係重探》〔註29〕、張汝釗《白居易詩中的佛學思想》
〔註30〕、蕭麗華《白居易詩中莊禪合論之底蘊》〔註31〕等論文以及
朱傳譽所編纂的《白居易傳記資料彙編》都爲我們研究白居易的生
平、思想、創作尤其是與佛道（道教與老莊）的關係提供了更爲全
面的資料和多樣的視角。

　　白居易的詩歌在其生前不僅風行於國內，而且傳到了朝鮮、日本
並對日本文學產生了重要的影響。因此，日本學者對白居易及其詩作
的研究戰前就開始了。鈴木虎熊博士、遠藤實夫、金子彥二郎等人較
早地對白居易的生平、詩作與詩歌理論以及對日本文學的影響進行了
研究。〔註32〕1945 年以後，日本的白居易研究逐步進入了一個新的
階段。在平岡武夫、花房英樹等人重新整理和研究《白氏文集》的同
時，日本學者不懈地對白居易其人其詩其文等作出了較爲全面的研
究。他們從白居易的傳記、詩文的譯著到其詩、賦、文、帖以及其思
想等多個方面進行了研究，內容涉及幾大方面：白居易的諷諭詩研
究，關於閒適詩及陶淵明的影響的研究，《長恨歌》、《琵琶行》的研
究，有關白詩的記錄性、多口語等諸特徵的研究，對其詩風、詩體的
變化的探討、關於白氏六帖及賦文等的研究，關於白居易整體思想中
的儒、釋、道思想關係的探討以及有關白居易佛教信仰的探討，關於
其傳記、年譜、世系、家庭等的研究，詩文的譯著等問題的研究。這
些研究可謂成果豐碩，除了專著之外一大批有學術價值的論文也結集
爲《白居易研究講座》1—7 卷得以出版。〔註33〕

〔註29〕 參閱國立編譯館編譯：《唐代研究論集》（第四輯），臺北：新文豐出
　　　　版社公司，中華民國 81 年（1982）。
〔註30〕 參閱張曼濤主編：《現代佛教學術叢刊》，第 19 冊，《佛教與中國文
　　　　學》，臺北：大乘文化出版社民國 66 年（1977）版。
〔註31〕 參閱《唐代文學研究》（第七輯）——中國唐代文學學會第八屆年會暨
　　　　國際學術討論會文集 1996，桂林：廣西師範大學出版社，1998 年版。
〔註32〕 參閱梁容若《文學二十家傳·白居易》，北京：中華書局，1991 年版，
　　　　第 172〜174 頁。
〔註33〕 參閱〔日〕下定雅弘《戰後日本白居易研究概況》，轉載《西北師大

　　綜上所述，我們可以看到在學者們的不懈努力下，白居易的研究已經達到一個較爲全面深入的程度。在有關白居易的家世、思想、詩歌創作及詩歌理論、創作風格及特點等問題上，大家也基本上達成了一定的共識。但是同時，我們看到在白居易與佛教、道教及老莊的關係上仍然存在可討論的空間。較早以陳寅恪先生爲代表的學者認爲白居易與道教及老莊思想關係親密，佛禪只是其用來裝飾門面而已。〔註34〕持此觀點的學者認爲，白居易作品中所體現的思想及其燒藥煉丹等行爲表明其與道教重生、養生及老莊的無爲、自然、逍遙、自由等思想有更加密切的關係，而他的淨土、禪宗、密宗等混雜佛教思想則更加說明了其佛教思想的混亂和信仰的不堅定。有的學者對白居易的禪佛修養則是持肯定態度的。無論是先道後佛還是莊禪合論，白氏詩作中所體現的閒適、達觀的精神和「中隱」的態度則是「禪宗發展理路之人生化」的有力驗證。〔註35〕白詩在很多方面都體現出詩人與佛教之間的關係。本文即針對白居易的詩歌創作與佛教的關係問題給予研究探討。

二、本文寫作設想

　　本文以《白居易與中國佛學》爲題，採用比較文學跨學科、跨文化的研究方法，依據文化的整體性、通約性、可比較性的特點，〔註36〕主要從白居易的生平經歷、文學創作和詩學主張、個人思想等與中國佛學之間的有密切關係的幾個方面出發，探討佛學話語與

　　　學報》（社會科學版），1989 年，第 4 期。

〔註34〕參閱陳寅恪：《白樂天之思想行爲與佛道關係》，見《隋唐制度淵源略論稿（外二種）‧附論》，石家莊：河北教育出版社，2002 年版，第 621〜630 頁。

〔註35〕蕭麗華：《白居易詩中莊禪合論之底蘊》，《唐代文學研究》（第七輯）——中國唐代文學學會第八屆年會暨國際學術討論會文集 1996，桂林：廣西師範大學出版社，1998 年版。

〔註36〕參閱方漢文：《比較文化學》，桂林：廣西師範大學出版社，2003 年版，第 37〜58 頁。

語境對白居易及其詩歌創作的影響以及白氏對佛學話語的闡釋。

　　中國佛學是在印度佛教東漸的過程中與中國原有的傳統思想相接觸、並在矛盾衝突與調和中逐步變化發展而來的具有中國特色的宗教哲學。因此，雖然中國佛學與印度思想學說以及中國本土的思想學說都有所區別，但同時它與兩者都是有所關聯的。經過幾百年的變化發展，到隋唐時期特別是白居易生活的中唐時期，中國佛學已基本發展完備並具有以下四個特點：「一是統一性；二是國際性；三是自主性或獨立性；四是系統性。」〔註37〕而且「從國際上看，中國的佛教或比印度尤爲重要。當時所謂佛教有已經中國化的，有仍保持印度原來精神的。但無論如何……與在南北朝時最大的和尚是西域人或印度人全不相同。……當時佛教已變成中國出產；不僅大師是中國人，思想也是中國化。……到了隋唐，佛教已爲中國的，有別開生面的中國理論，求佛法者都到中國來。」〔註38〕中唐時期與白居易相見而投緣的圭峰禪師宗密將佛教各宗派的義理加以融通並將佛學推到了頂峰。於是佛學成爲與道學、儒學相併立的甚至是有所超越的宗教哲學。佛學的獨立自主性也加強了佛教內部的宗派意識，使得禪宗、淨土宗等各個佛教宗派在學術、實踐、組織等各個方面都形成了各自相對完備的譜系。因此，「中國佛學」本身就是外來思想文化與中國傳統思想文化相結合的產物，它本身就具有跨文化的色彩。正是「中國佛學」所具有的特殊性使它對白居易等文人士大夫來說具有更強的吸引力。不可否認，對於作爲社會文化中堅力量的白居易等文人士大夫而言，他們所處的具有濃厚佛教氛圍背景是推動白居易親近佛教的不可忽視的重要因素。但在突顯佛教思想的巨大影響力的同時，我們往往忽視了具有思想的接受者的主體性選擇的作用。因此，本文在探討白居易與佛教的關係中不僅注重分析白居易的生活經歷、社會環境對

〔註37〕孫尚揚編：《湯用彤選集》，吉林：吉林人民出版社，2005 年版，第497 頁。

〔註38〕同上註，第 499 頁。

他近佛所產生的推動力，同時從白居易自身的角度挖掘其近佛並最終皈依佛教的主體性因素的作用。

在其選擇的過程的中我們注意到，白居易的思想是錯綜複雜的。因為他首先是接受並秉承儒家思想的文人，也是「學而優則仕」的朝廷士大夫，還是具有強烈生命意識和自我的意識的常人。儒家的獨善兼濟思想、老莊的無為自然與逍遙自由的思想、道教的神仙養生觀念與富有辯證性、整體性等特點的佛學思想交織在一起，與白居易進退多變的經歷相得益彰，並在共同譜寫白居易頗有個體性人生的同時，也使白居易的詩文創作呈現出豐富多彩的面貌。他以豁達的胸襟與「中隱」的態度為後人所推崇，也因其詩歌的「淺切」與「俗」而受到後人的褒貶。這些其實正是白居易將中國佛學的思想與個人的生活和創作融合的結果。他也因此於晚年最終選擇了歸依佛教。

中國佛學在發展過程中不僅吸取了印度大乘佛教的思想還將中國傳統的老莊等思想融入進來。白居易不僅看到了佛教思想與老莊的聯繫，也看到了儒學與佛學的共通之處。佛教是一種富有哲理的智慧。白居易看到了佛教的本質及其實用性。他以實用的態度將儒、佛、道（包括老莊）統一在自己的思想中來調理性情、平衡身心。這本身就是佛教智慧的體現。本文將在第一章重點闡述白居易在思想上對佛教特別是大乘佛教思想的主體性選擇。第二章則從宗教心理學的角度結合白居易的生平經歷分析論述白居易皈依佛教的過程。第三、四章是從其詩歌作品本身出發分析闡釋白居易與佛學思想的關係。第五章主要探討白居易的詩學思想與佛學的關係。第六章從深層挖掘揭示白居易與佛學思想的聯繫。

本文只是從以上所提到的方面來探討白居易與佛學的關係，並不是對白居易的全面研究。即使是與佛學有關的問題，也可能無法全部涵蓋。畢竟中國佛學是廣博精深的，筆者才疏學淺，只能根據自己對佛教的體會和理解對此題進行探討。希望隨著個人能力的提高和學識的加深將來能夠更加作出進一步的充實與擴展。

第一章 「何人知此義，唯有淨名翁」
——白居易對佛教的思想選擇

　　中唐是「一個多變的時代」。[註1]唐代對外文化的頻繁交流使中唐在文藝、哲學、醫學、經濟等社會各個方面呈現出多樣性。中國的道教和外來的佛教在這個時期都得到了強有力的發展。中晚唐時期，天台宗、禪宗、密宗、唯識宗、淨土宗、華嚴宗、三論宗、律宗等佛教八大重要派別都基本發展完善並擁有一定的社會影響力；道教也憑藉老莊思想、神仙觀念和養生煉丹之術在當時產生了較大的影響。生活在這一時期的白居易自然與佛教、道教（包括老莊思想）有所聯繫。白居易的詩作也向人們充分展示了他思想中錯綜複雜的佛教、道教（包括老莊）的關係。

　　對自幼服儒的白居易而言，「達則兼濟天下，窮則獨善其身」的儒家思想是他所堅守的原則。正如他在《與元九書》中所說的：「故僕志在兼濟，行在獨善，奉而始終之則為道」。也正是因為這兼濟獨善的原則使身處現實中的他在多變的仕途中與佛、道（道教與老莊）結下了不解之緣，並最終以香山居士的身份皈依佛教。無論中唐時期佛教分有多少支派，它們在本質上都是一致的。由於禪宗在白居易生活時期的勢力及影響力最大，而慧能之南宗與神秀之北宗的分立又將禪宗分為為南北兩派。南宗禪的盛行及其自身的特點使之與白居易等

〔註1〕孟二冬：《中唐詩歌之開拓與新變》，北京：北京大學出版社，1998年版，第1頁。

文人的接觸顯得更爲頻繁。以至於《五燈會元》中將白居易作爲南嶽
下三世佛光寺如滿禪師的法嗣而加以記載。其實，這種記載在很大程
度上帶有顯示當時禪宗之巨大影響力的色彩。至於禪宗之北宗、淨土
宗、密宗等，白居易也都有過接觸，只是相比之下這些接觸並未如與
南宗的接觸如此頻繁罷了。因此，我們認爲白居易的皈依「佛教」並
不專指哪一宗或哪一派。這一點從對白居易皈依佛教的具體分析中也
可以看出。但是在與老莊及道教關係消長的過程中，白居易最終以香
山居士自封卻是一個不爭的事實。我們認爲自稱爲「香山居士」正是
白居易所作出的皈依佛教的個人選擇的最鮮明的體現。他思想上的逐
步轉變與行爲上的努力實踐也相得益彰。其思想與行爲上的變化都經
歷了一個漸進的過程。這個過程不僅是白居易所經歷的對佛教的認識
和思想選擇的過程，也是白居易個人宗教信仰確立的過程。

第一節　印度佛教的東漸與白居易生活時期的歷史語境

　　佛教發源於印度。大約在東漢時傳入中國。印度佛教學說從產生
到傳入中國前後相隔有七百年。在這七百年中，其自身已經發生了重
大變化，如大小乘的分化及各部派自身的發展等，而這種變化還在持
續發展。印度已經形成與正在發展的佛教學說便在各種學說相互混雜
的狀態一起通過經籍的翻譯和講習進入中國並得到傳播。〔註2〕魏晉
時期玄學清談的漸盛使佛教依附玄理而爲士大夫所激賞。〔註3〕印度
和西域僧人的來華、講習譯經的發展使佛教以洶湧破竹之勢在中國得
以廣泛傳播。印度籍的鳩摩羅什及其門下僧叡、僧肇、道生等人不僅
翻譯傳播了印度當時所盛行的龍樹系大乘學說，還翻譯介紹了與小乘

〔註2〕參閱呂澂：《中國佛學源流略講》，北京：中國書局，1979年版，第
　　　　1～4頁。
〔註3〕參閱湯用彤：《湯用彤全集》（第一卷），石家莊：河北人民出版社，
　　　　2000年版，第89～90頁。

譬喻師有關的論著。佛教的發展和當時的僧人對佛學的推廣介紹及深入研究使佛教從依附的地位上解放出來，並獨立為一種宗教學說。「學術大柄，為此外來之教所篡奪。而佛學演進已入另一時期矣。」〔註4〕即使在朝代更替頻繁的南北朝時期，佛教取得了全面的發展。雖然北朝曾出現了佛教史上「三武一宗之厄」的第一「武厄」，但總體來看南北朝時期的統治者對佛教的態度大都是肯定的，因此佛教的影響範圍在逐步擴大，信眾在不斷增多，其地位也在日漸提高。《華嚴經》、《楞伽經》、《無量壽經》、《涅槃經》、《攝大乘論》、《唯識論》、《金剛經論》、《法華經論》、《十地經論》等重要經論都被譯為漢文得以傳講，一些原有的經論也得以修正或重譯。面對這些已譯為漢文的佛教各類經典，中國僧人們在傳習研究了多年後對佛性、識、二諦等佛教理論問題作出了各自不同的理解和解釋，並形成了弘揚或傳習不同佛經的各種「師說」，如研習《成實論》的成實師，弘揚或傳習《攝大乘論》的攝論師，還有四分律師、楞伽師等等。在各種「師說」的基礎上，隋唐時期便形成了中國佛教的各個宗派，其中主要的有天台宗、三論宗、慈恩宗、華嚴宗、禪宗、淨土宗、密宗、律宗等。作為一種外來文化，佛教在與中國原有的思想文化的接觸中不斷變化發展並最終形成了既不同於中國的傳統思想又不同於印度佛教思想的新學說。實質上是與中國古代文化所孕育的思維方式密切相關的。業師方漢文教授在《比較文化學》中曾指出，中國文化的深層是其思維方式的獨特之處即具有辯證理性特徵的思維方式。正是這種獨特的思維方式使中國文化在多次面對頗具衝擊力的外來文化時並沒有發生根本的改變。反而在外來思潮的作用下以其適應性與外來文明互相結合，同時改造外來思想並使其成為中國思想文化的一個組成部分。〔註5〕佛教在中國

〔註4〕湯用彤：《湯用彤全集》（第一卷），石家莊：河北人民出版社，2000年版，第89～90頁。
〔註5〕參閱方漢文：《比較文化學》，桂林：廣西師範大學出版社，2003年版，第236～239頁。

的興盛就是最好的例證。正如湯用彤先生所說：「印度有印度佛教，中國有中國佛教。其異點不專在經典之不同，而多在我國人士對於傳來學說，有不同之反應。」〔註6〕

從漢魏到大唐，中國人用了六百多年的時間對佛教進行理解與消化。這種異域文化能夠在相對成熟的且具有自我特色的中國思想文化的土壤中存活並發展壯大，其實也經歷了一個複雜而漫長的取捨過程：取即取佛教與中國本土思想相和的部分加以發展；捨即捨棄那些不符合中國人的思維特點、文化特性等方面的內容。在這個取捨的過程中，印度、西域的來華高僧和中國繼起的僧人、作為中國社會文化中堅力量文人士大夫及統治者都在不知不覺中參與甚至主導了這種取與捨。唐代之前的統治者大都是順勢而倡佛的，有的甚至崇佛，所以北魏太武宗和北周武帝的兩次滅佛的活動並沒有抑制佛教在中國發展的勢頭。文人們也逐漸接受佛教並受到其影響。從「每讀佛經，以為至道之宗極」的曹植，欲會通儒釋的名士謝靈運，到南北朝時「孔釋兼弘」的文學家劉勰、沈約、江淹、顏之推、盧思道等，魏晉六朝的文人們不僅研習佛教教義，很多人還同時參與了如禮佛、齋僧、講經等佛教實踐活動。於是，與佛教相關的文學作品也逐漸增多了。雖然魏晉六朝的文人們對佛學理論的理解都趨於膚淺空泛，但是他們將儒釋調和的思想傾向卻成為後來中國文人士大夫接受佛教影響的重要基礎。

到了佛教宗派競相確立、佛教理論高度發展的唐代，文人士大夫們與佛教的關係則更加親密了。佛教在唐代的興盛以及與文人士大夫的密切關係與統治者的倡導和政治策略不無關係。湯先生在《隋唐佛教史稿》中曾言：「須知宗派之興起，故基於統治階級當權者之提倡，亦在於廣大民眾之信仰，信之者愈多，則更易於受統治者利用。」〔註7〕面對佛

〔註 6〕湯用彤：《湯用彤全集》（第一卷），石家莊：河北人民出版社，2000
　　　年版，第 414 頁。
〔註 7〕湯用彤：《湯用彤全集》（第二卷），石家莊：河北人民出版社，2000

教迅猛的發展勢頭，唐初的統治者對佛教的寬容態度大都帶有鞏固國家統治的政治意圖。比如太宗李世民曾多次檢教佛法，沙汰僧尼，但因他在圍攻王世充時受到過少林寺和尚的援助，所以即位後，他雖然不信佛教卻仍在《佛遺教經》中表明了「護持佛法」〔註8〕的態度。他支持玄奘之譯經卻也曾勸其還俗。唐玄宗雖然相信密宗，但實際上他是因爲篤信道教才接觸與道教有相似之處的密宗的。事實上，在初唐到盛唐相當一段歷史時期裏，唐帝王對道教的扶持與偏好使道教的聲勢、政治地位都遠遠高於佛教。從唐之科舉考試到有名位的文人士大夫，對老莊思想、道教之術都推崇有嘉。值得一提的是，武則天改變了這種格局。武后出於打擊李姓、擡高自身地位的政治目的而改變了揚道抑佛的做法，重新調整了佛道的關係。在她的大力支持下，佛教各宗派得到了較大的發展：華嚴宗大興，禪宗創立，天台宗復興。到了中唐時期，佛教對當時政治、思想、文化等各方面的影響都更加深刻了。白居易就主要活動在中唐的德宗、順宗、憲宗、穆宗、敬宗、文宗等皇帝的在位時期。

　　白居易生於公元 772 年，卒於公元 846 年。他歷經了代、德、順、憲、穆、敬、文、武、宣九位皇帝的更迭。除武宗外，這幾位皇帝對佛教都頗爲重視，尤其是德宗和憲宗更是對佛教崇信有加。德宗每到生日便命釋僧、道士講論，並於 790 年春施財鉅萬詔葬佛骨於岐陽。順宗爲太子時便結交禮遇華嚴名僧澄觀；繼位後他還詔禪師入殿咨問禪理。819 年正月憲宗迎鳳翔法門寺佛骨入京一事更是驚動朝野，韓愈也因極力反對而遭貶抑。穆宗、敬宗、文宗也都循例禮佛，舉行三教論辯。而只有武宗出於政治、經濟及宗教等方面的原因而大肆滅佛。統治者的重視使佛教的地位迅速提高，僧侶們也頗具權勢。他們廣泛結交文人士大夫，參與到社會生活中來。「蓋魏晉六朝，天下紛

年版，第 223 頁。
〔註 8〕參閱〔清〕董誥等編纂：《全唐文・卷九》，《佛遺教經施行敕》，北京：中華書局，1983 年影印版，第 109 頁。

崩，學士文人，競尚清談，多趨遁世，崇尚釋教，不爲士人所鄙，而其與僧徒遊者，雖不無因果福利之想，然究多以談名理相過從。……文人學士如王維、白居易、梁肅等眞正奉佛且深切體佛者，爲數蓋少。此諸君子之信佛，原因殊多，其要蓋不外與當時之社會風氣亦有關係也。」〔註9〕從湯先生的話中可知，魏晉開始文人們在尚佛的社會風氣中已漸染佛氣。

實際上，經過唐初一兩百年的積澱，到中唐時出身儒學的文人士大夫在儒學之外兼習佛學的現象已經相當普遍了。羅香林先生在《唐代文化史研究·唐釋大顛考》中就指出：

> 聰明之士，多轉而投身佛門，或以儒生而兼習釋學。其以儒家立場而排斥佛教者，雖代有其人，然大率皆僅能有政治上社會上之作用，非能以學說折之也，而鬥爭之結果，則不特儒者不能舉釋門而「人其人，火其書，廬其居，明先王之道以道之」，甚且反爲釋門學者所乘，而使之竟以心性問題爲中堅思想。雖其外表不能不維持儒家之傳統局面，然其內容之盛擾釋門理解，已爲不容或掩之事實，其後遂演爲兩宋至明之理學。

當時的儒者文士大多都受到了佛學思想的薰陶。司空曙、韋應物、孟郊、柳宗元、劉禹錫、元稹、白居易等人都有崇尚佛教之傾向，白居易則更是一位體佛奉佛的典型文人。即使是極力反佛的思想家韓愈也不能擺脫中唐盛行的禪學對自己的影響，〔註10〕並被『『外形骸以理自勝，不爲事物侵亂』，『要自胸中無滯礙，以爲難得』之佛理所折服矣。」〔註11〕闢佛的韓愈尚且如此，中國佛學思想影響力之巨大可見一斑。

〔註9〕 湯用彤：《湯用彤全集》（第二卷），石家莊：河北人民出版社，2000年版，第43頁。

〔註10〕 參閱陳寅恪：《陳寅恪文集》（之二），上海：上海古籍出版社，1980年版，第286～297頁。

〔註11〕 羅香林：《唐代文化史研究》，上海：上海文藝出版社，1992年版，第61頁。

　　對於白居易等有思想的中唐時期的「聰明之士」而言，崇尚佛教不僅僅與社會風氣有關，更重要的是與其主體性的選擇有關。業師方漢文教授曾在分析印度文化類型時指出，印度思維方式中有一種感悟與理性相結合的思維，但它更重視悟解並力求以悟解取代感性和理性，因此，這種滲透在佛經中的以感悟與理性相結合爲特徵的思維方式不但在印度得到發展，而且隨著佛教的東漸和佛經的流傳影響到了中國。〔註12〕佛教所具有的交叉或混合的辯證思維方式、否定形態的思維方式（有時可以稱直覺思維方式）、邏輯思維方式〔註13〕與中國的「辯證理性」相互作用，從而發展出了以禪宗爲代表的中國佛教。白居易所生活的中唐正是禪宗等佛教宗派的興盛時期。隨著禪宗、淨土宗、華嚴宗等宗派的成熟，它們都建立了相對完備的理論體系和嚴密精妙的義理。這些帶有思辯性、整體性等特點的佛學理論吸引了儒者文人的注意。相比之下，佔據中國思想文化統治地位的儒家經學自唐初孔穎達的《五經正義》後到中唐卻發展遲緩。理論上的僵化，章句上的拘泥，論題的老舊使文人研究的興趣大減。而佛學義理不僅在理論上對宇宙、自然、社會、人生等問題給出了很多新的觀點，而且在嚴謹的邏輯、細密的論理、生動具體的表述等方面都超過了儒家學說。此外，因唐代重文學，文學爲科舉考試的重要科目之一，這也使得很多文人於詩文多努力，於儒學卻少研究了。這也是造成儒學衰弱的原因之一。〔註14〕佛學對儒學的的衝擊也給儒學注入了新的活力。畢竟中國的文人士大夫以儒爲本，儒家思想是中國文化思想之根本，因此中唐的文人士大夫雖然好佛理但多數人都具有以儒奉佛、佛儒合一的思想傾向。許多僧侶也通過通學儒釋甚至道家思想以便於結交文

〔註12〕參閱方漢文：《比較文化學》，桂林：廣西師範大學出版社，2003 年版，第 252～253 頁。

〔註13〕參閱姚衛群：《印度古代宗教哲學中展示的思維方式》，《杭州師範學院學報》（社會科學版），2003 年第 5 期。

〔註14〕參閱孟二冬：《中唐詩歌之開拓與新變》，北京：北京大學出版社，1998 年版，第 11～13 頁。

人而擴大佛教在文人中的影響。與白居易同時代的柳宗元、劉禹錫、姚合等人都表現出了儒佛互通的思想傾向，而李翱的《復性書》則堪稱爲據佛說儒的典範。此時在白居易等文人士大夫的眼中，佛學與儒學並沒有高下是非之分。

中唐僧人神清在《北山錄》中云：「釋宗以因果，老氏以虛無，仲尼以禮樂，沿淺以洎深，籍微而爲著，各適當時之器，相資爲美。」（《北山錄・卷一》之「聖人生第二」）神清的話代表了當時人們對儒、釋、道思想毫無偏廢的認識。佛教、道家、儒家的思想各有特點並能夠適合不同人的要求，互相補充。統治者順應時勢所推行的三教並行的政策也促進了儒、釋、道思想的共同發展。當然，佛教、道教對儒學的衝擊以及釋道二教的矛盾衝突還是存在的。只是經過了幾百年的衝突與調和，中唐時期這種調和的趨勢佔據了上峰。於是，文人士大夫能夠自由地吸收各種思想並交互爲用。以儒治外，佛、道兼取以治內的現象在文人士大夫中也相當普遍了。道教雖然不及佛教如此興盛，但經過唐初的發展也逐步達到了深入人心的程度。這同樣離不開唐朝帝王的提倡。中唐時期的代宗、德宗、憲宗等人不僅崇佛還對道教的神仙方術有所喜好，憲宗甚至因金石之藥而亡。帝王的對方術丹藥的喜好助長了道教的盛行。道教及道家思想對文人士大夫的影響並不亞於佛教。因吞服丹藥而亡的朝廷官員亦不在少數。包括白居易在內的文人士大夫如韓愈、柳宗元、劉禹錫、元稹等與道教及道家思想都有不可分割的關係。對仙人仙境的美好嚮往和樂生惡死的本性是推動他們走近道教的重要因素。而白居易等人所處的社會環境也成爲他們走近佛教、道教的重要推動力。經歷了安史之亂的大唐在社會政治、經濟、文化等各方面都發生了急劇的轉變。黨爭不斷、朋黨林立的政治局面使社會風氣「澆薄」、「謬戾」，世道險惡，人情淡薄。劉禹錫的「長恨人心不如水，等閒平地起波瀾」（《竹枝詞九首》其七）是對中唐社會境況最典型的反映。在這種現實環境和心理狀態下的文人士大夫們不得不從佛教、道教及老莊思想那裡獲得精神安慰和寄

託。白居易正是中唐時期的一位經歷豐富而頗有思想的典型文人。

第二節　從佛理的隨性到對居士的選擇

在唐代，宗教與社會的關係是密不可分的。大到國家的禮儀祭祀，小到百姓的日常生活，都與各種宗教儀式和信仰相聯繫。可以說，唐朝的宗教與社會是統一的一個整體。〔註15〕佛教作爲唐代具有較大影響力的宗教派別之一，與白居易的家庭及生活也有所關聯。白居易的弟弟幼美早年夭折，他曾取小名爲金剛奴。在佛教中，「金剛」以其譬喻堅固、銳利、能摧毀一切而成爲堅固、不滅的象徵。從白居易的記述來看，他的親屬中亦有出家之人。在《唐故溧水縣令太原白府君墓誌銘》中，白居易寫到：「公〔註16〕前夫人河東薛氏，先公若干年而歿。生二子一女，女號鑒虛，未笄出家。」由此可知，白氏的堂姐即白季康的前夫人薛氏所生的女兒未成年就出家了。可見，白居易的家庭與佛教有密切的關係。從白居易《醉後走筆酬劉五主簿長句之贈兼簡張大賈二十四先輩昆季》中，我們又對白氏二十歲時常與住在符離一古寺中的劉五交流學習的經歷有所瞭解：「衡門寂寞朝尋我，古寺蕭條暮訪君。……雨天連宿草堂中，月夜徐行石橋上。」從白居易的家庭及生活背景中我們可以看出，他與佛教的接觸是自然而然又是不可避免的。

白居易出生在「世敦儒業」〔註17〕的家庭，他的祖父、父親及外祖父都是明經出身。這也注定了白居易「學而優則仕」的道路。白居易年少時，正值安史之亂後藩鎮割據、連年戰亂之際。從《江樓望歸》一詩中可知，十四五歲時白居易就曾因戰亂到越中避難。貞元十

〔註15〕 參閱榮新江主編：《唐代宗教信仰與社會·導言》，上海：上海辭書出版社，2003 年版，第 1 頁。

〔註16〕 此處「公」指白季康即白居易的叔父。

〔註17〕 朱金城箋注：《白居易集箋校·附錄一》（卷六）之《舊唐書·白居易傳》，上海：上海古籍出版社，1988 年版，第 3950 頁。

年（794）之前白居易一直跟隨著父親生活。他的父親曾任宋州司戶參軍、徐州彭城縣令、徐州別駕等官職，雖然家庭並不非常富裕，卻也是衣食無憂。而二十三歲時，父親的去世使白居易開始意識到生活的艱辛。此後，對生計的關注也成爲他詩中經常涉及的內容。

> 明月滿深浦，愁人臥孤舟。煩冤寢不得，夏夜長於秋。苦乏衣食資，遠爲江海遊。光陰坐遲暮，鄉國行阻修。身病向鄱陽，家貧寄徐州。前事與後事，豈堪心並憂。憂來起長望，但見江水流。雲樹靄蒼蒼，煙波淡悠悠。故園迷處所，一念堪白頭。（《將之饒州江浦夜泊》）

這首詩是詩人於貞元十四年（798）舉家遷到洛陽後隻身去探望長兄白幼文的途中所作的。寂寞的旅途中，想到家庭的變故，衣食之憂，前程的迷茫，詩人心憂難寐。整首詩的基調是抑鬱而沉重的。此後，背井離鄉且奔波勞碌的生活使白居易又平添了一份思鄉念母之情。在《傷遠行賦》、《自河南經亂關內阻饑兄弟離散各在一處因望月有感聊書所懷寄上浮梁大兄於潛七兄烏江十五兄兼示符離及下邽弟妹》、《途中寒食》、《生離別》等詩文中，白居易從切身的感受出發，眞實地表達了生計的艱難、羈旅的愁苦、骨肉離散等沉痛的感受。多病的身體與幼弟、父親的相繼去世又進一步加深了生性敏感的白居易對生命、對自我的關注。早在十八歲時，詩人就寫下了《病中作》一詩：「久爲勞生事，不學攝生道。年少已多病，此身豈堪老？」此詩的題注爲「時年十八。」在簡短的四句詩中，「勞生──攝生」、「年少──身老」的對比很容易引起讀者對生命、人生的強烈關注。這首詩是白居易的敏感和強烈的生命意識的最早體現。詩人對生命及自我的關注不僅在其早期的《寒食臥病》、《秋懷》等詩中多次表現出來，而且其強烈的自我意識和生命意識也成爲貫穿其一生並在詩文中得到突出表現的重要內容。

正是由於白居易對生活艱辛的親身經歷、對生命及自我的關注使他在認識到人生苦短的同時又在詩中表達了自己對佛法所寄予的

希望：

> 日暮天地冷，雨霽山河清。長風從西來，草木凝秋聲。
> 已感歲倏忽，復傷物凋零。孰能不慘淒，天時牽人情。借
> 問空門子，何法易修行。使我忘得失，不教煩惱生。（《客
> 路感秋寄明準上人》）

詩人意識到自己的心緒容易受自然外界的干擾而波動，因此希望借助
佛法去除煩惱、平復心緒。在《旅次景空寺宿幽上人院》中，白居易
表達了自己「幸投花界宿，暫得靜心顏。」的平靜體驗，他對佛教的
色相、空幻之理也已有所認識：

> 今日階前紅芍藥，幾花欲老幾花新。開時不解比色相，
> 落後始知如幻身。空門此去幾多地，欲把殘花問上人。（《感
> 芍藥花寄正一上人》）

　　在這首詩中，詩人主要是通過芍藥花的盛敗來形象地比喻佛教
「無常」、「空幻」的思想。佛教認為一切事物都是生滅流變的，沒有
剎那不變或永恆常住，所以世間的一切都是不真實的。如紅芍藥花的
盛開和開衰敗一樣，開時的花實際上只是一種「色相」即眼睛能夠看
到的外在形相，而當花敗落後人們才知道花只不過是一種空幻的存
在。人身其實如花一樣，也是空幻的。這就是白居易多佛理的初步認
識。雖然此時他有關「色」、「空」的理解還處在較為膚淺的層面上，
但這些詩卻表現出白居易自身具有的悟性和向佛的願望。這種敏感和
悟性使他產生了進一步與高僧大德接觸。在《題贈定光上人》中，他
便明確表達了對具有平和心境與怡然自得之情趣的定光上人的仰慕
與崇敬。後來在凝公大師的點播下，白居易在《八漸偈》中描述了自
己對大師的八字賜言「觀、覺、定、慧、明、通、濟、捨」的擴充和
理解。正如詩人在序中所指出的，此八字「實無生忍觀之漸門也」。
就是說，詩人所接受的凝公大師的禪法屬於神秀北宗的「漸修禪」。
弘忍之後，禪宗被分為南北宗即以神秀為六祖強調漸次修行的北宗的
與以惠能為六祖強調頓悟修行的南宗。其實，南北宗有關頓漸的區分

並不是水火不容的，只是它們在奉行的典籍及所強調修行的方式途徑等方面有所不同。白居易所說的八字屬於北宗的禪學理論。詩人在《八漸偈》中描述了「觀、覺、定、慧、明、通、濟、捨」八個依次遞進的層次和境界。在「觀」中辨別「眞妄」才能有所「覺」而得「眞空」，只有「眞不滅、妄不起」時才是眞正進入禪定的狀態。這樣層層遞進，最後才能做到眞正的「捨」即「眾苦既濟，大悲亦捨，苦既非眞，悲亦是假，是故眾生，實無度者。」眾生已經脫離苦難，慈悲心也就是捨。苦並不是「眞」的，那麼慈悲也就是假的。所以對於眾生，實質上並沒有什麼度和捨。從「觀」到「捨」白居易已經認識到眞假、是非、淨垢、生滅、苦樂、濟捨等一切都是人的「分別識」造成的。實質上，它們本身都是如一的，沒有分別的。這種辯證的邏輯分析以及對佛理的透徹認識顯示出白居易的佛學素養已經日漸深厚。蘇轍甚至在包含了「六根之源，湛爲止水」，「是大慈悲，以一濟萬」等佛理的詩句中還看出禪宗所重視的「應無所住而生其心」〔註18〕的心要。這更加凸顯了白居易對佛理的較強領悟力。由此亦可看出唐宋時期中國文人對禪宗思想的領悟。

　　雖然及第後的仕途並不十分順利，但白居易還是憑藉自己的才華得到唐憲宗的賞識並成爲翰林學士。長安爲官期間，白居易秉承「兼濟」之志，不畏權貴，耿直進言，並爲此創作了「爲君爲民爲物爲事而作，不爲文而作」（《新樂府序》）的諷諭詩。同時，他還研讀了《金剛經》、《維摩詰所說經》、《法華經》、《心王頭陀經》等佛書。雖然出於國家的考慮他曾在《策林・六十七議釋教》中對老莊思想給予了肯定，對佛教及僧尼提出了質疑，但是這並沒有妨礙他在思想上對佛教的肯定。他甚至將佛教作爲了自己的「覺歸」之處。在《送文暢上人東遊》、《見元九悼亡詩因以此寄》、《早梳頭》、《贈別宣上人》、《酬錢員外雪中見寄》等詩中，白居易都表達了自己的體會和對佛理的嚮

〔註18〕〔宋〕蘇轍：《蘇轍集》（第三冊），陳宏天，高秀芳點校，北京：中華書局，1990 年版，第 1115 頁。

往。蘇轍不僅注意到了白居易對佛理的重視而且道出了其中的原因：「樂天少年知讀佛書，習禪定。既涉世，屢憂患，胸中了然，照諸幻之空也。」〔註19〕涉入世事的白樂天雖常常憂患，但閱讀佛經使他認識到世事的空幻，從而能夠做到「胸中了然」。照空幻而心中了然其實也就是白樂天在思想上近佛的真正原因。《贈別宣上人》詩云：

> 上人處世界，清淨何所似。似彼白蓮花，在水不著水。
> 性真悟泡幻，行潔離塵滓。修道來幾時，身心俱到此。嗟
> 余牽世網，不得長依止。離念與碧雲，秋來朝夕起。

詩人感慨於自己牽於世事而不能長久保持心如止水的狀態，對宣上人的修道境界表現出羨慕和嚮往之情。在《和夢遊春詩一百韻》序中，白居易又進而表白了將佛門作為自己「歸覺之處」的態度：

> 予以為苟不悔不悟則已，若悔於此，則宜悟於彼也。
> 反於彼而悟於妄，則宜歸於真也。況與足下外服儒風，內
> 宗梵行者有日矣。而今而後，非覺路之返也，非空門之歸
> 也，將安返乎？將安歸乎？

這段關於悔此悟彼、反彼悟妄而歸真的辯證認識充分體現了白居易對佛理的深入領悟和對個人處境的深刻把握。

幾年的朝官生活，是「馬蹄凍且滑，羊腸不可上。若比世路難，猶自平於掌。」（《初入太行路》）的生活。在艱難的世路中，儒家兼濟獨善的思想仍是白居易秉持的原則。只是在起伏不定、危機四伏的仕途生活中，生命、人生等與個人密切相關的問題仍是白居易極為重視的：

> 由來生老死，三病常相隨。（《白髮》）

> 人生苦營營，終日群動間。所務雖不同，同歸於不閒。
> （《別楊穎士盧克柔殷堯藩》）

> 朝朝感時節，年鬢暗蹉跎。胡為戀朝市，不去歸煙蘿。
> 青山寸步地，自問心如何。（《青龍寺早夏》）

〔註19〕〔宋〕蘇轍：《蘇轍集》（第三冊），陳宏天，高秀芳點校，北京：中華書局，1990年版，第1114頁。

　　　　　外薰性易染，內戰心難恂。(《和夢遊春詩一百韻》)

不可避免的生老病死、苦營於世又不得閒的身心、歲月蹉跎卻無以濟世、受外界干擾卻難以平恂的心性，追求隨性自然的白居易在反思這種生活狀態、表達對無以繫縛之生活的渴望的同時，也試圖通過老莊的逍遙自然和度脫生死的佛理達到平衡身心的目的。面對名利榮辱得失的煩惱，白居易將佛教看作「抖擻垢穢衣，度脫生死輪」(《自覺二首》之二) 的解脫之門，並將佛學思想作爲了自己除憂惱病，悟萬事空的思想指導。正如他在《和夢遊春詩一百韻》所指出的：

> 欲除憂惱病，當取禪經讀。須悟事皆空，無令念將屬。……入仕欲榮身，須臾成黜辱。合者離之始，樂兮憂所伏。愁恨僧祗長，歡榮刹那促。覺悟因傍喻，迷執由當局。膏明誘暗蛾，陽焰奔癡鹿。貪爲苦聚落，愛是悲林麓。水蕩無明波，輪迴死生輻。塵應甘露灑，垢待醍醐浴。障要智燈燒，魔須慧刀戮。外薰性易染，內戰心難恂。法句與心王，期君日三復。〔微之常以《法句》及《心王頭陀經》相示。故申言以卒其志也。〕

只有佛禪觀空幻之理才能去染復淨，無名利榮辱之心，尙達生死，從而達到「本立空名緣破妄，若能無妄亦無空。」(《重酬錢員外》) 的境界。

　　在《夜雨》、《和思歸樂》、《夢裴相公》等眾多詩中，白居易也反覆表達了因觀世事多變而悟空幻的道理。在「形骸委順動，方寸付空虛。持此將過日，自然多晏如。」(《松齋自題》)「澹然無他念，虛靜是吾師。形委有事牽，心與無事期。中臆一以曠，外累都若遺。」(《夏日獨直寄蕭侍御》) 等詩句中，我們看到白居易在「心付頭陀經」的同時採取了「身委逍遙篇」(《和思歸樂》) 的做法。對詩人而言，澹然虛靜、委順逍遙的老莊思想可以使自己的身體得到安適，「煉成不二性，消盡千萬緣。」(《夜雨有念》) 的佛理則可以使自己的內心達到空虛之境。在「外順世間法，內脫區中緣。」(《贈杓直》) 的同時，白居易也坦言了自己因「人生不得長歡樂，年少須臾老道來。」(《短

歌行》）而產生的及時行樂的觀點：

> 既不逐禪僧，林下學楞伽。又不隨道士，山中煉丹砂。
> 百年夜分半，一歲春無多。何不飲美酒，胡然自悲嗟。……
> 況在名利途，平生有風波。深心藏陷阱，巧言織網羅。（《勸
> 酒寄元九》）

仕途的艱難促使詩人借助老莊及佛理內外兼修，但率眞隨性的詩人尚
未能重視禪修的實踐。這種重觀空幻悟理而不行禪修的思想就是白居
易對佛教最初的態度與選擇。

　　生活的變遷使白居易對佛教有了新的認識。元和六年，白居易相
繼失去了母親和女兒。喪母失女使他深刻體會到了生死之痛。

> 朝哭心所愛，暮哭心所親。親愛零落盡，安用身獨存？
> 幾許平生歡，無限骨肉恩。結爲腸間痛，聚作鼻頭辛。悲
> 來四支緩，泣盡雙眸昏。所以年四十，心如七十人。（《自
> 覺二首》之二）

　　詩人痛失親人後肝腸寸斷的感情在詩中表達地淋漓盡致，這種傷
痛使詩人心如死灰，如七十歲的老人了。此時讓詩人更加傷心的還有
在世親人的分離：

> 我有所念人，隔在遠遠鄉。我有所感事，結在深深腸。
> 鄉遠去不得，無日不瞻望。腸深解不得，無夕不思量。況
> 此殘燈夜，獨宿在空堂。秋天殊未曉，風雨正蒼蒼。不學
> 頭陀法，前心安可忘？（《夜雨》）

深夜，詩人殘燈獨宿，喪失親人的悲痛、兄弟難聚的傷感，回首往事，
蒼蒼的秋雨則徒增了悲傷的情緒。如果不參學佛法，充滿了愛恨歡樂
悲傷的心怎麼能夠平靜呢？然而，即使是佛教的空幻之理也只能暫時
排遣詩人失去親人的悲苦而無法使之眞正獲得解脫。在《念金鑾子二
首》之二中，詩人寫到：「恩愛元是妄，緣合暫爲親。念茲庶有悟，
聊用遣悲辛。慚將理自奪，不是忘情人。」詩人試圖通過領悟妄、緣
等佛理達到排遣悲苦的目的，但是這種排遣只能是暫時的，詩人根本
無法平復自己的悲情。

　　歸下邽丁憂守孝期間，身病、家貧、親愛逝散所帶來的痛苦以及朝廷遲遲不招用的憂慮使他寢食難安。為了平衡身心、排解憂愁，他嘗試通過老莊的坐忘、隱几求得身體的舒暢安適。於是便有了「長年漸省睡，夜半起端坐。不學坐忘心，寂寞安可過。」(《冬夜》)的體會。長期的坐忘使白居易有了「回念入坐忘，轉憂作禪悅。」(《送兄弟回雪夜》)的經歷，進而領悟到了外宗老莊、內悟佛理而達到身世兩忘、心不為外物所動的境界。正如《渭村退居寄禮部崔侍郎翰林錢舍人詩一百韻》中所言：

> 外身宗老氏，齊物學蒙莊。疏放遺千慮，愚蒙守一方。樂天無怨歎，倚命不劬勤。……漸聞親道友。因病事醫王。息亂歸禪定，存神入坐亡。斷癡求慧劍，濟苦得慈航。不動為吾志，無何是我鄉。可憐身與世，從此兩相忘。

在《夜雨有念》中，白居易還表達自己修「道」的所得：

> 自我向道來，於今六七年。煉成不二性，銷盡千萬緣。唯有恩愛火，往往猶熬煎。豈是藥無效，病多難盡蠲。

這裡的「道」不是道教或道家的道，而是指佛教之道即以佛禪之理作為自我修行的重要指導。修行佛法六七年，詩人雖然在銷盡萬緣、悟入平等無分別之理上有所得，但恩愛之情卻難以控制。詩人認為這並不是佛理無效，而是自己多情之病太深以致於此病難以一時去除。這種體悟充分表明了白居易對佛教思想的肯定。「身著居士衣，手把南華篇。終來此山住，永謝區中緣。」在這首 814 年所創作的《遊悟真寺詩一百三十韻》中，白居易第一次以「居士」自稱並表達了自己對佛教的嚮往。

　　在印度佛教傳入之前，「居士」在我國古代文獻中主要是指有才而居家不仕者。這個詞帶有尊敬的意味，並且常常與有才有德而不仕、安貧樂道、清心行善等相聯繫。在印度，「居士」一詞的含義卻十分豐富。早期印度佛教經典中居士與印度的種姓制度相關，也與有財有德的人即長者有聯繫。但隨著印度大乘佛教的發展，印度「居士」

的內涵擺脫了種姓觀念，發展爲廣泛意義上的居舍、居財之士，如《維摩詰經》中的維摩詰。實際上，在印度如維摩詰有德、有財的人梵語中爲 Grha-pati，舊譯爲長者、家主、家長，後來通譯爲居士。而像維摩詰一樣在家學佛的人梵語中爲Ｕｐāｓｉｋā，舊譯爲優婆塞、清信士、近事男等，即親近奉事三寶的意思。爲了避免繁雜和適合中國人的習慣，在後來的翻譯中居財有德、在家學佛者在漢語中都被稱爲了居士。佛教中居士群體及其思想的發展是因印度大小乘佛教的分化所引起的。呂澂先生曾指出，大小乘的區別之一就是大乘特別重視居士。他說：「小乘認爲要實現自己的理想，非出家過禁欲生活不可；而大乘，特別在初期，則以居家的信徒爲主。」〔註20〕大乘佛教從一開始就很重視在家修行。這些有關居士的佛教思想和般若學、龍樹學等在印度本土不斷髮展的大乘佛學從印度佛教東漸開始便與小乘佛教一起傳入中國了。白居易生活的中唐時期，大乘佛教在中國的發展勢頭已經壓過了小乘佛教。唐代勢力較大的八個佛教宗派都是從大乘佛教發展而來的。大乘佛教在與中國傳統思想融通的融通中，居士思想及其特殊身份也被中國人所廣泛接受，而居士群體也成爲中國佛教信眾的一個重要組成部分。

　　爲什麼大乘佛教在中國能夠得到有利的發展呢？其實這與大乘佛教的思想是密不可分的。儒學是中國古代文人的安身立命之本。中國古代的文人士大夫思想上接受儒家修、齊、治、平的教育，行爲上遵守仁、義、禮、智、信等信條。而儒家積極入世的思想與傳入的小乘佛教拋家修行的戒規是格格不入的。但是，大乘佛教中的「自利利他」、「普渡眾生」的宗教理念和對居士地位與修行的積極肯定卻彌合了儒家的入世與佛教的出世之間的界限，因而也在某種程度上緩和了佛教與儒家思想的衝突。因此，佛教傳入中國後不久，中國便出現了居士。「伊蒲塞」和「優婆塞」分別出現在《後漢書》和《資治通鑑》

〔註20〕呂澂：《印度佛學源流略講》，上海：上海人民出版社，1979 年版，
　　　　第 79 頁。

的記載中，都是指佛教中的男性居士。由於沒有過分苛刻的行為準則和繁瑣的教義，有關居士的思想從漢末到南北朝隨著大乘佛教在中國的發展而得到了佛教信徒的廣泛認同。漢代之後的各朝代中都不乏有名的居士，如魏晉南北朝時有孫綽、劉遺民、宗炳、傅大士等人；中唐之前則有李通元、王維等人。在清代彭際清所編的比較客觀地專門記錄居士事跡的傳記《居士傳》中，王維、柳宗元、白居易也被列入在《居士傳》第十九當中。傳末作者評價曰：「摩詰、子厚並以文術鳴當時傳後世。然考其生平。視白公有愧焉。」（《居士傳·卷十九》）可見，白居易雖然自封居士較晚但觀其一生之言行卻更無愧於「香山居士」的封號。

返京後，白居易對坐禪的看法有所改變。《重到城七絕句 恒寂師》中云：「會逐禪師坐禪去，一時滅盡定中消。」從朝服到居士衣，從「不逐」到「會逐」，白居易對佛教的理解與體認在生活中得以強化。雖然老莊與佛教並重看起來有些矛盾，但在白居易看來，外宗老莊委順形骸，內修佛理忘懷生死，相得益彰。因此，他的詩中才多次出現了如「居士衣」與「南華篇」、「逍遙篇」與「頭陀經」並提等佛教、老莊合論的現象。「居士」的提出不僅體現了白居易對大乘佛教居士思想的認同，也是其歸居下邽時期，在觀幻悟理的基礎上、深入體悟佛理後對進一步親近佛教所做出的思想選擇。突如其來的貶謫則成為促使白居易進一步走向居士的重要契機。

從只重空幻的佛理、不重佛教實踐的最初選擇，到對居士的肯定，白居易對佛教思想的選擇與認同是隨著其經歷而變化的，不可否認的是，這種選擇也帶有某種實用性。這恐怕是中國古代文人士大夫的共同特點吧。

第三節　從居士情懷的深入到對居士的實踐

回朝後的白居易擔任較為清閒的太子左贊善大夫一職。「近歲將心地，迴向南宗禪」（《贈杓直》）則成為處在「官閒居處僻」（《昭國

閑居》）之境況下的白居易排解內心苦悶的最佳選擇。對於佛教的派
別白居易似乎並不重視，這在他與北宗凝公大師、南宗惟寬、智常等
禪師的交往以及他與密宗、淨土宗有關的言行中表露無遺。對白居易
而言，派別並不重要，重要的是佛學思想對個人的意義與作用。白居
易對南宗禪並不陌生。早在元和四年（809）馬祖道一的弟子惟寬禪
師居興善寺時白居易就曾以四次問道對南宗禪有所認識。因此，心向
南宗禪也並非出於偶然。思想上對居士的肯定甚至使現為朝官的白居
易對衣著的選擇也有所改變。《題玉泉寺》詩云：

　　　　湛湛玉泉色，悠悠浮雲身。閑心對定水，清淨兩無塵。
　　手把青篛杖，頭戴白綸巾。興盡下山去，知我是誰人。

遊覽玉泉寺後白居易體會到佛教清淨無塵的境界。這種心得無法言
說，就連自己的裝扮恐怕也讓人無法分辨其身份：手中拿著青篛杖，
頭上戴著白綸巾。一青一白的裝扮無疑使人將自己與僧人聯想到了一
起，因此白居易在詩末以「知我是誰人」作結。白居易有意在詩中用
裝扮自內而外地將自己亦官亦遊的真實身份和心向佛禪的僧人模糊
化。這種模糊正是在家學佛者即居士所具有的特點。所以，對白居易
來說，其身雖屬官但他的衣著與內心卻可以表明自己學佛向佛的意向。

　　居士的思想並沒有妨礙白居易的兼濟之志。元和十年六月所發生
的刺殺宰相武元衡、傷裴度的事件震動朝野。面對這種罕見的惡劣政
治事件，白居易不顧個人得失，冒險越職而上書言事。但他的耿直與
忠心換來的卻是貶謫遠郡。此次的貶謫所帶來的不僅僅是其人生的轉
變，更重要的是它提供了白樂天到香山居士轉變的重要契機。貶謫江
州的打擊使白居易深刻體會到世事的多變和榮辱生死之驚。在白居易
赴江州途中所創作的詩歌中，冤貶之事所帶來的悲愁與感傷溢於言
表，如《夜聞歌者》、《初貶官過望秦嶺》、《歲晚旅望》等。同時，在
《罷藥》詩中，白居易表達了自己對修禪的看法：

　　　　自學坐禪休服藥，從他時復病沉沉。此身不要全強健，
　　強健多生人我心。

對學習坐禪的白居易來說，藥物的作用並不重要了。因為如果對身體的強健過分關注反而會成為對自我的執著，倒不如一切順其自然。這種觀點其實不僅是白居易對反覆發作之病的看法，也是他對自己人生路上已遭受的和將來要遇到的困難及傷害所持的態度。但是，真正面對自己的處境時，失落苦悶的謫遷意識在白居易的詩中又自然而然地流露出來。

　　昔為京洛聲華客，今作江湖潦倒翁。（《晏坐閒吟》）

　　我本北人今譴謫，人鳥雖殊同是客。（《放旅雁》）

　　賈生俟罪心相似，張翰思歸事不如。斜日早知驚鵬鳥，秋風悔不憶鱸魚。（《端居詠懷》）

　　閒弄水芳生楚思，時時合眼詠離騷。（《湖上閒望》）

貶謫初期，白居易的詩中常常流露出這種遷客逐臣的潦倒失落之情和賈生屈原的悲悸慷慨之意。心中的悲苦使他對佛教所言的「苦」有了深刻的體認。於是，坐禪、醉飲和狂歌（主要指吟歌作詩）成為白居易解脫悲苦的主要方式。同時，他又渴望能夠消除自己的「愁醉」與「悲吟」。其《晚春登大雲寺南樓贈常禪師》云：

　　花盡頭新白，登樓意若何？歲時春日少，世界苦人多。

　　愁醉非因酒，悲吟不是歌。求師治此病，唯勸讀楞伽。

《楞伽經》是大乘佛教的一部重要經籍，全稱為《楞伽阿跋多羅寶經》。它也是禪宗的南北宗都十分重視的佛經。此經內容駁雜，其內容涉及：以「無」為宗即一切諸法之存在是圓融無礙之心體，不可言說；體會一切存在唯是自心所現，一切平等並消除妄想，無分別心；證得真俗二諦等等。此經認為，世界萬有都是由心識而造成的。凡夫所執持的有、無，一、異，自、他等都是虛妄之想，是迷執，是需要治癒的，因此是「病」。一切妄想、執著及所見都是因分別心而造成的。白居易深知內心的悲愁使自己平生所好的醉飲與狂歌都帶上愁苦的滋味。向常禪師請教治癒此病的方法，也只是勸讀《楞伽經》。

潯陽雖是遠郡，但卻也是一座歷史文化名城。除了廬山美景外，

這裡還有如東林寺、西林寺等大大小小的著名寺院。這為喜好遊歷又
傾心於佛教的白居易來說倒是一件好事。

　　薄霧蕭條投寺宿，凌晨清淨與僧期。(《宿西林寺早赴
　東林滿上人之會因寄崔二十二員外》)

　　新年三五東林夕，星漢迢迢鐘梵遲。花縣當君行樂夜，
　松房是我坐禪時。(《正月十五日夜東林寺學禪偶懷藍田楊
　六主簿因呈智禪師》)

與僧人交往、投寺而宿、松房學禪成為詩人生活的一部分且有所得。
清晨，潯陽城的鶯聲勾起了白居易對為近臣時的往事的回憶，今昔對
比，寂寞憂傷之情油然而生。但通曉佛理的詩人知道，其實鳥聲是沒
有區別的，分別在於人的心情。不以被貶天涯的之心去聽取思考去辨
別，禁中與潯陽的鶯聲又哪裏會有什麼區別呢？詩人於是在《聞早鶯》
中寫下了自己的感悟：

　　鳥聲信如一，分別在人情。不作天涯意，豈殊禁中聽。

這種感悟表現出詩人對自我的主體性作用的充分認識。佛教「唯有無
生三昧觀，榮枯一照兩成空。」(《廬山草堂夜雨獨宿》) 等道理逐漸
使詩人對生命有了新的體驗和感悟：

　　羲和走馭趁年光，不許人間日月長。遂使四時都似電，
　爭教兩鬢不成霜。榮銷枯去無非命，壯盡衰來亦是常。已
　共身心要約定，窮通生死不驚忙。」(《遣懷》)

詩人自知歲月不留人，四時亦如閃電般飛逝。既然生命如此短暫，人
生的榮與枯只不過是「命」罷了，從健壯到衰老也是常理了。因而詩
人的身與心已經約定好了無論窮通或是生死都不要驚忙。

　　《遣懷》中所表現的對「命」的認識，一般理解為儒家思想。「仲
尼曰：『死生，存亡，窮達，貧富，賢與不肖，毀譽，饑渴，寒暑，
是事之變，命之行也。日夜相代乎前，而知不能規乎其始者也。』」
〔註21〕依據梁啓超的觀點，孔子所謂的「命」是指自然界的一定法則，

〔註21〕參見梁啓超：《梁啓超全集·第十一卷》(第六冊)，北京：北京出版

是不能以人力而轉變的。孔子後，《易》、《中庸》、《孟子》等都講命且主張俟命。白居易的「居易」二字即出自《禮記・中庸》的「君子居易以俟命」。儒家的俟命指「站在合理的地位，等命來，卻不是白白的坐著等，要修身以俟之，最後是立命，即造出新命來。」〔註22〕由此可知，白居易的兼濟獨善之志其實與「居易以俟命」的觀念密切相連。白居易又字「樂天」，此出自《周易》的「樂天知命故不憂」。孔穎達疏云：「知性命之始終，任自然之理。」〔註23〕這樣才能夠無憂患。白居易的取名與取字明顯地表現出其所受儒家思想薰陶之深。《孟子》云：「知命者，不立乎岩牆之下。」意指知命的人不要把自己置於危險之境地。但是，對白居易來說，父親的早逝、家庭的責任、生計的重任、個人的前程、仕途的險惡，世間有太多的無可奈何了。俟命，知命，安命，不怨天不尤人，能夠做到這些又談何容易呢？特別是在經歷了冤貶之後，白居易體會到了佛教所說的無常和世間之苦，儒家「以人爲中心」、「以人類心力爲萬能」〔註24〕的積極入世的思想已經無法提供給白居易前進的動力，而老莊思想與佛教在身心兩個方面卻進一步使白居易獲得平衡和解脫。在赴江州的途中白居易就曾在《讀莊子》詩中將「無何」作爲了「本鄉」。梁啓超在《儒家哲學的重要問題》中曾指出，莊子講命有些像儒家，他（指莊子）說：「知其不可奈何，而安之若命。」〔註25〕對於這些無法超脫的無可奈何，白居易只好「安之若命」。他在詩中也多次表達了將生死、窮達、貧富、榮枯等視之「若命」的態度，或者以「不才」而盡己之才爲幸

社，1999 年版，第 3135 頁。

〔註22〕梁啓超：《梁啓超全集・第十七卷》（第九冊），北京：北京出版社，1999 年版，第 5000 頁。

〔註23〕轉引自花房英樹：《白居易》，黃瑋等譯，北京：社會科學文獻出版社，1991 年版，第 116 頁。

〔註24〕梁啓超：《梁啓超全集・第十二卷》（第六冊），北京：北京出版社，1999 年版，第 3653 頁。

〔註25〕參見梁啓超：《梁啓超全集・第十七卷》（第九冊），北京：北京出版社，1999 年版，第 5001 頁。

事。進而在《反鮑明遠白頭吟》等詩中，白居易以「宜當委之去，寥
廓高飛騰。豈能泥塵下，區區酬怨憎。胡爲坐自苦，吞悲仍撫膺。」
的詩句表達了面對生死窮通，應當委任而不要生怨憎之心，自尋悲
苦。而對「自苦」的認識正是佛教「怨憎苦」之意的體現。

　　　榮枯事過都成夢，憂喜心忘便是禪。（《寄李相公崔侍
郎錢舍人》）

　　　淡寂歸一性，虛閒遺萬慮。了然此時心，無物可譬喻。
本是無有鄉，亦名不用處。行禪與坐忘，同歸無異路。（《晚
起晏坐》）

　　　自從委順任浮沉，漸覺年多功用深。面上減除憂喜色，
胸中消盡是非心。……長笑靈均不知命，江蘺叢畔苦悲吟。
（《詠懷》）

江州期間，白居易在詩中反覆表現了自己從老莊和佛禪思想中的所
得。無論是虛閒、委順、坐忘還是一性、平等、坐禪，詩人不僅從中
得到了安慰，而且進一步將這些作爲學習大乘平等法的基礎。

　　　爲學空門平等法，先齊老少死生。（《歲暮道情二首》
之一）

老莊思想在白居易這裡被看作是學習佛教平等法的入門。因此，莊禪
合論的詩句也頻繁地出現在其作品中。其實，莊子的「獨與天地精神
往來」、「充實不可以已，上與造物者遊，而下與外死生無終始者爲友」
（《莊子·天下篇》）以及「天地與我並生，而萬物與我爲一。」（《齊
物論》）等思想與大乘佛教思想在很多方面是有相似之處的。〔註26〕
佛禪與老莊的結合在六朝玄學化的歷史中就已經具有潛在的因子
了。王弼、何晏、郭象及其玄學運動時期，老莊的「虛無」和大乘佛
教的「空」就常合論。唐時莊禪合流的歷史已經很久了。而白居易生
活時期較有影響的南宗禪特別是洪州禪本身即對老莊的思想有所吸

〔註26〕參閱梁啓超：《梁啓超全集·第十二卷》（第六冊），北京：北京出版
　　　社，1999 年版，第 3653～3658 頁。

收。〔註27〕白居易早有交往的惟寬以及在江州東林二寺的智常、興國寺的神湊等，甚至其晚年居洛陽時所結交的佛光如滿，都是馬祖洪州禪系的門人。這的確是白居易詩中莊禪合論的原因之一。而其下邽時期從坐忘到逐禪的實踐體驗和身心並重的思想也是詩人莊禪並重的重要原因。

　　無論是莊還是禪，對白居易而言，它們不僅是調理性情、排解苦悶的重要方式，也是其實現獨善的重要內容。在逐漸平復遷客的失意中，佛教的居士思想也隨之深入其心：

> 潯陽遷客爲居士，身似浮雲心似灰。（《贈韋煉師》）

繼而，在《山居》中詩人又描寫了自己的山居生活：

> 山齋方獨往，塵事莫相仍。藍輿辭鞍馬，緇徒換友朋。
>
> 朝餐唯藥菜，夜伴只紗燈。除卻青衫在，其餘便是僧。

不坐竹轎，與僧侶爲友，以藥菜爲食，與紗燈爲伴，除卻青衫外其餘的確與僧人無異。只有這樣的山居生活，詩人才能獲得不爲塵事所牽的體悟。即使回到現實的生活中，詩人對自己的「妄心」、「宿緣」也保持著清醒的認識：

> 自從苦學空門法，銷盡平生種種心。唯有詩魔降未得，
>
> 每逢風月一閒吟。（《閒吟》）
>
> 有侄始六歲，字之爲阿龜。有女生三年，其名曰羅兒。
>
> 一始學笑語，一能誦歌詩。……物情小可念，人意老多慈。
>
> 酒美竟須壞，月圓終有虧。亦如恩愛緣，乃是憂惱資。舉
>
> 世同此累，吾安能去之。（《弄龜羅》）
>
> 歷官凡五六，祿俸及妻孥。左右有兼僕，出入有單車。
>
> 自奉雖不厚，亦不至饑劬。……平生榮利心，破滅無遺餘。
>
> 猶恐塵妄起，題此於座隅。（《題座隅》）

　　「在家」（不必削髮入寺廟而修行）學佛的生活使白居易銷盡了名利榮枯等種種心，也使他的佛教自省意識更強了。生性敏感的白居

〔註27〕參閱蕭麗華：《白居易詩中莊禪合論之底蘊》，見《唐代文學研究》（第七輯），桂林：廣西師範大學出版社，1998 年版。

易從生活中體悟佛理的同時，也將生活瑣事的感受在詩中毫無遺漏地
表達出來。在佛教看來，詩人對詩歌的創作欲是具有擾亂性的「魔」，
世人所具有的愛子之心也是一種憂苦，雖然無法去除這些「憂惱資」，
但是世人身在其中卻很難認識到自己的憂苦處境。深入佛理的白居易
在自己閑吟或與孩童嬉戲等瑣事中有所感悟，而且還將自己片刻所悟
得的無榮利心記錄下來，作爲提醒自己勿起妄心的「題座隅」。

對所起的妄心，白居易不僅將其記錄下來而且一再表達了「賴學
空王治苦法」的思想。

> 功名宿昔人多許，寵辱斯須自不知。一旦失恩先左降，
> 三年隨例未量移。馬頭覓角生何日，石火敲光住幾時？前
> 事是身俱若此，空門不去欲何之？（《自題》）

> 兩鬢千莖新似雪，十分一盞欲如泥。酒狂又引詩魔發，
> 日午悲吟到日西。（《醉吟二首》之二）

> 遠謫四年徒已矣，晚生三女擬如何？預愁嫁娶眞成
> 患，細念因緣盡是魔。賴學空王治苦法，須拋煩惱入頭陀。
> （《自到潯陽生三女子因詮眞理用遣妄懷》）

三年量移〔註 28〕期到，除書遲遲不到使白居易頗感不安。遠謫
四年的俸祿對已有三女的詩人來說太微薄了，爲了家人的生計他渴望
仕途有所轉機，不安之心又使他回想起苦悶的「前事」，「事事無成身
老也」（《醉吟二首》之一）的鬱悶只能於醉酒中得以頃刻化解。對於
這種「細念因緣盡是魔」的悲苦，詩人更加深刻地體會到不學空門治
苦法自己又如何解脫呢？當白居易以「我無奈命何，委順以待終。命
無奈我何，方寸如虛空。」（《達理二首》之一）之理做好潯陽以終老
的準備時，忠州除書終於到了。此次仕途的轉機與白氏的好友崔群等
人的歸朝重用之事有關。〔註29〕當「黃紙除書落枕前」（《別草堂三絕

〔註28〕「唐朝人得罪貶竄，遇赦改近地，謂之量移。」顧炎武《日知錄》
中唐制度爲左降官到任後，一般經過五考滿後才能量移。參閱蹇長
春：《白居易評傳》，南京：南京大學出版社，2002 年版，第 167 頁。
〔註29〕白居易詩《除忠州寄謝崔相公》中云：「提拔出泥知力竭，吹噓生翅

句》之一）時，白居易以

> 久眠褐被爲居士，忽掛緋袍作使君。身出草堂心不出，
> 廬山未要動移文。（《別草堂三絕句》）

的詩句表達了自己的心境。詩人在詩中直接以「居士」指稱自己，並明確表示了身入世而心不入的態度。

　　從「身似浮雲心似灰」的「潯陽遷客」到「居士」，從久居草堂爲居士再到雖掛緋袍心不出的使君，江州的四年是白居易從兼濟之志轉向獨善之「道」〔註30〕的重要轉折點。橫遭貶斥的經歷使他在親身驗證了官場險惡的同時也將自己置入了自苦自悲的「火宅煎熬地」（《自悲》）。在以老莊和佛禪之理排憂釋憤、調理身心的過程中，白居易對大乘佛教及其居士思想的體會與認同也不斷深入，他的居士情懷以及自省意識也得到了深層的發展。在對自己的官場經歷反思的過程中，白居易的仕宦之情在日漸消弱，但迫於生計他又不能不關注個人的仕途之路。

　　其實，在早年的《翰林院中感秋懷王質夫》等詩中，白居易就已經流露出休退之意。在後來的歸居下邽時期所作的《歸田三首》中，詩人還記述了自己「四十爲野夫，田中學鋤穀」的經歷。眞正的棄官歸田對他來說是不可行的。

> 手不任執耒，肩不能荷鋤。量力揆所用，曾不敵一夫。
> 幸因筆硯功，得升仕進途。歷官凡五六，祿俸及妻孥。左
> 右有兼僕，出入有單車。（《題座隅》）

　　詩中的「幸」字即清晰地表明了詩人對以仕宦爲謀生手段的偏好之情。更何況，俸祿雖然並不豐厚，卻仍過著左右有僕人、出入有單車的生活。這種仕宦生活對於中國古代特別是唐宋之前文人士大夫來說，可能不是唯一的選擇卻無疑是很重要的一種謀生之選

見情深。」詩句中即可看出。

〔註30〕此「道」即白氏在《與元九書》中所說的「行在獨善，奉而始終之則爲道」。

擇。這種方式本身雖然帶有不穩定性，但由此文人們可以獲得經濟上的支持。而飯牛磨鏡、負薪灌園、執耒荷鋤卻不是他們所甘心和能勝任的謀生選擇。因此，除了依賴於與官職密切相關的俸祿，他們沒有其他的謀生辦法。也正因爲如此，生計便成爲人們留戀仕宦的一個基本理由。〔註31〕就白居易而言，不用負薪灌園、執耒荷鋤地勞作，靠筆硯之力就可以獲得俸祿，即便司馬之俸祿並不十分豐厚，但仍然是維持自己和家人生活的重要來源。因而棄官歸隱對他來說就不是那麼容易的事情了：

> 欲作雲泉計，須營伏臘資。(《江南早秋》)

可見，爲了生計，仕宦之路是家庭並不富裕的白居易的唯一選擇。

事實上，白居易選擇「學而優則仕」的道路不僅僅是爲了成就自己的兼濟之志，也是爲了奉養自己的家庭。早年他曾在《初除戶曹喜而言志》詩中云：

> 詔授戶曹掾，捧詔感君恩。感恩非爲己，祿養及吾親。弟兄俱簪笏，新婦儼衣巾。……俸錢四五萬，月可奉晨昏。廩祿二百石，歲可盈倉囷。……不以我爲貪，知我家內貧。置酒延賀客，客容亦歡欣。笑云今日後，不復憂空樽。答云如君言，願君少逡巡。我有平生志，醉後爲君陳。人生百歲期，七十有幾人。浮榮及虛位，皆是身之賓。唯有衣與食，此事粗關身。苟免飢寒外，餘物盡浮雲。

這首詩中，詩人直白地表達了初除戶曹參軍之喜。喜從何來？在於「月可奉晨昏」、「歲可盈倉囷」的俸祿。此前，白居易爲左拾遺，左拾遺雖然是兩省供奉官，但其俸祿則從八品，京府戶曹參軍的俸祿則依正七品，相比之下戶曹參軍的俸給較厚。〔註32〕對於家內較貧的詩人來說，作爲戶曹所得到的較豐厚的俸祿正好可以祿養其親，豐衣

〔註31〕參閱蔣寅：《古典詩歌中的「吏隱」》，《蘇州大學學報》(哲學社會科學版)，2004年第2期。

〔註32〕參閱朱金城箋注：《白居易集箋校》，上海：上海古籍出版社，1988年版，第288頁。

足食，所以詩人在開篇便先言感君恩，並毫不避俗地在詩中提到了俸祿的具體數量。而在詩中記錄官職和俸祿也成為其詩作的重要內容。對此，朱熹認為這是白氏愛官羨富的表現。他在《朱子語類·論文下》中評論說：「樂天，人多說其清高，其實愛官職，詩中凡及富貴處，皆說得口津津地涎出。」〔註33〕其實，白樂天從未否認過自己嫌貧愛富，倒是洪邁在《容齋隨筆》中的理解比較接近詩人的本意：

> 白樂天仕官，從壯至老，凡俸祿多寡之數，悉載於
> 事。……其立身廉清，家無餘積，可以概見矣。〔註34〕

筆者認為以官職和俸祿入詩其實包含了白居易複雜的感情。官職的高低、俸祿的厚薄對詩人來說都是不可奈何卻又與自己息息相關的。正如詩中所言，官榮虛位都是身外之物，只有衣食與自己相關，只要可以免於飢寒也就足夠了。詩人這種最初的知足不貪的觀念恰好與佛教的消除「三毒」（貪、嗔、癡）等教義及老莊的思想相契合，並隨著詩人佛教思想的深入而得以深化。

> 匡廬便是逃名地，司馬仍為送老官。心泰身寧是歸處，
> 故鄉何獨在長安？（《重題》）

> 憶昔榮遇日，迨今窮退時。今亦不凍餒，昔亦無餘資。
> 口既不減食，身又不減衣。撫心私自問，何者是榮衰。勿
> 學常人意，其間分是非。（《烹葵》）

> 樂人惜日促，憂人厭年賒。無憂無樂者，長短任生涯。
> （《食後》）

日益加深的居士情懷使白居易能夠更加自覺地以無分別之心看待今昔的差別並以此開闊心胸：只要心泰身安，身在何處便沒有分別；今昔之別，只要無分別之意，是非榮辱也就沒有分別了；樂人與憂人亦

〔註33〕〔宋〕黎靖德編：《朱子語類》，見上海古籍出版社編：《四庫全書》（第702冊），上海：上海古籍出版社，1987年版，第810頁。

〔註34〕〔南宋〕洪邁：《容齋五筆·卷八》，見上海古籍出版社編：《四庫全書》（第851冊），上海：上海古籍出版社，1987年版，第849～850頁。

各有所執，無憂無樂才是眞正的解脫。

在此基礎上，險山惡水的忠州之行使生性敏感的白居易在經歷了仕途受挫之後、有所轉機之際，又產生了對生命無常的恐懼和感歎：

> 常聞仗忠信，蠻貊可行矣。自古飄沉人，豈盡非君子？
> 況吾時與命，寒舛不足恃。常恐不才身，復作無名死。(《初
> 入峽有感》)

忠州途中的險境環生及忠州城的貧瘠荒蠻使白居易頗感不適，特別是其較爲貧乏的物質生活條件。在《即事寄微之》中詩人寫到：

> 畬田澀米不耕鋤，旱地荒園少菜蔬。想念土風今若此，
> 料看生計合何如？衣縫紕纇黃絲絹，飯下腥鹹白小魚。

在這種窮陋不適的情況下，「飽暖飢寒何足道，此身長短是空虛。」的佛教思想成爲他的治心良方。在回憶江州時期「先生烏幾舃，居士白衣裳。」(《郡齋暇日憶廬山草堂兼寄二林僧社三十韻》)的生活的同時，詩人的居士情懷不僅加強了自己對佛教治心之理的誠信之情，正如其在《不二門》中所說的一樣：

> 坐看老病逼，須得醫王救。唯有不二門，其間無夭壽。

這些都促使詩人作出了終須歸去的決心：

> 閒吟四句偈，靜對一爐香。身老同丘井，心空是道場。
> 覓僧爲去伴，留俸作歸糧。爲報山中侶，憑看竹下房。會
> 應歸去在，松菊莫教荒。(《郡齋暇日憶廬山草堂兼寄二林
> 僧社三十韻》)

所以當長慶初年重返長安且仕途順利時，白居易卻主動選擇了外任於杭州。

> 性疏豈合承恩久，命薄元知濟事難。分寸寵光酬未得，
> 不休更擬覓何官。(《初罷中書舍人》)

除了「濟事難」是促使詩人作出「險路應須避，迷途莫共爭。」(《江州赴忠州至江陵已來舟中示舍弟五十韻》)之決定的重要原因之外，其內心的居士情懷也是白居易淡泊名利、汲進而退的重要原因。

終須拋爵祿，漸擬斷腥羶。大抵宗莊叟，私心事竺乾。
浮榮水劃字，真諦火生蓮。梵部經十二，玄書字五千。是
非都付夢，語默不妨禪。（《新昌新居書事四十韻因寄元郎
中張博士》）

事隨心未得，名與道相妨。若不休官去，人間到老忙。
（《錢侍郎使君以題廬山草堂詩見寄因酬之》）

眼看過半百，早晚掃巖扉。白首誰留住，青山自不歸。
百千萬劫障，四十九年非。會擬抽身去，當風抖擻衣。（《寄
山僧》）

對佛理體悟愈深，詩人的休官之意愈濃。詩人甚至作出了「斷腥羶」
的準備。從準備齋戒到出剌杭州，詩人對行居士之實做好了充分的準
備。

對佛理的體悟、對居士思想的積極肯定、對無所繫縛地歸去成為
「逍遙人」（《逍遙詠》）的嚮往，白居易對居士的生活充滿了渴望。
但是囿於生計、責任等現實問題，要成為一名真正的居士對他來說暫
時是無法實現的。因為在家學佛的居士首先對仕宦應是無所希求的，
依靠俸祿以「治生」的白居易深知自己「尚有妻孥累，猶為組綬纏。」
（《新昌新居書事四十韻因寄元郎中張博士》）的現狀，他自知無法真
正放棄仕宦之途，「應是世間緣未盡，欲拋官去尚遲疑。」（《蕭相公
宅遇自遠禪師有感而贈》）因而，這種對居士可望而不可及的情感漸
漸積蘊而成的居士情懷卻已深入其心。詩作中，白居易自稱居士，表
達自己對佛理的感受和領悟，描寫「每被人呼作律僧」（《醉後戲題》）
的似僧卻不是僧的生活。這些正是白居易內心居士情懷的充分表現。
事實上，在居士情懷不斷深入的同時，白居易的思想行為也在變化。
在江州時期所作的《放旅雁》、《放魚》、《贖雞》等詩中，詩人表現出
了「常慕古人道，仁信及魚豚。見茲生惻隱，贖放雙林園。」（《贖雞》）
的惻隱之心。誠然，這種慈悲心中不免摻入了詩人的自憐之情，但從
「施恩即望報，吾非斯人徒。」（《放魚》）「莫學銜環雀，崎嶇謾報恩。」

《賣雞》）的詩句中顯示出詩人在將儒家仁愛思想推人及物之外所具有的「非住於布施相功德之心」（《東林寺經藏西廊記》）的慈悲之心。不僅如此，在離開江州前白居易還將因做景雲律師碑而得到的絹財等用來重建了東林寺的西廊，並作《東林寺經藏西廊記》以記之。這些行爲都是詩人對居士的實踐。

以儒家思想修身立命的白居易無法完全拋離仕途。在由兼濟之志轉向行獨善之道的過程中，白居易選擇了外宗莊叟、心事佛禪，在以佛理治心的過程中詩人對居士思想的肯定逐漸深化爲一種情懷。雖然自知不能成爲在家清修佛教的居士，但是白居易在思想和行動上仍然以佛教思想爲指導並逐步開始了對居士的實踐。

第四節　從「淨名居士」的啓悟到對香山居士的自我實現

從長慶二年（822）到大和三年（829）年間，白居易輾轉於杭州、洛陽、蘇州、長安四地，並最終於 829 年回到洛陽以終老。杭州、蘇州是白居易心儀已久的地方。貞元初，避難越中時，詩人就曾有過「他日蘇、杭苟獲一郡，足矣」的願望。蘇杭二地不僅有美好的風光還有令詩人嚮往的寺觀。因此，蘇杭任職的期間是白居易較爲愜意的時光。在 822 年到 829 年間，白居易在實現自己濟世之才的同時，也將自己的居士情懷變爲了現實。

雖然江州之貶後，白居易的兼濟之心隨其居士情懷的深入已逐漸轉向了獨善，但是作爲杭州和蘇州的守土之臣，他還是努力盡到了自己勤政愛民、廉潔奉公的本分。據《新唐書·白居易傳》記載：「遷杭州刺史。始築堤捍錢塘湖，鍾泄其水，溉田千頃。復浚李泌六井，民賴其汲。」〔註35〕他爲民修建了捍湖堤以治理錢塘湖和疏濬李泌六

〔註35〕參閱朱金城箋注：《白居易集箋校·附錄》，上海：上海古籍出版社，1988 年版，第 3967 頁。

井之事在其《錢塘湖石記》中亦有所記載。這些舉措也的確給州民帶來了好處。雖然出任蘇州刺史是白居易的無奈之舉，但從其詩作中我們仍然能夠清看到詩人的仁義愛民之心：

> 渭北離鄉客，江南守土臣。涉途初改月，入境已經旬。……自顧才能少，何堪寵命頻。冒榮慚印綬，虛獎負絲綸。除蘇州制云：「藏於己爲道義，施於物爲政能。在公形骨髓之志，闔境有襦褲之樂」。候病須通脈，防流要塞津。救煩無若靜，補拙莫如勤。削使科條簡，攤令賦役均。以茲爲報效。安敢不躬親。……警寐鐘傳夜，催衙鼓報晨。唯知對胥吏，未暇接親賓。……待還公事了，亦擬樂吾身。（《自到郡齋僅經旬日方專公務未及宴遊偷閒走筆題二十四韻兼寄常州賈舍人湖州崔郎中仍呈吳中諸客》）

> 曾爲白社羈游子，今作朱門醉飽身。十萬戶州尤覺貴，二千石祿敢言貧。重裘每念單衣士，兼味常思旅食人。新館寒來多少客，欲回歌酒暖風塵。（《題新館》）

《御選唐宋詩醇》卷二五對詩人在第一首詩中所表達出的勤政愛民和報效朝廷之情給予了高度評價，特別是結語「先憂後樂意，乃知居易實具經世之才，而當時未竟其用爲可惜也。」而「『救煩無若靜，補拙莫如勤。』十字，凡爲令守者，當錄置座右。」〔註36〕除了朝廷的信任外，對民眾的仁愛之心也是詩人盡官職之力的重要原因。在蘇州期間，白居易爲方便人民的交通和灌溉而修建了山塘街。白居易離任後，人們爲了紀念他又將其命名爲白公堤，還修建了白公祠。在錢大昕的《虎丘創建白公祠記（代）》中對此也有所記錄。白居易的爲官廉政也在其《三年爲刺史二首》等詩作以及筆記小說《唐語林》中得到了印證。因而在離任之際，白居易分別在《別州民》和《答劉禹錫白太守行》中描寫了州民不捨相送的情景。這也充分表明了民眾對白

〔註36〕乾隆十五年御選：《御選唐宋詩醇》，見上海古籍出版社編：《四庫全書》（第1448冊），上海：上海古籍出版社，1987年版，第508～509頁。

居易的肯定和擁戴。

　　請求外任杭州前，官位高升的詩人曾在《初加朝散大夫又轉上柱國》中作出了「柱國勳成私自問，有何功德及生人？」的反思。對個人「功德」的反思其實包含了兩種含義。一種是詩人從儒家兼濟思想的角度來衡量自己，認為自己對民眾沒有什麼功勞和恩德。因而身居高位時，詩人自思而有愧意。另一種是詩人從佛教思想出發，認為自己沒有盡力實踐善心善行幫助眾生離苦得樂。因而自己富貴安樂時，想到眾生之苦，自覺而有愧。其實，不管是儒家的兼濟仁愛還是佛教的功德慈悲，在白居易勤政愛民的思想中是有著共通之處的。佛教的慈悲心倒是更加凸顯了白居易的仁愛之心。江州時期，詩人對雁、魚、雞等動物都示以仁愛，對杭蘇民眾的態度亦可想而知了。加之自己對窮困生活的經歷，詩人對「單衣士」、「旅食人」的慈悲之心也更加真誠。

　　　　我有大裘君未見，寬廣和暖如陽春。此裘非繒亦非纊，
　　裁以法度絮以仁。刀尺鈍拙製未畢，出亦不獨裹一身。若
　　令在郡得五考，與君展覆杭州人。（《醉後狂言酬贈蕭、殷
　　二協律》）

勤政愛民等舉措正像詩人所說的「大裘」，它不僅是為了裹己身之裘，更是佛教發慈悲心而使眾生離苦得樂之大裘。

　　無論身處何地，尋僧訪寺、讀經坐禪都已成為白居易生活的重要部分。杭州的孤山寺、靈隱寺、天竺寺，蘇州的武丘寺、靈巖寺、思益寺等等都留下了詩人的足跡。從「淨名居士經三卷，榮啟先生琴一張。」（《東院》）「若不結跏禪，即須開口笑。」（《清調吟》）等詩句和《與濟法師書》、《天竺寺送堅上人歸廬山》、《招韜光禪師》、《問遠詩》、《答次休上人》、《感悟妄緣題如上人壁》等詩題中，我們可以明顯地看出詩人與僧人、經卷、坐禪之間的密切關係。在長慶四年所作的《仲夏齋戒月》詩中，白居易描寫了齋戒的感受：

　　　　仲夏齋戒月，三旬斷腥膻。自覺心骨爽，行起身翩翩。

　　始知絕粒人，四體更輕便。初能脫病患，久必成神仙。禦
　寇馭泠風，赤松遊紫煙。常疑此說謬，今乃知其然。我年
　過半百，氣衰神不全。已垂兩鬢絲，難補三丹田。但減葷
　血味，稍結清淨緣。脫巾且修養，聊以終天年。

詩人的「神仙」、「丹田」、「禦寇馭泠風，赤松遊紫煙」等詞句都是與
道教有關的，因此此詩常被認為是表現了白居易與道教的密切關係，
而此齋戒也是道教的齋戒。事實上，仲夏一般指農曆的五月，五月不
僅是道教的齋月也是佛教的齋月。「三旬斷腥膻」後詩人有了體輕心
骨爽的感覺並因而改變了對道教所謂神仙境界的質疑。但詩末「難補
三丹田」、「稍結清淨緣」、「脫巾且修養，聊以終天年」的詩句中詩人
認為自己的氣神已衰，丹田難補，齋戒的目的是為了結佛教的「清淨
緣」。其實，白居易在詩的前一部分對身翩翩、四體輕便的描述主要
集中在齋戒後的身體感覺上，而「結清淨緣」是在於其治心之得。對
身與心無所偏廢的關照是白居易的獨到之處。無論是老莊思想、佛教
之理還是隱几坐忘、坐禪讀經，甚至是煉丹服藥以及齋戒，白居易兼
涉佛教、道教及老莊的複雜思想和行為常常使後人及研究者頗感疑惑
且評價不高。當然，他莊禪合論、佛教道教兼修等思想行為似乎顯示
出其遊戲人生的態度，但是仔細分析其作品後我們發現白居易這種兼
涉佛教、道教及老莊的思想和行為與其對身與心的全面關係的思想是
一致的。

　　雖然早年白居易對道教長生不老等觀點基本持否定的態度，但
是從作於 822 年的《予與故刑部李侍郎早結道友以藥術為事與故京
兆元尹晚為詩侶有林泉之期周歲之間二君長逝李住曲江北元居昇平
西追感舊遊因貽同志》詩中即可看到，受好友李建及社會風氣的影
響，白居易早年開始便有以藥術為事的經歷，而且從其江州時期所
作的《尋李道士山居兼呈元明府》、《宿簡寂觀》、《香爐峰下新置草
堂即事詠懷題於石上》、《送毛仙翁》、《酬贈李煉師見招》、《尋郭道
士不遇》、《送蕭煉師步虛詞十首卷後以二絕繼之》、《醉吟二首》等

詩中我們可以清楚地看到白居易所進行的燒丹服藥的嘗試,而且這些嘗試一直延續到其晚年。雖然「退之服硫黃,一病訖不瘥。微之煉秋石,未老身溘然。杜子得丹訣,終日斷腥膻。崔君誇藥力,經冬不衣綿。」(《思舊》)的事實使詩人認識到「生涯有分限,愛戀無終已。」「徼福反成災,藥誤者多矣。」(《戒藥》)的事實,但是懼死樂生的本性和對安逸的「神仙」生活的渴望使白居易直到晚年對燒丹服藥仍然興趣不減:

> 何以解宿齋,一杯雲母粥。(《晨興》)

> 曉服雲英漱井華,寥然身若在煙霞。藥銷日晏三匙飯,
> 酒渴春深一碗茶。(《早服雲母散》)

> 白髮萬莖何所怪,丹砂一粒不曾嘗。(《對鏡偶吟贈張
> 道士抱元》)

> 白髮逢秋王,丹砂見火空。不能留姹女,爭免作衰翁。
> (《燒藥不成命酒獨醉》)

從其晚年所作的詩中可以看出,作為調服身心的手段詩人努力對煉丹服藥進行了實踐並以失敗而告終,雖然詩人對此頗為感慨但個人的親身體驗使他最終得出了「長生不似無生理,休向青山學煉丹。」[註37] 的結論。

其實,身心關係的問題是中國佛教理論所關心的內核性問題之一。在繼承印度佛教的因果報應和生死輪迴等教理的基礎上,中國佛教學者吸取了中國固有的靈魂、鬼神以及儒家、道家的某些思想觀念來闡發、構建了業報輪迴、修煉成佛的主體性學說。在闡發並論證靈魂或神不滅的過程中,對眾生成佛的主體性的開發和對佛性、真心的闡揚成為中國佛教哲學關注的重點。此後,中國佛教哲學的重心也轉向心性論的研究,並因與重視心性修養的中國固有文化旨趣相吻合而日益發展。加之對印度心性思想所進行的吸取、調適和發展而最終形

〔註37〕〔唐〕張為:《詩人主客圖序》,見丁福保輯:《歷代詩話續編》,北京:
中華書局,1983年版,第72頁。

成了中國佛教的心性論體系。﹝註38﹞禪宗的心性論思想即由此發展而來的。特別是白居易生活時期盛極一時的洪州宗，在繼承慧能以來的性淨自悟思想的基礎上，借鑒儒家「中庸」的思想框架，將般若智慧與道家的自然、無欲無爲等思想改造、融合而發展成爲洪州宗的心性論思想。「適意自然」、「平常心是道」的洪州禪爲白居易調節身心、融彙儒釋道思想、嘗試燒丹服藥所帶來的安適提供了有效的思想支持。

經歷了生死榮辱之變的詩人對道教「悲哉夢仙人，一夢誤一生。」（《夢仙》）「彭生徒自異，生死終無別。」（《贈王山人》）的認識並沒有改變，但在重視身心的安適平和的基礎上，詩人對煉師、道士產生了羨慕之情：

> 仙翁已得道，混跡尋岩泉。肌膚冰雪瑩，衣服雲霞鮮。紺髮絲並致，韶容花共妍。方瞳點玄漆，高步凌飛煙。……授道安廬屨。我師惠然來，論道窮重玄。浩蕩八溟闊，志泰心超然。形骸既無束，得喪亦都捐。（《送毛仙翁》）

> 郡中乞假來相訪，洞裏朝元去不逢。看院只留雙白鶴，入門唯見一青松。藥爐有火丹應伏，雲碓無人水自舂。廬山中雲母多，故以水碓搗煉，俗呼爲雲碓。（《尋郭道士不遇》）

> 千古仙居物象饒，道成丹熟畫升霄。岩前寶磬轉松韻，洞口靈池應海潮。崖折百花遲日晚，鶴歸清夜唳聲遙。（《西岩山》）

> 我爲江司馬，君爲荊判司。俱當愁悴日，始識盧舟師。師年三十餘，白晳好容儀。專心在鉛汞，餘力工琴棋。靜彈弦數聲，閒飲酒一卮。（《同微之贈別郭盧舟煉師五十韻》）

> 膾膩筵中唯飲酒，歌鐘會處獨思山。存神不許三尸住，混俗無妨兩鬢斑。除卻餘杭白太守，何人更解愛君閒。（《題石山人》）

> 暮與一道士，山尋青溪居。吏隱本齊致，朝野孰云殊。

﹝註38﹞ 參閱方立天：《中國佛教哲學要義》，北京：中國人民大學出版社，2002 年版，第 139～347 頁，第 602～607 頁。

道在有中適，機忘無外虞。但愧煙霄上，鸞鳳爲吾徒。又
慚雲水間，鷗鶴不我疏。坐傾數杯酒，臥枕一卷書。興酣
頭兀兀，睡覺心於於。以此送日月，問師爲何如。（《和朝
回與王煉師遊南山下》）

無論是道士、仙翁、煉師還是山人，他們所具有的共同之處在於年輕
的外貌、安泰超然的氣質、自在閒逸的生活及環境等，這些正是白居
易所渴求卻因有所繫縛無法完全實現的。因此，心存羨慕的詩人很樂
於與這些身閒心泰、自在逍遙的道士煉師交往並對煉丹服藥加以嘗
試。往來之間，詩人也在閒來飲酒、靜中撫琴、臥枕卷書、山中尋居、
燒丹服藥的生活中體會到了「道在有中適，機忘無外虞」的那份閒適，
並毫不掩飾地以「除卻餘杭白太守，何人更解愛君閒。」的詩句表達
了自己對道士煉師閒適生活的欣賞與羨慕。但在實踐藥術方面，詩人
有著與他人不同的觀點，即：

自靜其心延壽命，無求於物長精神。能行便是眞修道，
何必降魔調伏身。（《不出門》）

在白居易看來，煉丹服藥只是輔助身心之物而非治身治心之根本。雖
然詩人對燒丹失敗多有感慨，但這並沒有影響他對佛教治心之理的追
求與實踐，屢次的失敗反而使他對佛教「一性自了了，萬緣徒紛紛。
苦海不能漂，劫火不能焚。」（《和送劉道士遊天台》）的道理有了更
深切的體悟。也正是這種不依賴藥術的觀念使詩人最終避免了「徼福
反成災，藥誤者多矣。」（《戒藥》）的早亡下場。

但耽韋與血，不識汞與鉛。饑來吞熱物，渴來飲寒泉。
詩役五藏神，酒汩三丹田。（《思舊》）

睡適三尸性，慵安五藏神。（《感事》）

詩、酒、適、慵才是詩人以藥術爲事的最終目的。與道士煉師的往
來、對燒丹煉藥的嘗試、對道經的誦讀等與道教密切接觸的行爲並
不是出自於對道教的信仰，而是詩人在崇道術的社會風氣的影響下
所作出的追求身心閒適平和的一種生活方式的選擇。從其生死無別
等詩句中也可以看出，詩人對道教不死成仙之說並不認同。但對其

「養神」、「守氣」的功夫卻拿來實踐，因為這些都是實踐性較強的利於平和身心的手段。

除了生性敏感之外，白居易對調理身心如此重視的另一個重要原因是在於他對吏隱的認識和實踐。聰敏的白居易較早便意識到人類天性之難違。身處仕宦之途的白居易親身經歷並認識到置身於複雜的政治權利、人際關係中的危險，但兼濟兼善之心、率真自然的天性對欲行獨善之道的詩人來說也並非易事。葛立方曾言：「杜子美云：『鐘鼎山林各天性。』天性之所欲，夫豈可強也哉！」〔註39〕明知有違於己志和天性，為了保全自己白居易還是選擇了吏隱以獨善其身。

> 老見人情盡，閑思物理精。如湯探冷熱，似博鬥輸贏。險路應須避，迷途莫共爭。此心知足，何物要經營？玉向泥中潔，松經雪後貞。無妨隱朝市，不必謝寰瀛。但在前非悟，期無後患嬰。……晦即全身藥，明為伐性兵。……知之一何晚，猶足保餘生。（《江州赴忠州至江陵已來舟中示舍弟五十韻》）

量移忠州時，詩人便在這首詩裏將儒家獨善其身的思想、佛教悟非明心的哲理和老莊知足知止的思想結合起來確立了自己的「隱朝市」即吏隱的觀念。作為反映和概括中國古代士人生活觀念及方式的重要概念，「以詩才表達居官如隱的胸襟，博吏隱之雅名；更以平衡和滿足的心態享受富足的生活，得吏隱之實惠。這就是吏隱的基本內涵。」〔註40〕蔣寅指出，吏隱並不純粹是詩歌的話頭，它首先是一種真實生活經驗的反映和表達。同時，它又包含了一種對官宦生活的詩意化的肯定，而這種肯定除了要由詩文來表達自足之心外更要的是一種心中無事的心靈超越。而做到心中無事並以平衡滿足的心態享受生活恐怕是吏隱者最難做到的，特別是對官、吏有較強區

〔註39〕 〔宋〕葛立方：《韻語陽秋‧卷十一》，上海：上海古籍出版社，1984
年版，第142～143頁。
〔註40〕 蔣寅：《古典詩歌中的「吏隱」》，《蘇州大學學報》（哲學社會科學版），
2004年第2期。

別意識的唐人。〔註41〕白居易深知吏隱的本質：

　　常愛西亭面北林，公私塵事不能侵。共閒作伴無如鶴，
　與老相宜只有琴。莫遣是非分作界，須教吏隱合爲心。可
　憐此道人皆見，但要修行功用深。（《郡西亭偶詠》）

不僅身閒無事更重要的是要將吏與隱合於心中做到心中無事無分別，這才是詩人所追求的眞正的吏隱。這種形神閒適且無是非分別、無塵事侵心的吏隱觀念的形成與他的居士情懷相得益彰，而要眞正做到吏隱更離不開佛教的治心之法，因此詩人以「但要修行功用深」一語給予了概括。

　　肌膚雖瘦損，方寸任清虛。體適通宵坐，頭慵隔日梳。
　眼前無俗物，身外即僧居。水榭風來遠，松廊雨過初。褰
　簾放巢燕，投食施池魚。（《仲夏齋居偶題八韻寄微之及崔
　湖州》）

詩人用「眼前無俗物，身外即僧居。」概括了自己身慵體適且內心清淨虛空又自足的吏隱生活。當詩人在 829 年以太子賓客分司東都後，吏隱明顯不再適合正三品之官的隱逸生活，於是白居易作《中隱》詩爲自己確立了「大隱住朝市，小隱入丘樊。丘樊太冷落，朝市太囂喧。不如作中隱，隱在留司官。似出復似處，非忙亦非閒。」的觀念及方式。白居易也因此成爲後世所推崇的吏隱之典範。

　　從「似出復似處，非忙亦非閒」的中隱方式到對「淨名事理人難解，身不出家心出家。」（《早服雲母散》）的領悟並由此發展成爲《在家出家》中所描繪的「夜眠身是投林鳥，朝飯心同乞食僧。清唳數聲松下鶴，寒光一點竹間燈。中宵入定跏趺坐，女喚妻呼多不應。」的居士生活，詩人的這種轉變是在其深入的居士情懷和深厚的佛學修養

〔註41〕唐人重朝官，輕外任州郡官。因此，「吏隱」在唐代其實包含了特指地位不高的小官僚詩人居官如隱的處世態度。白居易江州時期稱「吏隱」，歸洛後改爲「中隱」，因其以太子賓客分司東都官居正三品，所以仍稱「吏隱」便不合適了。參閱蔣寅：《古典詩歌中的「吏隱」》，《蘇州大學學報》（哲學社會科學版），2004 年第 2 期。

的基礎上受維摩詰經中淨名居士的啓悟而實現的。

白居易在晚年曾稱「禮徹佛名百部經」(《歡喜二偈》之二)，其詩文中常提到的大乘佛經有《法華經》、《華嚴經》、《金剛經》、《維摩詰所說經》、《楞伽經》等等。研讀佛經多年，白居易對此的確有個人的體會和見解：

> 開士悟入諸佛知見，以了義度無邊，以圓教垂無窮，莫尊於妙法蓮華經，凡六萬九千五百言。證無生忍，造不二門，住不可思議解脫，莫極於維摩經，凡二萬七千九十二言。攝四生九類，入無餘涅槃，實無得度者，莫先於金剛般若波羅蜜經，凡五千二百八十七言。壞罪集福，淨一切惡道，莫急於佛頂尊勝陀羅尼經，凡三千二十言。應念順願，願生極樂土，莫疾於阿彌陀經，凡一千八百言。用正見觀眞相，莫出於觀音普賢菩薩法行經，凡六千九百九十言。詮自性，認本覺，莫深於實相法密經，凡三千一百五言。空法塵，依佛智，莫過於般若波羅蜜多心經，凡二百五十八言。是八種經，具十二部，合一萬六千八百五十七言，三乘要旨，萬佛之秘藏盡矣。(《蘇州重玄寺法華院石壁經碑文》)

《法華經》和《維摩詰所說經》以透徹究竟的說理、蘊涵三乘道法及一切智慧神通妙法使人們認識到大乘佛教不可思議的事理，這種事理使人領會到將智慧建立在不生不死的眞如法體之上，才可以如如平等而無分別，如維摩詰一樣得不可思議之解脫。《金剛經》以「一切有爲法，如夢幻泡影，如露亦如電，應作如是觀。」將世間的一切看「空」，以我法俱空而破除各種虛妄觀念與世俗相而入身智皆灰滅的一無所求之境界。《觀音普賢菩薩法行經》、《實相法密經》則能夠使人以正確的見解而觀眞相，見諸法之本性及眾生清淨之本心和佛性。《佛頂尊勝陀羅尼經》和《阿彌陀經》可以使人體會到眾生淨惡而願生樂土的眞實本性。《般若波羅蜜多心經》則使人易依佛智看空緣起於意識而引起的所有一切，從而達到最高佛地。這段對大乘佛經有所評價的

文字充分顯示了白居易深厚的佛學修養以及作者對大乘佛教「菩提心爲因」，「慈悲心爲根本」，「方便爲究竟」等核心思想有了較爲全面的把握。

在諸多的佛經中，《維摩詰所說經》頗受白居易的青睞。此經主要圍繞維摩詰居士進行說法並引導眾生得不可思議之解脫，自入華以來它受到歷代居士的追捧而成爲在家學佛者修行佛教的重要指導性經籍之一。所以此經受到了具有頗深居士情懷的白居易的重視。外任杭州刺史期間，白居易又因結識了善講維摩詰經的永讓上人而加深對維摩詰經的理解。在《內道場永讓上人就郡見訪善說維摩經臨別請詩因以此贈》中詩人以「苦海出來應有路，靈山別後可無期。他生莫忘今朝會，虛白亭中法樂時。」的詩句表達了對上人的感謝及對解脫的信心。維摩詰，又名淨名居士。他是天竺國吠捨離城的富商，又深通大乘佛法：

> 雖爲白衣，奉持沙門清淨律行。雖處居家，不著三界。示有妻子，常修梵行。現有眷屬，常樂遠離。雖服寶飾，而以相好嚴身。雖復飲食，而以禪悅爲味。若至博弈戲處，輒以度人。受諸異道，不毀正信。雖明世典，常樂佛法。一切見敬，爲供養中最。執持正法，攝諸長幼。一切治生諧偶，雖獲俗利，不以喜悅。遊諸四衢，饒益眾生。〔註42〕

維摩詰居士不離世俗之樂又具佛教大智慧而得不可思議之解脫的生活態度和方式正是白居易所贊同且努力追尋的。維摩詰經對白居易的啓悟作用也成爲他喜愛此經的重要原因。在維摩詰「受諸異道，不毀正信。雖明世典，常樂佛法。」等不離世俗之樂亦可修行的思想和洪州禪「平常心是道」等思想的啓悟下，白居易的世俗生活具有了修行的合理性。道家道教等世典，坐忘、隱几之法，甚至包括燒丹服藥等道術，相對佛教而言它們所宣揚的「異道」思想不但未能毀掉白居易

〔註42〕〔後秦〕鳩摩羅什譯：《維摩詰所說經》，見林世田，李德範編：《佛教經典精華》（下冊），北京：宗教文化出版社，1993年版，第426頁。

對佛教的正信，反而對體悟佛理有所幫助。同樣，「性嗜酒、耽琴、淫詩」的白居易於俗世中聲色歌舞、飲酒作詩的現實生活在淨名居士「諸度法等侶，四攝爲妓女；歌詠訟法言，以此爲音樂。」〔註43〕的點化下也具有了修行的性質。因此，白居易便開始常在詩文中以居士自稱或借淨名居士自比了：

> 還如病居士，唯置一床眠。（《北院》）〔註44〕

> 可憐獅子座，异出淨名翁。（《夜從法王寺下歸嶽寺》）

> 居士葷腥今已斷，仙郎杯杓爲誰排？（《酬皇甫郎中對新菊花見憶》）

友人牛僧孺在來詩中也表達了對其居士生活的羨慕：

> 唯羨東都白居士，月明香積問禪師。（《宿香山寺酬廣陵牛相公見寄》）

> 白衣居士紫芝仙，半醉行歌半坐禪。今日維摩兼飲酒，當時綺季不請錢。（《自詠》）

> 淨名事理人難解，身不出家心出家。（《早服雲母散》）

> 八關淨戒齋銷日，一曲狂歌醉送春。酒肆法堂方丈室，其間豈是兩般身。（《拜表回閒遊》）〔註45〕

> 居士爾時緣護戒，車公何事亦停杯？（《五月齋戒罷宴徹樂聞韋賓客皇甫郎中飲會亦稀又知欲攜酒饌出齋先以長句呈謝》）

> 一床方丈向陽開，勞動文殊問疾來。（《答閒上人來問因何風疾》）〔註46〕

> 何煩更請僧爲侶，月上新歸伴病翁。時適談氏女子自太原初歸，維摩詰有女名月上也。（《病中看經贈諸道侶》）

〔註43〕〔後秦〕鳩摩羅什譯：《維摩詰所說經》，見林世田，李德範編：《佛教經典精華》（下冊），北京：宗教文化出版社，1993年版，第449頁。
〔註44〕此處用維摩詰疾之事。
〔註45〕此處「兩般身」用維摩詰經中之意。
〔註46〕此處用文殊問維摩詰疾之事。

　　　　白衣一居士，方袍四道人。(《題天竺南院贈閒元旻清
四上人》)

　　　　白衣臥疾嵩山下，皂蓋行春楚水東。(《送李滁州》)

　　　　臥疾瘦居士，行歌狂老翁。(《自詠》)

　　白居易不僅讀維摩詰經，作維摩詰詩，行維摩詰事，還以維摩詰
為伴。詩人在《三年除夜》詩中寫到

　　　　素屏應居士，青衣侍孟光。夫妻老相對，各坐一繩床。

其注為：

　　　　顧虎頭畫維摩居士圖白衣素屏也。

可見，與詩人朝夕相對的素屏上畫的也是維摩詰。這足以看出白居易
對維摩詰的喜愛與重視。雖然白居易是「漸伏酒魔休放醉，猶殘口業
未拋詩。」(《寄題廬山舊草堂兼呈二林寺道侶》)的率真隨性之人，
修習佛法也是為了個人的解脫，但是詩人對大乘佛教「菩薩行」的實
踐卻非常重視。在《贈草堂宗密上人》中詩人對當時佛教的狀況提出
了自己的看法：

　　　　吾師道與佛相應，念念無為法法能。口藏傳宣十二部，
　　心臺照耀百千燈。盡離文字非中道，長住虛空是小乘。少
　　有人知菩薩行，世間只是重高僧。

在詩人看來，能講十二部經的宗密有著深厚的佛學功底，對他的「諸
佛與眾生交徹，淨土與穢土融通。法法皆彼此互收，塵塵悉包含世界」
〔註47〕等思想詩人有所瞭解也是比較贊同的。而詩人對於當時禪宗所
一貫標榜的「盡離文字」的主張則有所保留。在《維摩詰所說經》的
啟悟下，詩人深知「盡離文字」或「長住虛空」都不是真正的「中道」，
而世間修行者只看到了所謂得道之高僧（即得佛理而解脫的高僧），
卻忽視了真正的行「菩薩行」。

　　什麼是「菩薩行」呢？丁福保的《佛學大辭典》的解釋是「(術

〔註47〕〔唐〕宗密：《禪源諸詮集都序‧卷三》，見《中華大藏經》編輯局
　　　編：《中華大藏經》(漢文部分) (第 8 冊)，北京：中華書局，1996
　　　年版，第 22 頁。

語）求自利利他圓滿佛果之菩薩眾大行也。即布施等之六度是。」維摩詰所說的「度法」、「四攝」指的就是行「菩薩行」。所謂度法就是六度，包括布施、持戒、忍辱、精進、禪定、智慧；四攝即布施攝，二愛語攝，三利行攝，四同事攝。六度四攝都是實踐菩薩行的主要途徑。白居易對這些途徑十分重視，特別是在歸洛中隱之後，定期持齋坐禪、與僧人往來、研讀佛典等便成爲他生活中的重要部分。據《缽塔院如大師》中所言：「師年八十三，登壇秉律凡六十年，每歲於師處授八關戒者九度。」我們推斷可知，詩人於長慶初年於聖善寺智如大師處開始受戒，有九年之久。因此我們可以看到白居易後期的詩文中有很多都是圍繞著持齋受戒、坐禪等居士修行活動而展開的：《齋月靜居》（828）、《齋居》（831）、《五月齋戒罷宴徹樂聞韋賓客皇甫郎中飲會亦稀又知欲攜酒饌出齋先以長句呈謝》（835）、《齋戒滿夜戲招夢得》（836）、《長齋月滿寄思黯》（837）、《早春持齋答皇甫十見贈》（838）、《齋戒》（839）、《在家出家》（840）、《二年三月五日齋畢開素當食偶吟贈妻弘農郡君》（842）、《出齋日喜皇甫十早訪》（842）、《齋居春久感事遣懷》（845）、《齋居偶作》（846）等等，這些詩作都從側面反映了詩人對持戒、坐禪的重視。與此同時，詩人的仁愛兼濟之心在佛教發慈悲心的基礎上表現地更加賢仁。從早年的《新製布裘》到大和六年的《新製綾襖成感而有詠》，白居易的《新製綾襖成感而有詠》與杜甫的《茅屋爲秋風所破歌》雖然都表達了兼濟天下的相似之意，但白居易「百姓多寒無可救，一身獨暖亦何情。」「爭得大裘長萬丈，與君都蓋洛陽城。」（《新製綾襖成感而有詠》）的詩句則顯現出詩人處安而憂民的可貴之處。正如黃澈所云：

> 然老杜飢寒而憫人飢寒者也：白氏飽暖而憫人飢寒者也。憂勞者易生於善慮，安樂者多失於不思。〔註48〕

〔註48〕〔宋〕阮閱編：《詩話總龜·卷十二》（後集），周本淳校點，北京：人民文學出版社，1987年版，第72頁。

所以與白居易相比，「則老杜之仁心差賢矣」。〔註49〕就詩人前後所作的兩首詩來看，其實也有所不同。

　　　丈夫貴兼濟，豈獨善一身。安得萬里裘，蓋裏周四垠？
穩暖皆如我，天下無寒人。(《新製布裘》)

　　　百姓多寒無可救，一身獨暖亦何情。心中爲念農桑苦，
耳裏如聞饑凍聲。爭得大裘長萬丈，與君都蓋洛陽城。(《新
製綾襖成感而有詠》)

詩人在兩首詩中均表達了憫人飢寒之情，但仔細讀來我們發現詩中所表現的這種仁愛之情的立足點有所變化。作於元和年間的《新製布裘》詩是有兼濟之志的詩人從個人的理想出發所發出的感慨，與杜詩的立意並無本質區別。但在《新製綾襖成感而有詠》中詩人所發之感慨的立足點已經從自我轉變爲百姓了。百姓多寒冷而自己溫暖也變得沒有了情味，眾生離苦得樂才是眞正的快樂，詩人正是從佛教慈悲心出發才有了「爭得大裘長萬丈，與君都蓋洛陽城」的感慨。當慈悲心與仁愛相結合時才有了黃澈所說的「賢仁」。

　　也正是在這種慈悲仁愛之心的作用下，白居易在洛陽不僅捐錢重修了香山寺，還爲了造福百姓施財開鑿了八節灘。雖然白居易在《愛詠詩》中將自己對詩歌的喜愛歸爲「坐倚繩床閒自念，前生應是一詩僧。」並得出了「我亦定中觀宿命，多生債負是歌詩」。(《自解》)的結論，但也正是這些詩歌記錄了他的布施、持戒、忍辱、精進、坐禪等行爲以及個人對佛理的體悟。

　　　誰能來此尋眞諦，白老新開一藏經。(《題香山新經堂
招僧》)

　　　猶覺醉吟多放逸，不如禪坐更清虛。予先有醉吟先生
傳，今故云。(《改業》)

　　　他時事過方應悟，不獨榮空辱亦空。(《寄潮州楊繼之》)

〔註49〕〔宋〕阮閱編：《詩話總龜‧卷十二》(後集)，周本淳校點，北京：
　　　　人民文學出版社，1987年版，第72頁。

即使年老體衰，詩人仍然努力向上向善並在精進中領悟到了佛教之空慧。維摩詰曾言「常修淨土，教化於群生」，〔註50〕在 827 至 828 年間，「誓心歸依」（《畫水月菩薩贊》）菩薩的白居易不僅結社修淨土，還於 835 年、836 年、839 年、842 年主動納文集於佛寺並希望以今生世俗文字轉爲將來世世贊佛乘而結佛緣。840 年他還命工畫彌勒佛像及西方世界，焚香禮拜。在其《畫西方幀記》和《畫彌勒上生幀記》中，年老體衰、身有苦痛的白居易再次起慈悲心而發宏誓願，願供養佛像以回功德施於一切眾生並使之離苦得樂。無論是參禪悟佛還是結社修淨土，甚至是鑄幢信密宗，〔註51〕這些都只是白居易作爲在家學佛者用來修行並以期獲得覺悟和解脫的方式，並不刻意追求教派的差異。

　　如維摩詰所言「智度菩薩母，方便以爲父。」〔註52〕無論邪魔外道或是佛教宗派，只要得智慧而解脫就是成佛。佛，原義爲「覺悟者」。所謂「不入煩惱大海，則不能得一切智寶。」〔註53〕白居易用盡大半生入世而行，以佛教治心使羈縛塵世的詩人能夠平衡身心有所解脫。在《香山寺二絕》之二中白居易曾以「且共雲泉結緣境，他生當作此山僧。」的詩句表達了自己的願望。聲色歌舞，醉飲狂歌的生活中持戒坐禪，讀經悟理，奉佛修淨土。白居易以佛理調伏心又不住於此調伏。正如維摩詰所言：

　　　　是故菩薩不當住於調伏不調伏心。離此二法，是菩薩

〔註50〕〔後秦〕鳩摩羅什譯：《維摩詰所說經》，見林世田，李德範編：《佛教
　　　　經典精華》（下冊），北京：宗教文化出版社，1993 年版，第 450 頁。
〔註51〕根據《四川文物》2001 年第 3 期的《白居易故居出土的經幢》一文，
　　　　白居易故居考古發掘出一經幢，經考證爲白居易晚年所書寫。此幢
　　　　所刻爲《佛頂尊勝陀羅尼》與《大悲心陀羅尼》。此二經屬於密宗。
　　　　由此可知白居易晚年亦兼信密宗。
〔註52〕〔後秦〕鳩摩羅什譯：《維摩詰所說經》，見林世田，李德範編：《佛教
　　　　經典精華》（下冊），北京：宗教文化出版社，1993 年版，第 449 頁。
〔註53〕〔後秦〕鳩摩羅什譯：《維摩詰所說經》，見林世田，李德範編：《佛教
　　　　經典精華》（下冊），北京：宗教文化出版社，1993 年版，第 448 頁。

行。非凡夫行，非聖賢行，是菩薩行。非垢行，非淨行，
是菩薩行。……雖得佛道轉於法輪入於涅槃，而不捨於菩
薩之道，是菩薩行。〔註54〕

於仕於人於己，白居易領悟並實踐了菩薩行。這也使得詩人在宦海沉
浮中以自清恣情、曠達安然之態而終老。

皮日休的《七愛詩之一 白太傅》云：

清望逸內署，直聲驚諫垣。所刺必有思，所臨必可傳。
忘形任詩酒，寄傲遍林泉。所望標文柄，所希持化權。何
期遇訾毀，中道多左遷。天下皆汲汲，樂天獨怡然。天下
皆悶悶，樂天獨舍斿。高吟辭兩掖，清嘯罷三川。處世似
孤鶴，遺榮同脫蟬。仕若不得志，可爲龜鏡焉。

正如皮詩所描繪的白居易以正直的言行、曠達的心胸受到蘇軾、葉夢
得、袁中道、趙翼等後世文人雅士的推崇。其知不可爲而不爲，擇可
爲而爲的曠達無礙的行爲和品格也表現出與老莊思想的共通之處。老
莊知足知止、逍遙自在的思想使白居易能夠知足忘世而身退，但是在
進退之間要真正做到「順適所遇」、心無羈絆只靠身退名利之處是遠
遠不夠的。這需要徹底領悟佛教空名利、悟浮休的道理。老莊無爲逍
遙的思想只能使人在行動中以精神上的自足來調節消極行爲本身所
帶來的消極情緒，卻不能徹底地協調被動的行爲和消極思想之間的關
係。因此，白居易從未偏離佛教調伏其心之路並最終領悟了「不獨榮
空辱亦空」之理。841 年白居易作《李留守相公見過池上泛舟舉酒話
及翰林舊事因成四韻以獻之》詩云：

引棹尋池岸，移樽就菊叢。何言濟川後，相訪釣船中。
白首故情在，青雲往事空。同時六學士，五相一漁翁。

在「白首故情在，青雲往事空。」的詩句中，詩人以佛教的空理將「漁
翁」與「五相」之別化爲了空有。在池岸菊叢見，唯有空身寄於世間，
漁翁與國相又有何分別呢？此時，在詩人的心中，老莊的「知足不辱」

〔註54〕〔後秦〕鳩摩羅什譯：《維摩詰所說經》，見林世田，李德範編：《佛教
經典精華》（下冊），北京：宗教文化出版社，1993 年版，第 440 頁。

〔註55〕在空門之理的引導下早已成爲了忍辱精進。

當生死之年眞正到來之時，白老在《百日假滿少傅官停自喜言懷》、《官俸初罷親故見憂以詩諭之》、《達哉樂天行》、《九老圖》等詩文中所表現出的「世間無用殘年處，只合逍遙坐道場。」（《道場獨坐》）「死生無可無不可，達哉達哉白樂天」（《達哉樂天行》）的豁達精神也已經將從前的「形骸日損耗，心事同蕭索。」（《自覺二首》之一）的傷時歎老之愁苦一掃而空。自 840 年重修香山寺完畢後，在《香山寺新修經藏堂記》中白居易記錄了自己從「發願」到「滿願」的並使香山寺得佛法僧「三寶」的事實。在香山寺得「三寶」的同時，白居易也自認已皈依佛教，從「毗耶長者白尚書」（《刑部尚書致仕》）眞正轉變成爲「道場主佛弟子香山居士樂天」。

對世事的深刻認識和居士情懷的深入發展促使白居易在順達的仕宦途中選擇了「中隱」。在淨名居士的啓悟下，白居易在「中隱」的路途中將深入其心的居士情懷在現實生活中轉化爲了對居士的實踐。與此同時，白居易的儒家思想也在以「慈悲心爲根本」的大乘佛教思想中得到了深化和發展，並成就了詩人的「賢達」之名。深厚的佛學修養和敏銳的領悟力使白居易對大乘空諦、中觀、菩薩行等佛理有著獨到的見解。在《維摩詰所說經》的啓悟和引導下，白居易從世俗生活中實踐了菩薩行並體會到了維摩詰所謂的不可思議之解脫。正如其詩所言：「何人知此義，唯有淨名翁。」（《酒筵上答張居士》）也正是淨名翁的啓悟最終成就了香山居士白樂天。

白居易對佛教的皈依經歷了一個過程：從早年對佛教的隨性接觸與認識到因生活變遷而對佛教產生深刻的體認，從而選擇了大乘佛教思想加以實踐並指導人生。貶謫江州是此過程中的重要轉折。江州時期，白居易在困頓中與佛教有更深的接觸並產生了居士情懷。而隨著他對大乘佛理深入的領悟，這種居士情懷日愈深厚並轉化爲對居士典

〔註55〕參閱陳寅恪：《隋唐制度淵源略論稿（外二種）·附錄》，石家莊：河北教育出版社，2002 年版，第 626 頁。

範維摩詰的喜愛和對其所宣揚的佛理的努力實踐。同時，白居易與老莊思想和道教也有深入的接觸。但是在大乘佛教的指導和維摩詰經的啓悟下，白居易將其融合到居士生活之中並有了新的體悟。他選擇了「中隱」以獨善其身，同時在佛教以慈悲心爲根本的大乘思想中深入了自己的儒家仁愛之心，於亂世中安然終老並成就了「賢達」之名。晚年白居易重修香山寺之願完成，白居易才自封爲香山居士。從白樂天到香山居士的轉變不僅反映了白氏對大乘佛教的思想選擇，也是白氏思想歷程和人生道路中不可忽視的重要環節。

第二章 「死生無可無不可，達哉達哉白樂天」──白居易皈依佛教的心理歷程

　　《四庫全書總目提要》稱北宋晁迥的《法藏碎金錄》「融會禪理，隨筆記錄，蓋亦宗門語錄之類。」而此書中所記錄的與白居易詩相關的條目就約有 43 條。同時，對元和詩人有關佛教作品的數量的統計也同樣表明，與柳宗元、劉禹錫、元稹、韓愈、孟郊、賈島、張籍等人相比，白居易所作的有關佛教的詩文數量位列第一。其詩 129 首，文 29 篇。〔註1〕雖然這只是從與佛教直接相關的詩文題目出發所作出的統計，但這些數字在一定程度上說明了白居易與佛教的密切關係。正如我們在前一章所論述的，從白樂天到香山居士，頗具個人思想和見解的白居易對佛教的皈依經歷了一個體認的過程。在這個過程中，白居易不僅在思想上對佛教、道教及老莊思想等均有所選擇，而且在行動上也進行了相應的實踐。從初步的選擇、實踐、體會到逐漸深入的再認識、再選擇、再體會，白居易經過了大半生的認知和體驗才最終以「吾學空門非學仙」，「歸即應歸兜率天。予晚年結彌勒上生業，故云。」（《答客說》）的詩句表明了自己對佛教的皈依。

〔註1〕　參閱宋立英《元和詩壇・附錄一：元和詩人有關佛教作品統計》，華東師範大學 2006 屆研究生博士學位論文。

　　佛教的「皈依」的原意是指佛教的入教儀式。後來則多用來指虔誠信奉佛教或參加其他宗教組織之意。不同的宗教派別對皈依的定義各有不同。基督教稱「皈依」爲「改心」或者」悔改」，教徒通常通過向神來懺悔而達到心靈的淨化。佛教對「皈依」也有其嚴格的定義。參照丁福保的《佛學大辭典》和陳義孝的《佛學常見辭彙》對佛教「三歸」的解釋可知，佛教所謂的「三歸」就是指「歸依佛，歸依法，歸依僧」。具體來講「歸依佛」指「歸依佛寶以爲師者」，意指個體歸投依靠佛陀的指示以追求眞理；「歸依法」指「歸依法寶以爲藥者」，意指個體歸投依靠佛教之教義而求得眞理，捨棄邪門外道的思想；「皈依僧」指「歸依僧寶以爲友者」，意指個體歸投依靠僧伽、以僧爲友而正信佛教。這就是佛教「三歸依」的主要內容，也是佛教作爲一種宗教派別對信奉佛教者的基本要求。將白居易的思想及言行與「三歸依」相對照即可發現，在向香山居士轉變的過程中白居易逐步實踐並歸依三寶（即佛、法、僧）的行爲過程在他的詩文中都有跡可尋。

　　從《楞伽經》到《維摩詰所說經》，從重觀空幻之理到行菩薩行，從坐禪銷愁到持戒齋戒，從尋師問道（此道指佛理）到以僧爲友，從追求身心平衡到看空身形，從以佛理治心到奉佛發願歸淨土，白居易在對佛教思想逐漸深入的認識和理解以及對坐禪持戒等修行方式的主動實踐和體悟中完成了自己對佛教的「三歸依」。在所作的《六贊偈》的序中詩人日：

> 樂天常有願，願以今生世俗文筆之因，翻爲來世贊佛乘轉法輪之緣也。今年登七十，老矣病矣，與來世相去甚邇。故作六偈，跪唱於佛法僧前，欲以起因發緣，爲來世張本也。

簡短的話語中亦可見出白居易作爲在家學佛之人對佛教的虔誠皈依。雖然白居易有約一百五十多篇的詩文題目直接與佛教有關，但是這其中明確表達自己皈依佛門且發願結佛緣的詩文也不過有十篇左右，而且都集中在白居易的晚年。因此，就白居易而言，從早年的集

賢殿學士到晚年的香山居士，白樂天對佛教的皈依經歷了一個漫長的
發展過程。本章我們將借助宗教心理學從個人宗教意識發展的角度，
結合白居易的作品對其歸依佛教的過程作以描述和分析，並以此來展
示白居易的佛教信仰中所表現出的「個人特性」。〔註2〕

第一節　外在宗教意識的形成
　　　——從幼年到宮中爲官階段

　　宗教心理學是一門跨越心理學、宗教學和社會學的邊緣性學科。
它常常被定義爲」對宗教行爲、思想和情感的研究」，〔註3〕因而它屬
於研究宗教信仰的心理活動特點和規律的應用社會心理學領域。宗教
心理學的主要研究內容包括宗教思想、宗教意識的內容和結構，宗教
情感的特點以及宗教在個人和社會精神生活中的心理功能，對特定社
會條件下不同教派的信徒參與宗教活動和宗教生活所感受的宗教經
驗和宗教感情的研究，對宗教信徒所融彙的宗教體驗、宗教感情和宗
教意志及其宗教信仰的心理狀態等方面的研究。宗教心理學家認爲皈
依是「指朝向更具宗教性的信念、行爲和獻身的一種轉變。」〔註4〕
其內容特點「或者與由不信仰宗教轉變成積極的和深刻的宗教信仰有
關，或者與由一種宗教改信另一種宗教有關。」〔註5〕有關的研究表
明「宗教『皈依』可能出現於任何年齡。」〔註6〕皈依可能是突然發
生的，也可能是「漸進的」。雖然皈依被分爲不同的種類，但是它「總

〔註2〕　〔加〕威爾弗雷德・坎特韋爾・史密斯：《宗教的意義與終結》，董
　　　　江陽譯，北京：中國人民大學出版社，2005年版，第368頁。
〔註3〕　〔英〕凱特・洛文塔爾：《宗教心理學簡論》，羅躍軍譯，北京：北
　　　　京大學出版社，2002年版，第14頁。
〔註4〕　〔英〕麥克・阿蓋爾：《宗教心理學導論》，陳彪譯，北京：中國人
　　　　民大學出版社，2005年版，第21頁。
〔註5〕　〔蘇聯〕德・莫・烏格里諾維奇：《宗教心理學》，沈翼鵬譯，北京：
　　　　社會科學文獻出版社，1989年版，第191頁。
〔註6〕　〔蘇聯〕德・莫・烏格里諾維奇：《宗教心理學》，沈翼鵬譯，北京：
　　　　社會科學文獻出版社，1989年版，第196頁。

是涉及到身份的轉換，儘管有時並沒有非常積極地參與和加入宗教團體，這種情況也能發生。」〔註7〕正如歷經世事變遷的白居易歸依佛教一樣，從早年懷抱兼濟之志的朝中近臣到晚年以平和的心態享受了中隱生活的香山居士，白居易對佛教的歸依也涉及到了身份的轉換。從近臣到遷客，再從量移為刺史到中隱為分司，到致仕半俸的香山居士，白居易在詩文中表達自己對世事、對生活的感受的同時，也記錄了自己向「更具宗教性的信念、行為」的轉變。晚年自封為「香山居士」的舉動則明確表明了他對佛教的皈依，即確認了自己對佛教的信仰。雖然這種皈依的發生用盡了他大半生的時間才得以實現並經歷了一個複雜的「漸進的」過程。

宗教心理學的研究表明，個體對宗教的「漸進的」皈依並不是一種單一的經歷，而是一個「複雜的、多方面的過程。」〔註8〕大多數的宗教心理學家認為皈依是有益於個人的精神過程，並且它在個人生活中起到了積極的作用。宗教心理學家通過對宗教皈依者的宗教體驗、宗教情感及信念行為的研究抽象總結出了個體宗教意識發展的共同特點並為我們提供了一個可以描述個體宗教意識發展過程的模式。但實質上，在這種抽象的模式下所描述的皈依內容更多地與個體差異有關。個體差異包括個人的經歷、文化修養、認識水平、個性特徵、社會背景等等。因為個體差異的存在，個體宗教意識在宗教皈依的發展過程中也具有了個性化的特徵。正如宗教學家威爾弗雷德‧坎特韋爾‧史密斯在《宗教的意義與終結》一書中所指出的「信仰是一種我們看到有多種表達形式的個人特性。」〔註9〕而且只有在抽象性中，人們才會對宗教信仰的同一性有所認識。因此，宗教心理學家在

〔註7〕〔英〕凱特‧洛文塔爾：《宗教心理學簡論》，羅躍軍譯，北京：北京大學出版社，2002年版，第52頁。

〔註8〕〔蘇聯〕德‧莫‧烏格里諾維奇：《宗教心理學》，沈翼鵬譯，北京：社會科學文獻出版社，1989年版，第193頁。

〔註9〕〔加〕威爾弗雷德‧坎特韋爾‧史密斯：《宗教的意義與終結》，董江陽譯，北京：中國人民大學出版社，2005年版，第368頁。

認識到宗教的社會性的同時也肯定了宗教體驗和情感的私人性，即「宗教一定包括內在的、私人的情感和體驗，它們很難被別人分享。」〔註10〕弗雷德・坎特韋爾・史密斯既看到了宗教作為個人信仰的「個人特性」又認識到不同宗教如基督教、佛教、伊斯蘭教等在歷史和傳統中所經歷的巨大變化，所以他「將『宗教』『破解』為人的活生生的信仰和信仰發生於其中的累積的傳統」。〔註11〕他在強調宗教信仰的個人性的同時也強調了宗教信仰中的「累積的傳統」。這種「累積的傳統」在坎特韋爾・史密斯看來，是一種動態多變的、具有多樣性的、任何可以被歷史學家所觀察到的一種「公開的與客觀的素材之聚集體」。〔註12〕對「累積的傳統」的研究使我們能夠在看到人類社會各種宗教派別及其傳統的豐富多樣性的同時，也看到它們之間複雜的關係以及每一個傳統內部的多樣性。這種「累積的傳統」的多樣性在個體信仰的研究中也得到了充分的體現。因此，在對個體皈依的研究中，我們不僅要注重個人宗教意識發展的連續整體性的模式，也要重視其皈依的個體特徵。而對與佛教、道教及老莊、儒家均有關係的白居易歸依佛教的研究也就更具意義了。

　　白居易在皈依佛教的生命歷程中經歷了一個個人宗教意識發展的過程。依據宗教心理學所提供的可描述型的個人宗教意識的發展模式，我們可以對白居易歸依佛教的歷程給予描述。在這個模式中個體宗教意識的發展被視為一個連續的整體，並經歷一個螺旋上昇式的發展過程即外在宗教意識形成——遵守型宗教意識——內在型宗教意識——自決型宗教意識。在這個宗教意識發展的過程中，推動個體宗教意識發展的來源包括體驗、需要、社會關係、學習、情緒等多方面

〔註10〕〔英〕凱特・洛文塔爾：《宗教心理學簡論》，羅躍軍譯，北京：北京大學出版社，2002 年版，第 49 頁。
〔註11〕〔加〕威爾弗雷德・坎特韋爾・史密斯：《宗教的意義與終結・序言》，董江陽譯，北京：中國人民大學出版社，2005 年版，第 7 頁。
〔註12〕〔加〕威爾弗雷德・坎特韋爾・史密斯：《宗教的意義與終結》，董江陽譯，北京：中國人民大學出版社，2005 年版，第 334 頁。

內容。體驗是「一切發展的基本根源，無論是宗教的或是其它的」。
〔註13〕它包括人們所遇到的和親身感受到的事情。許多體驗如父母的
關懷、人際的接觸、個人所感受到的危機、神秘體驗等都是有助於宗
教意識發展的因素。需要，在心理學意義上有時會「導致一種內驅力，
人受其驅使和支配。而這種驅使和支配導致了更多的各式各樣的體
驗」，〔註14〕而這些由需要而催生的各種體驗對個體宗教意識的發展
都是不可缺少的。需要的作用不僅如此。如果需要得到滿足，導致滿
足的此類行為會在個體心中強化並可能促使宗教意識得以深入發
展。社會關係包括家庭關係、朋友關係等對個體宗教意識的發展也都
有促進作用。學習，就宗教意識發展而言，並非嚴格心理學意義上的
學習。它主要是指在宗教中「可以教會或學會的更為特定的技能、行
為、聯想和知識。」〔註15〕例如宗教中的某些儀式以及獲得的宗教的
理論知識等。這些知識的獲得以及宗教儀式的實踐對促進個體宗教意
識的發展同樣具有重要的意義。

　　從白居易的社會關係（包括家庭關係、友人關係）來看，早年的
白居易對佛教的體會和理解似乎更為深入。這與白居易的家庭及生活
有關。我們提到過，白居易早年夭折的弟弟幼美曾取小名為金剛奴。
從中國的民間習俗來看，取佛教「金剛」中堅固不滅之意作小名可能
蘊含了其父母希望幼美身體健康強壯的意思。這也顯示出唐代對佛教
等所採取的開放政策對百姓生活的影響。與佛教有關的取名和堂姐未
筓出家的事實都折射出佛教對白居易家庭的影響。同樣，白居易《醉

〔註13〕〔美〕瑪麗‧喬梅‧多，理查德‧德‧卡霍：《宗教心理學——個人
　　　　生活中的宗教》，陳麟書等譯，成都：四川人民出版社，1990 年版，
　　　　第 52 頁。
〔註14〕〔美〕瑪麗‧喬梅‧多，理查德‧德‧卡霍：《宗教心理學——個人
　　　　生活中的宗教》，陳麟書等譯，成都：四川人民出版社，1990 年版，
　　　　第 55 頁。
〔註15〕〔美〕瑪麗‧喬梅‧多，理查德‧德‧卡霍：《宗教心理學——個人
　　　　生活中的宗教》，陳麟書等譯，成都：四川人民出版社，1990 年版，
　　　　第 58 頁。

後走筆酬劉五主簿長句之贈兼簡張大賈二十四先輩昆季》中的記述也
顯示出詩人與佛教的接觸。年少時與住在古寺的友人劉五的交往經歷
（友人關係）極可能加深了白居易對佛教的瞭解。由此，從家庭與生
活背景中我們可以看出，他與佛教的接觸主要與其社會關係及時代背
景有關。年少時顛沛流離的生活和羸弱的身體也使他對社會、對人生
的苦難有了深切的體會。

> 感時思弟妹，不寐百憂生。萬里經年別，孤燈此夜情。
> 病容非舊日，歸思逼新正。早晚重歡會，羈離各長成。（《除
> 夜寄弟妹》）

> 時難年饑世業空，弟兄羈旅各西東。田園寥落干戈後，
> 骨肉流離道路中。吊影分為千里雁，辭根散作九秋蓬。共
> 看明月應垂淚，一夜鄉心五處同。（《自河南經亂關內阻饑
> 兄弟離散各在一處因望月有感聊書所懷寄上浮梁大兄於潛
> 七兄烏江十五兄兼示符離及下邽弟妹》）

這兩首表達對家人的思念之情的詩歌分別作於 787 年避難於江南和
799 年的移家於洛陽之時。這兩首詩的創作年份雖然相差十二年，但
詩人多情易感的特點和渴望家人團聚之意從未改變。只是在親身經歷
「生離別」的苦痛後，詩人也更能體會百姓「晨雞再鳴殘月沒，征馬
連嘶行人出。回看骨肉哭一聲，梅酸蘗苦甘如蜜。黃河水白黃雲秋，
行人河邊相對愁。」（《生離別》）的艱難困苦生活。動盪不安的時期，
饑荒、凋敝的社會，羈旅、流離的生活，毫無著落的仕途、生計，家
人的離世，自己多病的身體，這就是年少時白居易的境遇。這種境遇
也成為敏感多情又頗有生命意識的白居易主動接觸佛教的最初動因。

　　宗教心理學認為，每個人的思想都具有一種能力。即「在緊張刺
激的情況下，自發地產生宗教的反應。或者一種基本的宗教衝動可能
在一種神秘的狀態中被激發。」〔註16〕同時，「每當宗教的衝動開始

〔註16〕〔美〕瑪麗・喬梅・多，理查德・德・卡霍：《宗教心理學——個人
　　　生活中的宗教》，陳麟書等譯，成都：四川人民出版社，1990 年版，
　　　第 482 頁。

在人的身上產生，它至少具有了那種趨於成熟的潛能去進入一種更爲複雜的、整合的和適應的體系。」〔註17〕因爲對生存的焦慮或對存在有限性的認識。個人會自然地向宗教尋求精神的庇護。這種生存的焦慮和認識可能是來自社會上的、身體上的、心理上的、自我存在上的等等。但此時的宗教對於個體而言只是一種排解困苦尋求自我安慰的手段，因此個體此時所具有的宗教意識屬於外在型的。對白居易而言，家庭生活的背景、年少的經歷和見聞成爲他向佛教尋求幫助的動因。從作於 800 年的《客路感秋寄明準上人》、《題贈定光上人》、《旅次景空寺宿幽上人院》、《感芍藥花寄正一上人》四首詩歌的內容來看，白居易表現出了對佛理的較爲膚淺的認識。

借問空門子，何法易修行。使我忘得失，不教煩惱生。
（《客路感秋寄明準上人》）

開時不解比色相，落後始知如幻身。（《感芍藥花寄正一上人》）

我來如有悟，潛以心照身。誤落聞見中，憂喜傷形神。
安得遺耳目，冥然反天眞？（《題贈定光上人》）

面對凋敝的社會現狀，「世業空」的艱難生活，天生的多情易感的情性使白居易對生命的脆弱和有限性、對生活的艱難和人生不得閒的無奈感慨頗多，因此不到三十歲的他便開始在詩中反覆詠歎「憂極心勞血氣衰，未年三十生白髮。」（《生離別》）的自己了。在「苦營營」的人生中，二十九歲走入「學而優則仕」的道路只是自己人生的一個開端。白居易深知這一點，所以他希望能夠從佛教中找到忘得失、除煩惱的良方以排解個人的困苦。顯然，從一開始對人生苦短有所體會的詩人便將佛教作爲了一種排解困苦尋求安慰的手段。

後來有緣受到凝公大師的開導，白居易對佛理有了較爲深入的認

〔註17〕〔美〕瑪麗・喬梅・多，理查德・德・卡霍：《宗教心理學——個人生活中的宗教》，陳麟書等譯，成都：四川人民出版社，1990 年版，第 51 頁。

識。在作於 804 年的《八漸偈》中，他對凝公大師所賜的八字心要「觀、覺、定、慧、明、通、濟、捨」進行了自己的擴充與理解，並言：

> 至哉八言，實無生忍觀之漸門也。故自觀至捨，次而
> 贊之，一言爲一偈，謂之八漸偈。蓋欲發揮師之心教，且
> 明居易不敢失墜也。

凝公大師是北宗禪師，所以白居易說此八言實是北宗漸門之理。從詩人對八字遞進且極富辯證性的邏輯理解分析中可以看出白居易頗有佛教之慧根，也就是說在理解佛理方面白居易有較強領悟和思辨的能力。這也成爲白居易深入接觸佛理提供了有力的保證。在接觸佛教的同時，白居易對老莊的思想也有所領悟。在《永崇里華觀》、《感時》等詩以及不能確定年份的《動靜相教養賦》（802 年以前）、《大巧若拙賦》（823 年前）等賦中，白居易表達了自己對老莊思想的理解和領悟。《動靜相教養賦》論述了動與靜之間相輔相成的關係並表現了作者對時機與理即必然性的認識。這篇賦被認爲是白居易「敘述自己的以儒家思想與老莊哲理爲基礎的人生觀的力作。」〔註18〕《大巧若拙賦》則表現了白居易對「大巧若拙」之理義的理解。在 800 年左右所作的《求玄珠賦》中作者表現了「對無爲自然、純粹無瑕的眞道的追求。」〔註19〕而在《省試 性習相近遠賦》（800）中作者從新的角度對「具有先天賦予的性質」之「性」和「後天從他人習得「之「習」進行了闡發。〔註20〕這些賦所表達的思想內容都是白居易對儒家兼濟獨善，老莊委順自然、清靜無爲思想的闡發。白居易較早便在思想上對人生的進退有所準備並在儒家、老莊和佛理中選擇並確立了自己的思想。

　　此時生活的艱辛雖然使白居易勞心憂慮，但滿懷政治熱情的他更

〔註18〕　〔日〕岡村繁：《岡村繁全集・唐代文藝論》（第五卷），張寅彭譯，
　　　　　上海：上海古籍出版社，2002 年版，第 268 頁。

〔註19〕　〔日〕岡村繁：《岡村繁全集・唐代文藝論》（第五卷），張寅彭譯，
　　　　　上海：上海古籍出版社，2002 年版，第 308 頁。

〔註20〕　〔日〕岡村繁：《岡村繁全集・唐代文藝論》（第五卷），張寅彭譯，
　　　　　上海：上海古籍出版社，2002 年版，第 299 頁。

多的是對實現自己兼濟之志的關注。佛教作為解愁苦的手段，似乎只是處於其意識的邊緣；老莊作為朝廷應試中不可缺少的內容，其哲理性的思想倒是多為白居易所用。老莊思想中的「清虛、無為」等觀念與佛教的「空」觀等思想在一定程度上有相通之處。這也為日後白居易兼取老莊與佛家思想來調節身心的提供了合理性。居長安後，對道教的藥術白居易也有所瞭解。這一方面與頗好道教的好友李建等有關。另一方面則是與中唐的社會風氣的影響有關。中唐時期憲宗、穆宗、敬宗、武宗等皇帝及朝臣對道教的熱衷促進了它的興盛。憲、穆等皇帝對道教的熱衷不僅使朝臣們上行下效服食丹藥，也使道教在社會上頗為盛行並具有較大的影響力。此時白居易雖然對煉丹服藥也頗有興趣，但他似乎並沒有完全沉溺其中。佛教無生無滅的思想在某種程度上使他對道教的長生之術的態度始終有所保留。因此，在 806 年後白居易一方面在《策林・黃老術》中肯定了黃老無為好靜的功效，另一方面卻對靈藥、仙道之說不以為然。《海漫漫》即是以「戒求仙也」所作的。詩末詩人更是以「何況玄元聖祖五千言，不言藥，不言仙，不言白日升青天。」指明了老莊思想與道教所謂的長生思想的區別。在《夢仙》中，詩人更是以「神仙信有之，俗力非可營。苟無金骨相，不列丹臺名。徒傳辟穀法，虛受燒丹經。只自取勤苦，百年終不成。悲哉夢仙人，一夢誤一生。」的詩句對道教仙術給予了嘲諷。

　　公元 806 年罷校書郎後，白居易在準備應考所作的《策林》七十五篇的《策林・議釋教》中表現出了闢佛的態度。白居易認為佛教「大抵以禪定為根，以慈忍為本，以報應為枝，以齋戒為葉。」雖然它可以有利於「輔助王化」但是佛教畢竟是西方之教加之「今天下僧尼不可勝數，皆待農而食，待蠶而衣。」的狀況極易影響社會生活並造成社會的凋敝，而我們自己的傳統文化和先王的遺訓同樣可以達到輔助教化民眾的作用，因此出於對國家對皇權以及社會生活之利益的考慮，白居易認為對佛教的發展應該有所限制。這篇模擬考論文中所表達的闢佛言語並不能完全代表白居易對佛教的真實觀點。其實，文中

的觀點是白居易從國家、社會利益的角度而談的，與個人的思想態度無關。而文中對佛教禪定為根、慈忍為本等的認識反而說明了白居易對佛教有著深刻的理解與認識。事實上，根據白居易《錢徽州以三堂絕句見寄因以本韻和之》的詩注「予早歲與錢君同習讀《金剛三昧經》，故云。」可知，白居易在翰林院期間與好友錢徽便已開始閱讀大乘佛經《金剛經》了。自 807 年召入翰林為學士後，白居易在朝中曾擔任了左拾遺、京兆戶曹參軍等官職。白居易的忠耿直言雖然得到了皇帝的賞識，但也為他日後的遭貶埋下了禍根。入朝為官後，白居易在努力實踐自己儒家的理想的同時也親身體會到了朝廷的黑暗、仕途的險惡以及世事的艱辛。雖然他還曾在《新樂府 兩朱閣》中諷刺了佛寺過多的現實，但「未得無生心，白頭亦為夭。」（《早梳頭》）的觀點和「況與足下外服儒風，內宗梵行者有日矣。而今而後，非覺路之返也，非空門之歸也，將安反乎？將安歸乎？」（《和夢遊春詩一百韻》序）的態度充分表明了詩人對佛教義理的積極肯定和信任。「外服儒風，內宗梵行」一語則表明佛教已經從詩人意識的邊緣走向了中心。

公元 811 年喪母失女的悲痛使白居易的內心備受煎熬。仕途的壓抑苦悶、對生命的有限的痛苦體驗促使他主動向佛教尋求心理上的安慰。

> 我聞浮屠教，中有解脫門，置心為止水，視身如浮雲，
> 抖擻垢穢衣，度脫生死輪。……誓以智慧水，永洗煩惱塵，
> 不將恩愛子，更種悲憂根。（《自覺》之二）

這首詩表達了詩人渴望通過佛教之理超脫生死的悲痛和世間的煩惱憂愁而獲得解脫的心情。歸下邽的三年，白居易對朝廷遲遲不召己回朝頗感憂慮。

> 莫歎學官貧冷落，猶勝村客病支離。形容意緒遙看取，
> 不似華陽觀裏時。（《渭村酬李二十見寄》）

官貧冷落的現狀與華陽觀裏意氣風發的過去形成了鮮明的對比，這使詩人倍感失落。此時，「置心為止水，視身如浮雲」的佛理和老莊逍

遙無爲的思想再次成爲詩人獲得身心解脫的手段。在長期難眠的生活中白居易開始嘗試坐忘存神。

> 長年漸省睡，夜半起端坐。不學坐忘心，寂莫安可過。
> 兀然身寄世，浩然心委化。如此來四年，一千三百夜。（《冬夜》）

詩人學習坐忘已經有「一千三百夜」了，也就是說近三年多以來白居易一直在嘗試老莊虛靜養生、坐忘存神之方法。在《隱几》、《退居下邽後作養拙》等詩中詩人也都表達這方面的感受。在坐忘存神的實踐中白居易同時獲得了禪定的感受：

> 外身宗老氏，齊物學蒙莊。疏放遺千慮，愚蒙守一方。……息亂歸禪定，存神入坐亡。斷癡求慧劍，濟苦得慈航。不動爲吾志，無何是我鄉。可憐身與世，從此兩相忘。（《渭村退居寄禮部崔侍郎翰林錢舍人詩一百韻》）

在理解體會老莊思想的同時，頗有悟性的白居易將其與佛教的禪定、濟慧等思想加以融通。老莊的坐忘虛心、無是無非融通無礙的境界與佛教的禪定的「定慧相合」、「慧至乃明，明則不昧，明至乃通，通則無礙，無礙者何，變化自在。」（《八漸偈》）有異曲同工之妙。白居易的這種體會也充分說明了他對佛理的體悟已經相當深入。以至在814年歸朝後，白居易曾至長安興善寺大徹禪師處「四詣師，四問道」（《傳法堂碑》），學習探討佛理。進而在815年的《贈杓直》詩中，詩人直接表明了自己對佛教的態度：

> 早年以身代，直赴逍遙篇。近歲將心地，迴向南宗禪。……委形老小外，忘懷生死間。

在身向老莊、心向佛禪的體悟中，白居易在身與心兩方面多有所得即既能委順任化於世間又能忘懷生老病死之苦。此時，這種解脫大多只是停留在對佛理的領悟上，從《恒寂師》、《苦熱題恒寂師禪室》所提到的「禪房」、「坐禪」來看，白居易雖對坐禪等行爲有所瞭解，但還沒有積極地加以實踐。在《對酒》、《贈王山人》等詩中，白居易則是以「彭殤徒自異，生死終無別。不如學無生，無生即無滅。」的詩句

明確表明了自己對道教長生的否定和要學習佛教無生無滅思想的態度。

綜上所述，大曆七年（772）到元和十年（815）間，佛教、老莊對於初入仕途又滿懷政治理想和抱負的白居易來說都只是化解煩惱、解脫身心的手段。現實生活中，白居易一直謹記凝公大師的八字箴言，在痛苦的生命體驗中，他的佛教觀念得到了增強。但對於道教的長生之說，白居易持否定態度。從「既不逐禪僧，林下學楞伽。」（《勸酒寄元九》）到「會逐禪師坐禪去，一時滅盡定中消。」（《重到城七絕句 恒寂師》）詩人對坐禪的態度變化表明了其佛教意識的增強。從「千藥萬方治不得，唯應閉目學頭陀。」（《眼暗》）「別來老大苦修道，煉得離心成死灰。」（《夢舊》）等詩句中，我們能夠明顯地看出雖然白居易並沒有積極地參加佛教實踐（如坐禪），但是他對佛理的信任和積極的領悟則表明佛教的宗教意識意識已經不再處於意識的邊緣，而是具有了更爲重要的地位。其外在的佛教的宗教意識得以形成。

第二節　遵守型宗教意識的形成
——從江州期間到外任病免階段

宗教心理學認爲，隨著個體對宗教教義、制度等各方面認識的發展，個人的外在的宗教意識會逐漸地向遵守型宗教意識的方向轉變。這「要求信徒部分地摒棄純粹自我滿足的外在型宗教」。〔註21〕而在此期間，與個人相關的社交群體或宗教群體起到了重要作用。另外，這個過程中所謂的「遵守」也涉及到了個體的宗教行爲，如宗教儀式的參與、宗教實踐等等。通過宗教儀式的參與、實踐等活動個體或許仍繼續在滿足心理、身體或精神上的自我需要，但是隨

〔註21〕〔美〕瑪麗・喬梅・多，理查德・德・卡霍：《宗教心理學——個人生活中的宗教》，陳麟書等譯，成都：四川人民出版社，1990年版，第 482 頁。

著「遵守」行爲的深入，這種「遵守」便成爲了個體宗教意識向內在型轉變的契機，「即逐漸地摒棄自我」。〔註22〕摒棄自我即意味著大於自我，對自我的超越，並逐漸成爲皈依者。雖然皈依的形態及分類有很多，但它並「不一定是一件一勞永逸的事情。在一個人的發展中，可能有多種精神轉折點，而任何一次（或多次）都可能具有決定性的意義。」〔註23〕在歸依佛教的過程中，白居易也是在經歷了許多次具有決定性意義的精神的轉折後，其佛教的宗教意識才隨之得以深入的發展。

從815年冬到826年是白居易個人宗教意識由外在型向遵守型發展的時期。基於白居易的個體特點及其與佛教、道教及老莊思想錯綜複雜的關係，我們將此漸進的發展過程分爲兩步。815年冬至820年間是白居易貶謫江州、量移忠州仕途遭受打擊的時期，冤貶事件也成爲白居易精神的重要轉折點。在這段時期內，其外在的宗教意識也邁出了向遵守型發展的第一步。冤貶遠郡事件所帶來的痛楚對白居易來說不僅來自於他仕途之路的重挫之感和兼濟之志的破滅，也來自於他對朝廷的失望和對自己前途的擔憂。

　　草草辭家憂後事，遲遲去國問前途。（《初貶官過望秦嶺》）

　　若有精靈應笑我，不成一事謫江州。（《題四皓廟》）

　　贈君一法決狐疑，不用鑽龜與祝蓍。試玉要燒三日滿，辨材須待七年期。眞玉燒三日不熱。豫章木生七年而後知。周公恐懼流言後，王莽謙恭未篡時。向使當初身便死，一生眞僞復誰知？（《放言五首》之三）

〔註22〕〔美〕瑪麗·喬梅·多，理查德·德·卡霍：《宗教心理學——個人生活中的宗教》，陳麟書等譯，成都：四川人民出版社，1990年版，第484頁。

〔註23〕〔美〕瑪麗·喬梅·多，理查德·德·卡霍：《宗教心理學——個人生活中的宗教》，陳麟書等譯，成都：四川人民出版社，1990年版，第138頁。

透過這些詩句，可以明顯地感受到詩人在遠赴江州的途中所懷有的失意愁苦又無可奈何的心境。於是白居易」對佛的信仰與對佛理的探究，轉爲行爲表現。」〔註24〕在赴江州的途中白居易開始嘗試坐禪，並發現了禪的「禪功自見無人覺，合是愁時不是愁。」（《歲暮道情》二首之二）的好處。在江州任職的近四年間，白居易也結交了神湊、智滿、智常等禪師並與之爲友，並常常一同聚會、交遊。白居易深知自己的愁醉、悲吟不利於自己身心的平和，他也因此求教於禪師。

　　　愁醉非因酒，悲吟不是歌。求師治此病，唯勸讀楞伽。
（《晚春登大雲寺南樓贈常禪師》）

研讀學習《楞伽經》就是禪師所給予他的治病之方法。同時，詩人還去廬山東林寺學習坐禪。

　　　新年三五東林夕，星漢迢迢鐘梵遲。花縣當君行樂夜，
　　松房是我坐禪時。忽看月滿還相憶，始歎春來自不知。不
　　覺定中微念起，明朝更問雁門師。（《正月十五日夜東林寺
　　學禪偶懷藍田楊六主簿因呈智禪師》）

在這首詩中，詩人描述了一個勤奮努力地學習佛教之禪定又頗有自省意識的白居易。對禪定的學習和實踐使白居易受益頗多，如其所言「自從苦學空門法，銷盡平生種種心。」但是他卻從佛教觀念出發將「閒吟」之性作爲了未降之「詩魔」：

　　　唯有詩魔降未得，每逢風月一閒吟。（《閒吟》）

「魔」是梵語魔羅的簡稱，佛經中將能奪命、障礙、擾亂、破壞等即能害人性命和干擾障礙人們修佛者都稱爲魔。佛教認爲，妄語、綺語等都可能擾亂人的心性從而妨礙世人的佛教修行，因此不妄語是佛教八戒的內容之一。從佛教教義來看，白居易常引以爲豪的強烈詩興或者說創作衝動是對其清淨本性的一種干擾或擾亂，它妨礙了佛教修習中所追求清淨，所以是一種「魔」。雖然白居易認識到自身所有的「詩

_____

〔註24〕羅聯添：《白居易與佛道關係重探》，《唐代研究論集》（第四輯），臺
　　　北：新文豐出版公司，民國81年（1982），第417頁。

魔」，但將自己強烈的詩興用如入魔一般加以形容並與「空門法」並提的獨特的表達方式顯示出詩人對佛教教義充分深入的理解與應用。

　　白居易明知自己是「性嗜酒、耽琴、淫詩」（《醉吟先生傳》）的率眞自然之人。「淫詩」是他追求並表達自我的率眞自然之本性的重要手段，但同時他很早即意識到易感多情和不能忘情的情性對體弱多病又苦營世事的自己來說並非益事。在親身體會到佛教、老莊之理有效地調節自我性情的功效後，佛教與老莊便逐漸成爲其思想中的重要部分。當面對貶謫江州所帶來的精神重創時，他主動選擇了以佛教和老莊來滿足自己排解苦悶、平衡身心的需要。身處僻遠、貧寂的潯陽城，念往昔初入仕途意氣風發之前事，詩人感歎於人生、仕途的多變，愈增添了對故鄉親人、好友知己的思念；同時，在反思中也加深了自己對仕途的清醒認識。在《端居詠懷》、《感逝寄遠　寄通州元侍御、果州崔員外、澧州李舍人、鳳州李郎中》、《孟夏思渭村舊居寄舍弟》、《春晚寄微之》、《潯陽春三首》、《感秋懷微之》、《歎魯二首》、《與楊虞卿書》、《答戶部崔侍郎（群）書》等江州期間所作的詩文中，白居易不僅表達了自己感時歎逝、失落苦悶的謫遷之意，而且在反思自己仕途生活的險惡艱難的同時還表現出了委順、任化的宦情淡薄之意。面對日漸衰老的自己，強烈的生命意識使他在反觀與自思中更加親近佛教。

　　　　強年過猶近，衰相來何速。應是煩惱多，心焦血不足。
　　（《因沐感發寄郎上人上二首》）

　　　　既無神仙術，何除老死籍？只有解脫門，能度衰苦厄。
　　掩鏡望東寺，降心謝禪客。衰白何足言，剃落猶不惜。（《因沐感發寄郎上人上二首》）」

　　　　賴學空王治苦法，須拋煩惱入頭陀。（《自到潯陽生三女子因詮眞理用遣妄懷》）

衰苦、煩惱頻頻來襲，詩人深感只有佛理可以醫治自己內心愁苦、撫慰精神創傷。雖然白居易的宦情日漸，但是當他感念朝廷討伐淮西吳

元濟戰事未息之時，兼濟之心又使他情不自禁地產生了「不分氣從歌裏發，無明心向酒中生。愚計忽思飛短檄，狂心便欲請長纓。」的衝動，但同時又從佛教之「妄」的觀念出發以「從來妄動多如此，自笑何曾得事成。」（《元和十二年淮寇未平詔停歲仗憤然有感率爾成章》）之語反駁了自己的兼濟之念。由此可見，白居易已將佛理作為反思自我及人生的重要指導性思想。

　　要化解自己「火宅煎熬地，霜松摧折身。因知群動內，易死不過人。」（《自悲》）的消極自悲意識和對「一旦失恩先左降，三年隨例未量移。」（《自題》）的怨悱焦慮之情，白居易的回答是「空門不去欲何之」？（《自題》）他親身體會到「唯有無生三昧觀，榮枯一照兩成空。」（《廬山草堂夜雨獨宿》）的佛理才能使自己擺脫心中的苦悶。江州上任的第二年即元和十二年白居易便在廬山東林寺附近建成了草堂，並在《草堂記》中表達了退步抽身以行獨善之志的思想。其實，在早期的《翰林院中感秋懷王質夫》等詩中，白居易就已經表現出了自己的休退之心。如前文所述的，只是真正的棄官歸田對白居易這種典型的文人士大夫來說是不可行的。「欲作雲泉計，須營伏臘資。」（《江南早秋》）不能如陶淵明般歸隱，又不願再涉官場險途，吏隱自然成為白居易最為現實的選擇。而事實上，真正做到身居官位而心中無事，並能以平衡自足的心態享受生活需要心靈的真正超越。深諳此事的白居易也因此更加注重佛教的治心之法。

　　於是，詩人在江州便過起了「藍輿辭鞍馬，緇徒換友朋。朝餐唯藥菜，夜伴只紗燈。除卻青衫在，其餘便是僧。」（《山居》）的生活。在與僧人為友交遊坐禪、研讀佛經的生活中，他將儒家的兼濟仁愛、「各得其所」的思想與佛教的慈悲為根的思想結合在一起而激發了自己的慈悲心。在《放旅雁》、《放魚》、《贖雞》詩中，詩人記述了自己使雁、魚等各得其所的善行。如果說放歸旅雁和魚的行為還有同病相憐之情在的話，那麼《贖雞》中的「常慕古人道，仁信及魚豚。見茲生惻隱，贖放雙林園。」所說的由「仁信」之言到生「惻隱」之心的

變化則表露出源於佛教的慈悲之情。這期間，白居易與僧人的交遊、讀經、坐禪、放生等行為雖然仍是為了滿足個人的需要，但這些在排解煩惱、調理性情等方面確實也起到了一定的作用。現代科學家對佛教的禪宗修習的研究表明，「不同民族、文化背景的『入靜者』掌握了入靜，引起特殊的自我感覺和腦生理的變化，對改善身心健康有一定效果。」﹝註25﹞所以在跟從禪師習禪、讀經之後，白居易的親身體驗進一步促使了其佛教觀念的深入。對於自己無法改變的「淫詩」之本性，詩人也只能在「詩魔降未得」的狀況下以「老償文債負，宿結字因緣。」(《江樓夜吟元九律詩成三十韻》)的佛教因緣業債的觀點為自己開脫了。而當遙盼已久的忠州除書到達之時，「久眠褐被為居士」的詩人又以「身出草堂心不出」(《別草堂三絕句》之二)之語提醒自己注意保持不入俗世的淨心。

在佛教觀念深入發展的同時，江州生活的困頓也促使白居易向老莊和道教走近了一步。在「行禪與坐忘，同歸無異路。」(《睡起晏坐》)的詩句中詩人表達了自己對「佛道兩家，無所輕重」﹝註26﹞的態度。因為老莊的思想、道教煉丹服藥的長生之術也同樣給他提供了一種慰藉的手段。重讀莊子白居易體會到「『認得無何是本鄉』，可少憂傷；讀南華經可使身心無繫，浩如方舟；齊物觀，可窮通無悶；能達理，則方寸虛空，蕭然俱化，混然同俗。」﹝註27﹞在赴江州的途中白居易就在《讀莊子》詩中表達了以「無何是本鄉」而少憂傷的觀點：

去國辭家謫異方，中心自怪少憂傷。為尋莊子知歸處，
認得無何是本鄉。

謫居江州時的《早春》詩中，更是以「不開老莊卷，欲與何人言？」的詩句表達了自己對老莊思想的重視。其《與楊虞卿書》、《答戶部崔

﹝註25﹞ 世瑾：《宗教心理學》，北京：知識出版社，1989年版，第68頁。

﹝註26﹞ 羅聯添：《白居易與佛道關係重探》，《唐代研究論集》(第四輯)，臺北：新文豐出版公司，民國81年 (1982)，第421頁。

﹝註27﹞ 羅聯添：《白居易與佛道關係重探》，《唐代研究論集》(第四輯)，臺北：新文豐出版公司，民國81年 (1982)，第421頁。

侍郎（群）書》中所流露的日益衰減的宦情也與老莊的委順、任化等
思想的影響有關。雖然很難說白居易全面接受了老莊的思想，但是「唯
當養浩然」、「委順以待終」（《達理二首》）和」行藏與通塞，一切任
陶鈞。」（《江南謫居十韻》）的委化順命的觀念與佛理的確共同成爲
了白居易平衡身心的重要手段。「行藏」意指出處進退，「通塞」則指
運氣的好壞，「陶鈞」本是指製陶器大小所用的圓轉輪，比喻爲化生
世界萬物的東西。〔註28〕詩人憑藉老莊思想將人生所遇的出處進退、
運氣的好壞都看作是造化的結果，以此化解左遷後的自我危機。量移
忠州後，詩人更是以「外累由心起，心寧累自息。」「宜懷齊遠近，
委順隨南北。」（《委順》）的詩句表達了自己兼容佛教之理的「委順」
之心。宗教心理學有關信仰及其發展過程的研究表明，信仰的心理機
制大體有三層，即畏懼心理，依賴心理，超越的心理。超越的心理其
實是人本性深處所蘊藏的更爲本質和重要的心理根源。只要人意識到
自身的局限性時，就會產生「超越」的追求。儒、釋、道（道家與道
教），作爲不同的信仰，其共同的特性卻是內在於三者各自哲學思想
體系中的超越性價值。儒家所強調的社會關懷和道德義務，道家所注
重的無欲無爲、自然逍遙，道教所追求的長生與成仙，佛教所重視的
覺悟即超越生死流轉的世間，特別是中國佛教的天台、華嚴、禪宗所
強調的內在超越，它們都是對人所意識到的自身有限性的超越，只是
因其立足點或者說價值發生機制有所不同而造成了其超越的重心、途
徑和方式等也都有所不同。老莊的「無欲無爲」、「心齋」、「坐忘」是
爲了使人在無是非、無生死、無可與不可、無夢與現實之區別的境地
體會絕對自由的「逍遙」，從而滿足人的超越心理的途徑與方式。在
這種逍遙的境界中，富貴、貧賤、榮辱等有用的現實世界中的一切價
值判斷都被否定，這就是白居易所謂的「一切任陶鈞」的境界。中國
佛教禪宗的「坐禪」則是在強調絕對本體就在參禪者主體自身中存在

〔註28〕參閱〔日〕花房英樹：《白居易》，黃瑋等譯，北京：社會科學文獻
　　　　出版社，1991 年版，第 77 頁。

的思想基礎上實現內在超越的。這種對坐禪者主體性意識的強調就是白詩中所謂的「外累由心起，心寧累自息。」在心寧無累的同時，老莊的「委順」自然也可以實現了。同樣是「超越」，佛禪突出強調的「定慧雙修」引導人以更加積極向上的心態滿足超越的心理；而老莊的心齋、坐忘在否定一切人為性的東西的同時，實際上又承認了現實世界的本來狀態，這種批判精神與佛教辯證思維相比顯得有些不夠徹底。隨著佛教意識的深入，白居易在晚年也意識到這一點。

　　道教所標榜的神仙境界及其長生不老的「超越」生死的觀念與佛教永離生死輪迴的「超越」追求卻是相矛盾的。但對渴望超越現實與自我的白居易來說，對道教神仙境界的羨慕、甚至是模仿、實踐，與對長生觀念的質疑，甚至是佛教的無生死的追求並不衝突。因為在白居易看來，大乘佛教的菩薩不斷盡人欲而「留惑潤生」再來人間度眾生以及「自性自度」等思想與禪宗所提倡的「定慧雙修」、「明心見性」、「平常心是道」等思想中對當下「超越」的重視以及對超越心理的積極利用，促使白居易將佛教、道教具有矛盾衝突的生死觀統一在了自己對佛禪思想的理解中。因而，在江州時期所作的《送毛仙翁》、《贈韋煉師》、《尋郭道士不遇》等詩中，與道士、煉師頻繁密切接觸的白居易不僅開始頻繁地服藥，而且在閱讀參同契等道經的同時還開始嘗試燒丹煉藥。

　　　　每日將何療饑渴，井華雲粉一刀圭。（《題李山人》）

　　　　何以療夜饑，一匙雲母粉。（《宿簡寂觀》）

　　　　閑水年將暮，燒金道未成。丹砂不肯死，白髮自須生。
（《潯陽歲晚寄元八郎中庚三十二員外》）

　　　　漫把參同契，難燒伏火砂。有時成白首，無處問黃芽。
（《對酒》）

　　　　藥爐有火丹應伏，雲碓無人水自舂。廬山中雲母多，故以水碓搗煉，俗呼為雲碓。欲問參同契中事，更期何日得從容？
（《尋郭道士不遇》）

> 身名身事兩蹉跎，試就先生問若何。從此神仙學得否？
> 白鬚雖有未爲多。（《問韋山人山甫》）

> 欲上瀛州臨別時，贈君十首步虛詞。天仙若愛應相問，
> 可道江州司馬詩。……花紙瑤緘松墨子，把將天上共誰開？
> 試呈王母如堪唱，發遣雙成更取來。（《送蕭鍊師步虛詞十
> 首卷後以二絕繼之》）

貶謫之事後白居易在詩作中頻繁地提到了服藥、燒丹之事並持續到晚
年。從江州時期的詩作中我們看到，雖然赴任江州途中詩人曾在《對
酒》中表示了「未濟卦中休卜命，參同契裏莫勞心。」的態度但是懼
死樂生的本性和對安寧的「神仙」生活的渴望仍然驅使白居易對煉丹
服藥作出了嘗試。詩人以雲母粉療夜饑，向道士煉師學習燒丹之法，
但正如其詩句「欲問參同契中事，更期何日得從容？」中所說的，他
更期望得到的是「從容」。如神仙般地從容地生活才是詩人閱讀參同
契、燒丹服藥的眞正目的。而其詩中所表現的學神仙、對天仙王母的
憧憬卻顯示出道教的神仙思想對唐人的影響。作爲中國土生土長的宗
教，道教的長生不老、神仙等思想不僅反映了中國古人對宇宙生命所
作的探索也反映了人類超越生命的理想。這正是道教文化長期存並成
爲中國傳統文化的重要組成部分的原因所在，也是道教在唐代具有廣
泛影響力的重要原因之一。作爲唐代重要的文人，白居易不可能不接
受中國傳統道教的思想文化的影響，正如他在深入佛理的同時仍不離
老莊一樣。「每一個人的信仰都是他自己的，都部分地是自由的，都
部分地是其人格深入在傳統所面臨著的所有其他世俗情性（內在與外
在的）與超驗者之間的一種交互作用的結果。」〔註29〕威爾弗雷德‧
坎特韋爾‧史密斯的話恰好點明了植根在中國儒家、道家及道教思想
文化傳統中的白居易在皈依外來宗教佛教的過程中所作出的個人選
擇的實質。雖然佛教在來華後的廣泛傳播中出現了中國化的特徵。

〔註29〕〔加〕威爾弗雷德‧坎特韋爾‧史密斯：《宗教的意義與終結》，董
　　　江陽譯，北京：中國人民大學出版社，2005 年版，第 336 頁。

中唐的社會變革、哲學思想的演化等多種因素使以白居易爲代表
的中唐文人的思想方法、觀念價值等出現了多元化的特點。統治者「儒
教治世、道教治身、佛教治心」的指導思想使三教並存獲得了堅實的
政治基礎。而三教的「同歸於善」則是文人士大夫在儒學爲體的基礎
上容納釋道（此「道」包含了老莊和道教）的基礎。因此，儒、釋、
道在文人士大夫的實際生活中形成了一種相互交融、相輔相成的關
係，並成爲中唐文人所普遍採用的儒學爲體、釋道爲用的實用主義生
存方式。〔註30〕而眞正能夠像白居易一樣實踐這種生存方式並安然終
老的文人實際上並不多。因爲在面對自己所植根的文化傳統特別是儒
家兼濟獨善的思想時，「世俗情性（內在與外在的）」往往無法與「超
驗者」之間達到眞正的交互作用而使個體產生眞正的個人信仰。如柳
宗元、劉禹錫、韓愈等人一樣，劉柳與佛教接觸甚密但更多地從思想
層面的援佛入儒或儒佛同歸，韓愈排佛卻最終因道教丹藥而亡。與之
不同的是，白居易不僅融通了儒、佛、道（老莊和道教）的思想而且
在生活中加以實踐。在老莊的隱几、坐忘中，白居易體會到了佛教的
息亂禪定；禪定中白居易又有了身安體適、心虛無繫之感。老莊的無
思無慮與佛教的禪定都使白居易達到了精神的安謐與心靈的超然。詩
人所追求的這份安逸與超然正是其慕仙崇道（即道術）思想的體現。
詩人與道教中人的交往本身便帶有了對道士、仙翁、煉師、山人等逍
遙自在、無憂無慮的生活的羨慕之情。而燒丹服藥正是其吏隱生活中
以「道教修身」的一種嘗試性實踐。雖然白居易對自己燒丹未成之事
感慨頗多甚至借酒消愁，但正如其《不二門》詩所言：

> 亦曾燒大藥，消息乖火候。至今殘丹砂，燒乾不成就。
> 行藏事兩失，憂惱心交鬥。化作憔悴翁，拋身在荒陋。坐
> 看老病逼，須得醫王救。唯有不二門，其間無夭壽。

在燒丹不成而又老病相逼的狀況下，白居易還是將佛教的「無夭壽」

〔註30〕參閱朱易安：《中唐詩人的濟世精神和宗教情緒》，見《人大複印資料》，1998 年第 11 期。

觀視作最有效之醫王。因此，在白居易的個人宗教意識發展的過程中，他雖然接受了傳統思想文化中道教的三尸、神仙等思想的影響並實踐了燒丹服藥，但這只是其吏隱生活中追求身心平衡、逍遙自在的理想生活的一部分，道教長生不老的觀念並沒有佔據其思想意識的重心。加之煉丹的不成的事實，道教的宗教意識在白居易身上並沒有眞正形成。

　　量移忠州後，白居易的仕途之路很快變得順暢起來。憲宗被弒，穆宗繼位，白居易的友人紛紛回朝，他也在長慶元年歸朝爲主客郎中、知制誥。此時，佛教老莊思想的深入影響以及其吏隱觀念的確立促使白居易作出了進中求退的重要選擇。821 年到 826 年間白居易轉徙長安、杭州、洛陽、蘇州四地，雖然仍過著「七篇眞誥論仙事，一卷壇經說佛心。」(《味道》)的亦佛亦道（老莊及道教）的生活，但在佛教的「遵守」方面，他邁進了關鍵性的一步。無論是在長安、杭州、洛陽還是蘇州，除了遍訪大小寺廟，白居易還保持了與僧侶的交往：在杭州，他曾問道於鳥窠禪師，與濟法師通信討論佛法；在洛陽他作有與廬山東林寺僧有關的《遠師》、《問遠師》等詩；在蘇州，他遊訪寺院並與僧人法弘、惠滿等人交遊。幾年來與禪僧的交往、對佛理的學習與參悟使白居易在佛理方面更加精進。〔註31〕

　　　　大抵宗莊叟，私心事竺乾。浮榮水劃字，眞諦火生蓮。
　　梵部經十二，玄書字五千。是非都付夢，語默不妨禪。(《新
　　昌新居書事四十韻因寄元郎中張博士》821 年，長安)

　　　　山榴花似結紅巾，容豔新妍占斷春。色相故關行道地，
　　香塵擬觸坐禪人。瞿雲弟子君知否，恐是天魔女化身。(《題
　　孤山寺山石榴花示諸僧眾》823 年，杭州)

　　　　叩齒晨興秋院靜，焚香冥坐晚窗深。七篇眞誥論仙事，
　　一卷檀經說佛心。此日盡知前境妄，多生曾被外塵侵。自

嫌習性猶殘處，愛詠閒詩好聽琴。（《味道》824 年，洛陽）

　　但要前塵滅，無妨外相同。雖過酒肆上，不離道場中。絃管聲非實，花鈿色是空。何人知此義，唯有淨名翁。（《酒筵上答張居士》826 年，蘇州）

　　自從爲呆童，直至作衰翁。所好隨年異，爲忙終日同。弄沙成佛塔，鏇玉謁王宮。彼此皆兒戲，須臾即色空。有營非了義，無著是眞宗。兼恐勤修道，猶應在妄中。（《感悟妄緣題如上人壁》826 年，蘇州）

由以上所列詩作可以看出，隨著時間的推移，白居易對佛理的理解和體悟隨之加深。他不僅體會到莊禪合論的妙處，而且能夠以《華嚴經》、《楞嚴經》特別是《維摩詰所說經》所說之理觀世論事，並且以維摩詰及其思想爲指導而觀世行事。可見，白居易以佛教爲手段平衡身心的目的在逐漸地演變爲仿行佛教居士典範維摩詰。當然，佛理治心仍然是他擺脫困苦、滿足精神需要的重要手段，但白居易在佛理的影響下、在生活的感悟中表現出了部分地超越自我而向佛教信徒發展的趨向。在參悟到色空、了義、無著等佛理之妙處的同時，白居易從學佛者的角度表達了對「無修無念」的領悟。在《與濟法師書》中他自稱「弟子」，言佛教信徒之所言；在佛教實踐方面，他持齋、受戒，行佛教信徒之所行：在《與濟法師書》、《新昌新居書事寄元郎中張博士》和《祭中書韋相公文》中記載了長慶初年，白居易與韋處厚在普濟寺受八戒並各持十齋的事實。在白詩《贈僧詩五首》之《缽塔院如大師》中同樣記錄了約從長慶初年起白居易每年於智如大師處「授八關戒，九度」的事實。從作於 826 年的《華嚴經社石記》的言語中，我們可以體味到白居易以「一願一偈，終不壞滅」、「集續來緣」的虔誠心願。這種「部分地超越自我」的行爲不僅表現了白居易在佛教實踐上的精進，也表明了他的佛教的宗教意識已經發展爲遵守型。

　　在這段時期內，雖然白居易燒丹服藥的道教行爲和外宗老莊的思想仍在繼續，但在詩作中他也表現出了對老莊及道教金丹之術的不愜：

　　　　猶嫌莊子多詞句，只讀逍遙六七篇。（《贈蘇煉師》）

　　　　　朱砂賤如土，不解燒爲丹。玄鬢化爲雪，未聞休得官。

（《自詠》）

「只讀逍遙六七篇」的原因大概是這幾篇的思想可以達到與佛教相似
的解脫效果；而燒丹不成之事也因未能滿足詩人的物質和精神的需求
而變成了「不解」。由此可見，在個體宗教意識的發展過程中，個體
需要的滿足及由此而產生的體驗對個人宗教意識的發展的巨大作用。

　　綜上所述，元和十年（815）冬到寶曆二年（826）間，冤貶江州
之事不僅是白居易人生的重要轉折點也是其精神的決定性轉折之
處。江州、忠州的經歷使白居易的佛理意識得到了增強。佛理意識的
深入不僅爲其佛教的宗教意識向遵守型個體宗教意識發展提供了思
想基礎而且爲白居易在佛教實踐方面的精進提供了支撐保障。最終，
白居易在對佛教、道教的宗教體驗和實踐中選擇了佛教。

第三節　內在型宗教意識的形成與皈依
　　　　——從歸朝到十九年的洛陽生活階段

　　美國著名心理學家威廉・詹姆士曾說：「一個人『皈依了』，這就
是說，在個體意識中，從前處於意識邊緣的宗教觀念，現在佔據了意
識的中心地位，以致使宗教的目標成爲他個體活動的中心。」〔註32〕
因此，在個體宗教意識向內在型取向的發展過程中，宗教對於個體而
言不再只是單純的自我性的手段，而是逐漸地成爲一種目的。對個體
而言，當宗教眞正成爲個人活動的目的和活動中心時，個人的宗教意
識就轉變爲內在型的了。在個體的宗教意識發展成爲內在的宗教意識
的時候，個體才可能成爲某種宗教的眞正皈依者。個體向自決型宗教
意識的前進是內在型宗教意識的再發展。由於這種自決型的宗教意識
並不爲所有的宗教派別及信仰者所提倡，因此達到這種狀態的人很少。

〔註32〕世瑾：《宗教心理學》，北京：知識出版社，1989年版，54頁。

　　從827年到846年是白居易的宗教意識由遵守型向內在型發展並真正皈依佛教的時期。從827年到829年白居易歸朝任職。827年他主持了儒、釋、道的談論會。在《三教論衡》中，白居易從理論上肯定了佛、儒，他認爲：

> 儒門釋教雖名數則有同異。約義立宗，彼此亦無差別，
> 所謂同出而異名，殊途而同歸也。

這種佛儒並立的觀念與柳宗元所認爲的佛「與孔子同道，皆有以會其趣」（《送十八山人南歸序》）的觀點十分相似。這種觀念的表達不僅說明了當時文人士大夫融通儒佛之風氣的盛行，也表明了佛教與儒家思想一樣已經佔據了白居易思想意識的中心位置。留居長安的這段時間，自身的衰老和友人的離世以及朝政的爭鬥再次激發了白居易防嫌避禍以全身的決心。

> 爭知壽命短復長，豈得營營心不止。請看韋孔與錢崔，
> 半月之間四人死。韋中書、孔京兆、錢尚書、崔華州，十
> 五日間相次而逝。（《和自勸二首》之二）

> 人間禍福愚難料，世上風波老不禁。萬一差池似前事，
> 又應追悔不抽簪。（《戊申歲暮詠懷三首》之三）

友人韋處厚、孔戡、錢徽、崔植的離逝〔註33〕再次引發了詩人因歎生命短暫而不要苦營的之意；當時朝中政局的混亂和鬥爭同樣促發了詩人遠嫌避禍之意。與此同時，在《閒詠》、《塗山寺獨遊》、《與僧智如夜話》等詩中，我們看到詩人在「夜學禪多坐」（《閒吟》）的生活中對佛禪空無的體悟更加深刻：

> 從歡終作戚，轉苦又成空。次第花生眼，須臾燭過風。
> 更無尋覓處，鳥跡印空中。（《觀幻》）

無論是「花」或是「風」，自身所感知的一切依佛理看來都只不過是幻象罷了，正如鳥兒飛過天空無跡可尋。對佛教空幻之理的領悟和日

〔註33〕根據《舊唐書本紀‧第十七上》中「敬宗 文宗上」的記載和朱金城《白居易集箋校》第1484～1485可知，韋處厚、孔戡、錢徽、崔植在寶曆三年春的時局動盪之時，相繼而卒。

益深入的居士情懷促使詩人作出了歸洛求分司的重大抉擇。

> 龍尾趁朝無氣力,牛頭參道有心期。榮華外物終須悟,
> 老病傍人豈得知。猶被妻兒教漸退,莫求致仕且分司。(《戊
> 申歲暮詠懷三首》之一)

詩中的「牛頭」指禪宗派系中的牛頭宗。根據《景德傳燈錄》卷四的記載,任杭州刺史時,白居易曾拜訪過道林禪師,道林屬牛頭宗法系,所以詩中便有了「牛頭參道」之說。〔註34〕不管是南宗禪、牛頭宗還是淨土彌勒,作為調理心性的手段它們的本質和作用對白居易來說都是相同的,只是在不同的心境和狀態下他會自取所需。829 年白居易終於罷刑部侍郎,除太子賓客分司東都。從此也開始了自己長達十七年蟄居洛陽的中隱生活。

在 829 年歸洛後所作的《中隱》中白居易表達了自己「人生處一世,其道難兩全。賤即苦凍餒,貴則多憂患。唯此中隱士,致身吉且安。窮通與豐約,正在四者間。」的人生態度和思想。白居易常將自己的人生位置設定為「中人」,〔註35〕如前文所述,詩中的「中隱」也成為他對自己所實踐的「吏隱」的別稱。「似出復似處,非忙亦非閒。」(《中隱》)的生活觀念和方式的定位為詩人進一步進行宗教實踐並皈依佛教奠定了堅實的基礎。未歸洛陽時白居易就曾在《和微之詩二十三首》之《和知非》中對表達了對儒、道、禪的看法:

> 儒教重禮法,道家養神氣。重禮足滋彰,養神多避忌。
> 不如學禪定,中有甚深味。曠廓了如空,澄凝勝於睡。……
> 坐成真諦樂,如受空王賜。既得脫塵勞,兼應離慚愧。

〔註34〕牛頭宗指禪宗中法融一系。《祖堂集》卷三、《景德傳燈錄》卷四均記載了白居易訪鳥窠道林之事。牛頭宗稱其初祖法融得禪宗四祖道信所傳之法。在心性論上牛頭宗講無心、心寂、心空和無情有性等思想;在實踐上則重視無心、忘情。到慧忠、鶴林玄素時期,此宗法門大盛。其富有道-玄學色彩的思想後為洪州尤其是石頭希遷所攝取,此宗也逐漸衰退。

〔註35〕參閱謝思煒:《白居易集綜論》,《中唐社會變動與白居易的人生思想》一章,北京:中國社會科學出版社,1997 年版,第 325～333 頁。

詩中所表現的對道家養神避忌過多的評價與先前江州時對道家的積極肯定已有所不同。詩人認為，儒家的禮法、道家的養神氣，若過多強調重視便易於產生負面影響。但是重視當下即悟的禪定不僅可以脫塵淨心，還可以榮辱皆空。比前二者的實用功效更好。此中的「深味」使詩人更加堅定了對佛禪的正信之心。進而，在827至828年間，白居易為了「誓心歸依」而創作了《畫水月菩薩贊》並表示「生生劫劫，長為我師。」後來他還替妻子楊氏弘農君作了《繡觀音菩薩像贊》。

公元831年，年過六十的詩人再次經歷了子殤友亡的生死離別之苦。唯一的兒子阿崔和密友元稹相繼離世。面對這種生死離別之苦，白居易恐怕只能借助佛理才能使心性得到平和。歸洛後，白居易的個人活動也更多地圍繞著持齋受戒、坐禪等佛教儀式與實踐而展開。在多次體驗到「每因齋戒斷葷腥，漸覺塵勞染愛輕」的良好功效（《齋戒》）之後，白居易持齋的時間便逐漸加長了，而且他還將持齋堅持到離世。因此，考察其詩作我們可以明顯地感覺到詩人828年以後，白居易以齋、戒為題或提及自我齋戒的詩歌在逐年增多。從828年的《齋月靜居》、《齋居》（831）、《贈韋處士六年夏大熱旱》（832）、《喜照密閒實四上人見過》（833）、《拜表回閒遊》（834）、《酬皇甫郎中對新菊花見憶》（834）、《二月一日作贈韋七庶子》（835）、《五月齋戒罷宴徹樂聞韋賓客皇甫郎中飲會亦稀又知欲攜酒饌出齋先以長句呈謝》（835）、《歡春風兼贈李二十侍郎二絕》之二（836）、《齋戒滿夜戲招夢得》（836）、《長齋月滿寄思黯》（836）、《長齋月滿寄思黯》（837）、《早春持齋答皇甫十見贈》（838）、《酬皇甫十早春對雪見贈》（838）、《酬夢得以予五月長齋延僧徒絕賓友見戲十韻》（838）《齋戒》（839）、《二年三月五日齋畢開素當食偶吟贈妻弘農郡君》（842）、《出齋日喜皇甫十早訪》（842）、《齋居春夕感事》（845）到846年的《齋居偶作》，我們所舉列的還主要是以齋戒為題的詩作，沒有過多涉及其創作的與持齋內容有關的詩作。

　　實際上，從論文附錄的《白居易有關佛、道（包含老莊思想）作品編年對照表》〔註36〕中可以看出，單純從828年到846年間詩作的數量上看，白居易所創作的與道教及老莊有關的詩文與佛教有關的詩文相比，在逐漸減少。從「中宵入定跏趺坐，女喚妻呼多不應。」（《在家出家》）的坐禪生活，「我亦定中觀宿命，多生債負是歌詩。」（《自解》）的對歌詩爲債負的佛教觀點，「猶覺醉吟多放逸，不如禪坐更清虛。」（《改業》）的禪坐體悟，到「漸伏酒魔休放醉，猶殘口業未拋詩。」（《寄題廬山舊草堂兼呈二林寺道侶》）的修佛狀況，除了詩歌之外，白居易通過佛教已經達到了「是非愛惡銷停盡，唯寄空身在世間。」（《閒居》）的心境。這種心境的獲得不僅離不開參悟佛理，也與白居易所進行宗教實踐和行爲密不可分。研讀佛經、坐禪悟道的同時，白居易更加廣泛地與僧徒交往並出現了「交遊一半在僧中」（《喜照密閒實四上人見過》）的社交狀況。這些佛教活動和言行「誘導信仰者把注意力從自我中擺脫」。〔註37〕

　　　　白衣一居士，方袍四道人。地是佛國土，人非俗交親。
（《題天竺南院贈閒元旻清四上人》）

　　　　臥疾瘦居士，行歌狂老翁。（《自詠》）

　　　　一床方丈向陽開，勞動文殊問疾來。欲界凡夫何足道，四禪天始免風災。色界四天：初禪具三災，二禪無火災，三禪無水災，四禪無風災。（《答閒上人來問因何風疾》）

　　　　酒魔降伏終須盡，詩債填還亦欲平。從此始堪爲弟子，竺乾師是古先生。（《齋戒》）

晚年，白居易在詩中經常以白衣居士、居士或用維摩詰之事來指代自己。這種指稱的微妙變化正是白居易擺脫對自我執著的必然結果。正

〔註36〕附錄此表受羅聯添《白居易與佛道關係重探・附錄》之《白居易有關道、佛作品編年對照表》的啓發而作。

〔註37〕〔美〕瑪麗・喬梅・多，理查德・德・卡霍：《宗教心理學——個人生活中的宗教》，陳麟書等譯，成都：四川人民出版社，1990年版，第484頁。

如其詩中所言，地是佛國土，作爲白衣居士的詩人所結交的也非俗人；臥疾時自己是如維摩詰的居士，行歌時則成了狂老翁；將問疾的閒上人比作文殊菩薩的話，自己也就是維摩詰居士了。在白居易運用佛理、實踐佛教之行求得解脫的同時，佛教的理與行也誘導他將注意力從自我中擺脫出來，尋找到了眞正利於自己的生活方式。而在這個互動的過程中，詩人自己最終成爲佛教的信徒。正如詩中所說的，當他感到自己不再更多地受到六欲的影響時，他自知酒魔與詩債也終會停止，此時詩人認爲自己才能堪爲竺乾師之弟子，皈依佛教。

　　在浸入佛教的過程中，白居易根深蒂固的仁愛兼濟之思想在佛教的引導下得以到了深化。早在外任杭蘇刺史時，白居易便以克己奉公和仁愛之心爲當地百姓謀利。杭州任職期間，白居易爲民治理錢塘湖而修建了捍湖堤；〔註38〕現存於蘇州的白公堤石幢則記載了他任職於蘇州時爲民修山塘街（又名白公堤）的事實〔註39〕。歸洛後，他於832 年捐錢重修了香山寺並作《修香山寺記》以記之；844 年他又施財開八節灘爲洛陽百姓造福。此間，白居易還多次納文集於佛寺以結佛教之緣：835 年他納白氏文集六十卷於廬山東林寺，836 年納白氏文集六十五卷於東都聖善寺，839 年納白氏文集六十七卷於蘇州南禪院，842 年，他再納詩文後集二十卷於廬山東林寺。通過納文集於佛寺白居易或望能夠與禪師結後緣，或望以今生世俗文字轉爲將來世世

〔註38〕由《新唐書‧白居易傳》記載，白居易爲杭州刺史時，「始築堤捍錢
　　　　塘湖，鍾泄其水，漑田千頃。」白居易在舊堤的基礎上加強了錢塘
　　　　湖堤的牢固度並擴大了其蓄水能力。由此有了捍湖堤。
〔註39〕清人錢大昕的《虎丘創建白公祠記（代）》中曾言：白居易爲蘇州刺
　　　　史時，「於虎丘重開寺路，桃李蓮荷，約種二千株，今山塘尚有白堤
　　　　之稱，其有德於吳人甚厚，而郡志不備書。」2007 年 4 月，白居易
　　　　紀念苑於蘇州老閶門山塘街口建成。據記載白居易爲蘇州刺史時開
　　　　鑿了東起閶門渡僧橋附近，西至虎丘望山橋的山塘河。白公又在河
　　　　旁築堤而成山塘街。因此，山塘街又叫白公堤。由於該河在閶門與
　　　　運河相接，所以成爲商品的集散之地，山塘街也成爲姑蘇的繁華地
　　　　之一。

贊佛乘。840 年白居易命工畫彌勒佛像及西方世界，焚香禮拜。在
《畫西方幀記》和《畫彌勒上生幀記》中，白居易發願曰：

> 弟子居易焚香稽首跪於佛前，起慈悲心，發弘誓願。
> 願此功德回施一切眾生，一切眾生有如我老者，如我病者，
> 願皆離苦得樂，斷惡修善。（《畫西方幀記》）

> 樂天歸三寶，持十齋，受八戒者，有年歲矣。常日日
> 焚香佛前，稽首發願，願當來世與一切眾生同彌勒上生，
> 隨慈氏下降，生生劫劫與慈氏俱。（《畫彌勒上生幀記》）

白居易供養佛像以及起慈悲心願一切眾生離苦得樂之誓願的言行向
世人展示了一個全新的白樂天——佛教信仰的確立不僅使自己得到
了解脫也可以在力所能及的範圍內幫助他人解脫。因此，在香山寺經
藏堂改修完成時，白居易在《香山寺新修經藏堂記》文末言：

> 爾時道場主佛弟子香山居士樂天欲使浮圖之徒遊者歸
> 依，居者護持，故刻石以記之。

由此可見，佛教已不再僅僅是白居易自我解脫的手段而是成為了其個
人活動的指導。此時，自稱佛弟子香山居士的白居易在完成個人內在
型宗教意識轉變的同時不僅超越了自我、歸依佛教，而且還希望能夠
有更多的徒遊者能夠皈依佛教。

　　在以佛教為中心的生活中，白居易對道的態度則表現地更加矛
盾。考察其 827 年至 841 年間與道教及老莊有關的詩作可以看出：一
方面詩人對老莊知足逍遙、委順自得等思想給予了肯定：

> 心適復何為，一詠逍遙篇。（《犬鳶》）

> 五千言下悟，十二年來聞。（《閒題家池寄王屋張道士》）

> 我身非我有也，蓋天地之委形；君何嗟嗟，又不聞諸
> 佛說：是身如浮雲，須臾變滅。由是而言，君何有焉？所
> 宜委百骸而順萬化，胡為乎嗟嗟於一牙一齒之間。（《齒落
> 辭》）

在與道士等人的交往中，白居易仍對道經及燒丹服藥之事頗為關心，
並表現出對仙道的羨慕：

晨起對爐香，道經尋兩卷。(《冬日早起閒詠》)

八戒夜持香火印，三元朝念蕊珠篇。(《白髮》)

《贈朱道士》、《贈王山人》、《白髮》、《朝課》等詩中對此也都有所提及。對燒丹不成的結果，白居易在《對酒五首》之三、《燒藥不成命酒獨醉》等詩中表達了以酒慰藉自我遺憾之情的態度。另一方面，白居易在詩文中流露出了對老莊思想及道教丹術的反思和不滿。如《讀老子》詩言：

言者不知知者默，此語吾聞於老君。若道老君是知者，緣何自著五千文。

《讀莊子》中又云：

莊生齊物同歸一，我道同中有不同。遂性逍遙雖一致，鸞鳳終校勝蛇蟲。

詩人在深入理解老莊思想的過程中還是發現了不可混同之處。《遇物感興因示子弟》詩中則表現出不完全贊同老子的柔弱勝強的觀點。在《北窗閒坐》、《不如來飲酒》、《思舊》、《戒藥》、《對鏡偶吟》、《病中數會張道士見譏以此答之》等詩中，詩人則表現出尊佛關道的態度。對「服氣崔常侍，晦叔。燒丹鄭舍人，居中。常期生羽翼，那忽化灰塵。」(《感事》)等人修道術而早亡的事例對白居易來說是一種慶幸。慶幸的是自己雖然以藥術為事卻並未用心，而自己也因此作《戒藥》詩以戒藥，並再次確認了仙方誤人以及「長生不似無生理，休向青山學煉丹。」〔註40〕的觀念。

白居易所產生的對道教、老莊與日俱增的矛盾態度與他由外向內逐步發展的佛教意識有關。從白居易個人角度來說，在其個人的佛教意識未發展成為內在型之前，佛、道（道教、老莊）是作為解脫身心煩惱的手段而存在的，它們的功效對白居易而言是具有相似性的。因此，從某種意義上說「坐忘」、「行禪」並無差異。從佛道（老莊和道

〔註40〕〔唐〕張為：《詩人主客圖序》，見丁福保輯：《歷代詩話續編》，北京：中華書局，1983 年版，第 72 頁。

教)本身來看,它們也確有互通之處。老莊思想是中國先秦時便產生的本土思想,而作為中國本土宗教的道教是在繼承和改造老莊之「道」的基礎上發展而來的。作為外來文化而入華的佛教在傳播發展的過程中與二者所發生的相互影響已成為史實。佛之「空」與道(老莊及道教)之「清虛」在主靜無欲以求身心解脫等方面存在著相通之處。白居易通過他的創作將其對三者的感悟和理解表達了出來,如《和思歸樂》、《贈王山人》、《遊悟真寺》、《味道》、《竹樓宿》、《三適贈道友》等。但是,隨著白居易所不斷獲得的成功的佛教體驗,他的佛教實踐也加速深入地得到了發展。坐禪、持齋、放生行善、焚香禮佛等這些具有積極效果的實踐行為很快成為其生活中具有自覺性的活動。同時,他尚在嘗試的煉丹燒藥的道教實踐卻一直未見功效。雖然老莊的思想、道教的丹書可以滿足他精神上的某種需要並成為其中隱生活的一部分,但在實踐上卻給他帶來了遺憾。道教實踐的不成功使白居易無法直接獲得宗教體驗,而宗教體驗則是個體宗教意識發展的起源性因素,所以,雖然白居易一直沒有完全放棄對燒丹服藥的關注,但實踐性需要的不能滿足與精神性需要的滿足造成了他矛盾的態度,對道教的言行無法達到一致,其道教意識也最終無法形成,而只能停留在對仙道、仙境、仙人羨慕的層面上了。因而,在 827 年到 840 年間的詩文中,白居易表現出了自己對道(老莊及道教)的日益矛盾的態度。

從 829 年歸洛到 841 年停官,白居易一直以太子賓客、太子少傅或河南尹的身份留住洛陽過著亦官亦隱的中隱生活。但在多次經歷了與親人、友人的生死離別之後,病痛與死亡也成了白居易所面臨的重大問題。840 年因病痛所帶來的經濟的拮据使詩人遣送了陪伴他多年的家妓。同年,在《在家出家》、《寄題廬山舊草堂兼呈二林寺道侶》、《改業》等詩中表達了「改業」歸佛之心。與禪師僧徒的廣泛交遊使白居易依靠僧伽如凝公、智如、神湊、大徹、如滿等大師的指導,學習研究了大量的佛典、佛理並在佛教儀式的參與和佛教行為的實踐中正信佛教;他依靠佛教的教義體悟到「有營非了」、「無著為真」、「學

師心，勿觀身」等佛理，並因此在學習實踐中更多地參佛禮佛，依靠佛陀的指示得入三乘所行之道。因此，在841年所作的《六贊偈》、《佛光和尚眞贊》等詩作中，白居易在表現自己的懺悔之意的同時也表達了對佛法僧的皈依。

佛教的皈依使白居易的宗教意識得到了統一。「統一的宗教意識應創造出寧靜感而不是焦慮，……它應創造出對個人生活意義給予支持的信仰，以及愛別人並按照所選擇的價值觀去指導自己生活的能力。」〔註41〕在佛教的指導中白居易迎來了安謐的一切。雖然因未致仕而罷少傅使白居易的經濟狀況陷入拮据的狀態，但是他並沒有像自己早年那樣表現出憂慮之情，反而在《百日假滿少傅官停自喜言懷》、《官俸初罷親故見憂以詩諭之》、《達哉樂天行》等詩中表現了老病之人身心之適逸而解親友之憂的態度。

> 豈以貧是憂，尚爲名所縛。……信風舟不繫，掉尾魚
> 方樂。親友不我知，而憂我寂寞。安與陳皆洛中藝術精者。
> (《官俸初罷親故見憂以詩諭之》)

> 小酌酒巡銷永夜，大開口笑送殘年。久將時背成遺老，
> 多被人呼作散仙。(《雪夜小飲贈夢得》)

皈依佛教的白居易已不再爲丹術不成而感慨，而是在融會佛道（老莊及道教）、平衡身心中體悟到了「張道士輸白道士，一杯沆瀣便逍遙。」(《病中數會張道士見譏以此答之》) 的「向死而生」之「逍遙」。老莊及道教的本質在於「向生而死」，它們利己爲己以求長生不死。這與佛教的本質「向死而生」不同。佛教利己所求的來世之幸福是與利他相結合的，正如他在詩文中所一再表述的使一切眾生離苦得樂之願。把握到了佛教精髓的白居易在842年獲半俸後於844年施財修八節灘，並在《開龍門八節石灘詩二首 並序》和《歡喜二偈》之一中

〔註41〕〔美〕瑪麗・喬梅・多，理查德・德・卡霍：《宗教心理學——個人生活中的宗教》，陳麟書等譯，成都：四川人民出版社，1990年版，第402頁。

表達了他行善後所獲得的真正的精神幸福和滿足。《答客說》中，他以「吾學空門不學仙，恐君此說是虛傳，海山不是吾歸處，歸即應歸兜率天。」明確表述了自己歸佛不學仙的態度。844 年，七十三歲的白居易仍體會到「今朝歡喜緣何事，禮徹佛名百部經。」（《歡喜二偈》之二）的喜悅。其《九老圖詩》中所表現出的「雪作鬚眉雲作衣，遼東華表鶴雙歸。當時一鶴猶希有，何況今逢兩令威。」的逸老曠達之情為世人留下了「七老會」、「九老圖」的美談。這種對生死的超脫也正是白居易晚年將佛教作為個人信仰所追求的。

大和元年（827）至會昌六年（846）間，是白居易皈依佛教的最後階段。白居易個人宗教意識向內在型的發展與他的個人需要和體驗緊密相關。佛教對他的心理、精神等方面的滿足和自我有效的體驗促使白居易更多地參與到佛教活動及實踐中來。這也使他在生活中將儒、釋、道（老莊及道教）結合起來而實現了真正的「中隱」。對道教長生之術的嘗試也因其不果而最終被白居易所否定。隨著其佛教的宗教意識向內在型發展的完成，白居易在佛教的指導下超越了自我而成為香山居士，並以道場主、佛弟子自稱而完成了對佛教的歸依。

從宗教心理學所提供的一種可描述型的個人宗教意識的發展模式來看，白居易個人佛教的宗教意識經歷了連續的整體性發展的過程。在這種抽象意義上的描述中，我們同時也希望能夠呈現出身為個體人的白居易在歸依佛教的生命歷程中所表現出的與時代、社會、文化、個人性等都有所關聯的深刻且真實的個人信仰。正如威爾弗雷德·坎特韋爾·史密斯所說的：「宗教信仰的問題是一個關涉到那持有它的特定的人的一種生活性質的問題，而不是其表達的任何傳統形式的問題」。〔註 42〕無論白居易在詩中以何種形式表達了自己錯綜複雜的情感，他的佛教信仰最終表明了他對遂性率真之生活的追求和嚮往。

〔註42〕〔加〕威爾弗雷德·坎特韋爾·史密斯：《宗教的意義與終結》，董江陽譯，北京：中國人民大學出版社，2005 年版，第 362 頁。

第三章 「光陰催老苦無情」「無情亦得似春風」──白詩中的主體意識與佛教的關係（一）

第一節 從「歎老」到「喜老」
──解析白詩中的生命意識及其與佛教的關係

白居易是一位具有強烈生命意識的詩人。體弱多病、生性敏感的他對人的生死、衰病等問題異常關心。羸弱的身體不僅促發了詩人對時光推移中萬物凋零的感傷，而且增強了詩人對自我變化及其生命流程的關注。草木的盛衰、花朵的凋落、時令的交替等自然現象的變化常常引發詩人的遷逝之感：

涼風從西至，草木日夜衰。桐柳減綠陰，蕙蘭銷碧滋。感物思自念，我心亦入之。安得長少壯，盛衰迫天時。（《秋懷》）

今夕未竟明夕催，秋風才往春風回。人無根蒂時不駐，朱顏白日相隳頹。（《短歌行》）

節物行搖落，年顏坐變衰。樹初黃葉日，人欲白頭時。（《途中感秋》）

引手攀紅櫻，紅櫻落似霰。仰首看白日，白日走如箭。年芳與時景，頃刻猶衰變。況是血肉身，安能長強健？（《花下對酒》二首之二）

池上秋又來，荷花半成子。朱顏易銷歇，白日無窮已。人壽不如山，年光急於水。（《早秋曲江感懷》）

夏木才結陰，秋蘭已含露。前日巢中卵，化作雛飛去。昨日穴中蟲，蛻為蟬上樹。四時未嘗歇，一物不暫住。（《村居臥病》）

白居易不僅常常將對自然界變化的感歎與其對自身生命歲月的敏感聯繫在一起，而且還意識到了作為詩人所特有的敏感。在《新秋喜涼》中，他曾自言：

光陰與時節，先感是詩人。

可見，對詩歌創作中的所感所思，詩人是具有一定自覺意識的。

對白居易來說，白髮、年齡、疾病等與自身有關的狀況及變化都是其詩歌表現的重要內容，也是其強烈生命意識的外在表現。在他的詩歌中，僅「白髮」一詞就出現了大約 74 次；提及「病」字的也有四百多處，這其中包括了一些直接以「病」字為題的詩作。更引人注目的是白居易「好紀年歲」的特點。據洪邁的《容齋隨筆五筆·卷八》中的記錄，從「此生知負少年心，不展愁眉欲三十。」到「壽及七十五，俸霑五十千。」的四十多年的間，白居易約在 78 首詩中記錄了自己的年歲。這種對生命的過度關注牽動著詩人易感的情思，凸顯出詩人對生命流逝的焦慮之情。

憂極心勞血氣衰，未年三十生白髮。（《生離別》）

早在貞元十六年（801）左右，白居易就已經注意到自己的變化了。此後，這種因白髮、落髮等生理變化而作的感傷詩也更多了。在《歎髮落》、《初見白髮》、《感髮落》等詩中，白居易以詩人特有的敏銳觀察著自己生命的流程：

多病多愁心自知，行年未老髮先衰。隨梳落去何須惜，不落終須變作絲。（《歎髮落》）

　　　　白髮生一莖，朝來明鏡裏。勿言一莖少，滿頭從此始。
　　（《初見白髮》）

　　　　沐早梳頭，窗明秋鏡曉。颯然握中髮，一沐知一少。
　　（《早梳頭》）

　　　　我有一握髮，梳理何稠直。昔似玄雲光，今如素絲色。
　　（《歎老》三首之二）

　　　　今朝復明日，不覺年齒暮。白髮逐梳落，朱顏辭鏡去。
　　（《漸老》）

　　　　白頭老人照鏡時，掩鏡沉吟吟舊詩。二十年前一莖白，
　　如今變作滿頭絲。（《對鏡吟》）

從「未老髮先衰」到「白髮生一莖」，從「一沐知一少」到滿頭白髮
絲，詩人仔細觀察著自身容貌的變化並將這些瑣細之事記入詩中。但
白居易的這種「觀」與通常意義上的「觀」有所不同。詩人的敏感及
其自身的生命意識使白居易的「觀」在一定程度上帶有了某種自身對
生命主體的自覺意識。正是這種自覺使他較早地意識到自我的執著所
帶來的苦惱。為了擺脫自我的痛苦，詩人開始自覺地尋求「攝生道」。
雖然老莊、道教、佛教等都包含了所謂「攝生」的道理和方法，但在
詩中白居易對佛教之理卻表現地更加重視和傾心：

　　　　已感歲俟忽，復傷物凋零。孰能不慘悽，天時牽人情。
　　借問空門子，何法易修行？使我忘得心，不教煩惱生。（《客
　　路感秋寄明準上人》）

　　　　不學空門法，老病何由了。未得無生心，白頭亦為夭。
　　（《早梳頭》）

　　　　由來生老死，三病常相隨。除卻念無生，人間無藥治。
　　（《白髮》）

白居易多次在詩中表達了這種因強烈的生命意識而引發的覺悟向佛
的態度。在《和夢遊春詩一百韻》中他還產生了「感不甚則悔不熟。
感不至則悟不深」的心得，並將佛門作為了自己的歸覺之處。對花開
葉落等自然現象和生老病死等生命現象之變化的觀感成為白居易證

悟佛理的推動性因素。

　　作爲文人士大夫，根深蒂固的儒家思想和強烈的生命意識使身處仕途的白居易深刻體會到佛教「苦諦」中的諸種苦惱和憂慮。特別是在痛失愛女之後，詩人清醒地自覺到自己的變化：

　　　　悲來四支緩，泣盡雙眸昏。所以年四十，心如七十人。

　　（《自覺》二首之二）

極度的悲痛不僅傷害了身體，也令自己心力交瘁。面對「灰死如我心，雪白如我髮」（《送兄弟回雪夜》）的自己，白居易在《夜雨》、《自覺》二首等詩中不厭其煩地表達了自己學佛銷苦的想法。這種辭繁言盡的表達正反映出中唐時代才出現的「這一新的、更具主觀性的詮釋的自覺意識」。〔註 1〕美國學者宇文所安從西方文化的立場出發，注意到了白居易主體意識的自覺以及這種自覺與其詩作間的微妙聯繫，並解析了《念金鑾子二首》中所包含的「更具主觀性的詮釋的自覺意識」：

　　　　衰病四十身，嬌癡三歲女。非男猶勝無，慰情時一撫。
　　一朝舍我去，魂影無處所。況念夭化時，嘔啞初學語。始
　　知骨肉愛，乃是憂悲聚。唯思未有前，以理遣傷苦。忘懷
　　日已久，三度移寒暑。今日一傷心，因逢舊乳母。

　　　　與爾爲父子，八十有六旬。忽然又不見，邇來三四春。
　　形質本非實，氣聚偶成身。恩愛元是妄，緣合暫爲親。念
　　茲庶有悟，聊用遣悲辛。慚將理自奪，不是忘情人。

白居易在表達了失女之痛苦的兩首詩中，同時也表現了自己對苦痛所作出的反應以及對自身反應所作出的反省式的認識。面對失女的打擊，詩人坦言自己「不是忘情人」。雖然知道「理」所帶來的安慰不能戰勝自己的情感，但是爲了擺脫痛苦他只能選擇「聊以理自奪」。這種暫時的「以理自奪」的狀態最終還是輕易地就被一次偶然的相逢

〔註 1〕〔美〕宇文所安：《中國「中世紀」的終結・導論》，陳引馳，陳磊譯，北京：生活・讀書・新知三聯書店 2006 年版，第 4 頁。

所打破。〔註2〕相逢是偶然的，結果卻是必然的，只是沒有想到來得這麼突然。因而，《念金鑾子二首》正是詩人對自己所洞察到的情勝理的事實作出的屬於自己的詮釋。詩中對情勝理之事的觀察與反思恰恰顯示出白居易主體意識的自覺。「在白居易的詩中，我們看到主體為感情所打動，對這些感情來說，僅僅識『理』（理性原則或自然法則）是不夠的」，「這種『理』觀包含了理性的極限，且將詮釋行為視為有感而發」。〔註3〕從表面上看，白居易在詩中似乎只是表達了無法抑制的失女的苦痛。但從另一個角度來看，詩人在第一首詩中所進行的處理則顯示出主體性背後所隱藏的自覺性意識。正如宇文所安所分析的，第一首詩中白居易並沒有按照「感－應」的普遍模式來表達失女之痛，而是從敘說失女開始，然後述說了自己多年前以「理」排遣痛苦因而三年來已暫時平復傷苦的事情。但在詩的結尾處他卻直接表達了苦痛並直露地用了「因」字將此時的傷心與相逢聯繫起來：

　　　　唯思未有前，以理遣傷苦。忘懷日已久，三度移寒暑。

　　今日一傷心，因逢舊乳母。（《念金鑾子二首》之一）

詩中對比了情與「理」，這種對比本身就「構成了一種反省式的詮釋行為。」〔註4〕接著在第二首詩中，白居易試圖重新以「理」來安慰自己，但這次的慰藉轉瞬即逝。詩末的「慚將理自奪，不是忘情人。」則道出了借「理」也無法抑制的痛苦之情。這種通過表達痛苦來反思痛苦並揭示出「理」對有情眾生的有限作用本身就是詩人對自己無法克制的失女之痛所作出的個人化的詮釋。實質上，在這種「有感而發」的詮釋的背後是詩人對自身主體意識的自覺，即詩人在主觀上意識到單靠「理」來銷苦是有極限的。

〔註2〕參閱〔美〕宇文所安：《中國「中世紀」的終結》，陳引馳，陳磊譯，北京：生活·讀書·新知三聯書店2006年版，第64～66頁。

〔註3〕〔美〕宇文所安：《中國「中世紀」的終結》，陳引馳，陳磊譯，北京：生活·讀書·新知三聯書店2006年版，第66頁。

〔註4〕〔美〕宇文所安：《中國「中世紀」的終結》，陳引馳，陳磊譯，北京：生活·讀書·新知三聯書店2006年版，第65頁。

　　白居易早年便意識到了佛理及老莊等思想對人生的作用。正如前兩章所分析的，雖然他對佛理有所偏好，但是其不重行禪只重佛理的思想行爲表明，他只是從理論上將佛教義理作爲自己排解憂苦的手段。即便如此，在這組失女後有感而作的詩中，白居易還是深切地體會到了「理」的極限。多變的人生經歷也逐漸改變了他重「理」不重行的佛教態度。在《重到城七絕句》之《劉家花》「劉家牆上花還發，李十門前草又春」的反思中，白居易有了「處處傷心心始悟，多情不及少情人」的體悟。

　　　　年年老去歡情少，處處春來感事深。（《仇家酒》）

正是在對時命、對人生、對自我的不斷的「感」、「悔」、「悟」中，詩人才逐步地走上了皈依佛教之路的。也正是在這些包含著個人的「感」與「悟」的詩歌中，宇文所安才看到了作爲詩人的白居易所具有的「主體意識的自覺」和個性化的詮釋。而這種主體意識以及白居易對情勝「理」的個性化詮釋是與佛教哲學思想對白居易的啓發有著密切關係的。「佛教是一種人文思想，是一種主體性的哲學。」〔註5〕因爲「佛教往往不是在主體和客體的分離和對立中，而是在兩者的統一和合一中，並以人爲主導來論述外部世界的問題」，〔註6〕所以佛教哲學思想又是「重視人的主體性思維的宗教哲學。」〔註7〕對佛教博大精深的思想和利人解脫的特點，白居易很早就已經有所瞭解，因此他與中唐時期影響較大的幾個宗派都有密切接觸，尤其是禪宗。「白居易與禪宗當時最著名的四支——北宗、牛頭宗以及南宗的菏澤宗、洪州宗——都已有了接觸，在他們的接觸過程中並通學了各宗禪法。」〔註8〕

〔註 5〕方立天：《中國佛教哲學要義》，北京：中國人民大學出版社，2002年版，第 614 頁。

〔註 6〕方立天：《中國佛教哲學要義》，北京：中國人民大學出版社，2002年版，第 614 頁。

〔註 7〕方立天：《中國佛教哲學要義》，北京：中國人民大學出版社，2002年版，第 602 頁。

〔註 8〕謝思煒：《白居易集綜論》，北京：中國社會科學出版社，1997 年版，第 287 頁。

而慧能及其頓悟說的出現不僅「極大地提高了人的生命主體的地位」，而且「發揮主觀能動性開闢了廣闊道路」。〔註9〕因而，各宗禪法都不同程度地增強了人的主體意識。在與禪宗的密切接觸中，白居易的生命主體意識進一步得到了加強。這種生命主體意識的加強又進一步促使白居易更加自覺地深入探索自我的主體意識，並在詩中表現出來。正如《念金鑾子》的兩首詩一樣，詩人認為自己無法承受女兒早夭所帶來痛苦，所以有感而發創作了詩歌。但實際上，詩人在承認以「理」遣懷失敗並發覺自己「不是忘情人」的同時，也意味著他又向佛教邁進了一步。因為佛教的「妄」、「緣」等道理雖然沒能抑制白居易的悲傷之情，但是在佛禪重視自心的薰陶下，詩人意識到了「理」的局限和情的難以克制。這種認識為詩人深入體悟和實踐佛教提供了基礎。此後，白居易更加重視看空外物和自我，以銷盡心中事，同時對自己為性情中人的特點也有了更加清醒的認識。因此，在強烈的生命意識和「主觀意識的自覺」的共同作用下，白居易的詩歌也一直在自心之「感」與超脫心之「感」的心境中遊移。

　　一方面強烈的生命意識使白居易常常感時、感物，關注自我；另一方面「主體意識的自覺」又促使他觀照自心，反思自我。在《題贈定光上人》一詩中，白居易借著對定光上人的描繪表現出憑藉佛禪超脫生命所達到的境界：

　　　　二十身出家，四十心離塵。得徑入大道，乘此不退輪。
　　一坐十五年，林下秋復春。春花與秋氣，不感無情人。我
　　來如有悟，潛以心照身。誤落聞見中，憂喜傷形神。安得
　　遺耳目，冥然反天眞。

正如蕭馳所分析的：「『春花與秋氣，不感無情人』是禪家漠視世事變幻、哀樂不入的生命情調之寫照，『感物』和『感時』的題旨在此作

〔註9〕方立天：《中國佛教哲學要義》，北京：中國人民大學出版社，2002
　　　年版，第417頁。

爲『誤落聞見』、『傷形神』而被否定。」〔註10〕這首白居易早年創作的詩作表明，詩人一直希望自己通過佛理能夠有所超脫，自然他對自我之形神、心境等也更加重視。因此其詩作中莊禪並用的現象也更明顯：

> 本是無有鄉，亦名不用處。行禪與坐忘，同歸無異路。（《睡起晏坐》）

> 欲學空門平等法，先齊老少死生心。（《歲暮道情》）

> 七篇真誥論仙事，一卷壇經説佛心。（《味道》）

> 自茲唯委命，名利心雙息。……回看世間苦，苦在求不得。（《遣懷》）

白詩中莊禪合論，一方面是基於詩人對禪宗特別是將老莊的自然無爲與般若智慧巧妙結合的洪州禪的體悟和實踐；另一方則是源於他對自身無限制的主體性的發掘。對自我的極度關注與反思、超越以及主體意識的自覺使白居易在遊移不定的心境中進行著個人化的表達：

> 曾陪鶴馭兩三仙，親侍龍輿四五年。天上歡華春有限，世間漂泊海無邊。榮枯事過都成夢，憂喜心忘便是禪。官滿更歸何處去，香爐峰在宅門前。（《寄李相公崔侍郎錢舍人》）

> 功名宿昔人多許，寵辱斯須自不知。一旦失恩先左降，三年隨例未量移。馬頭覓角生何日，石火敲光住幾時？前事是身俱若此，空門不去欲何之？（《自題》）

> 丹霄攜手三君子，白髮垂頭一病翁。蘭省花時錦帳下，廬山雨夜草庵中。終身膠漆心應在，半路雲泥跡不同。唯有無生三昧觀，榮枯一照兩成空。（《廬山草堂夜雨獨宿寄牛二李七庾三十二員外》）

> 年長身轉慵，百事無所欲。乃至頭上髮，經年方一沐。沐稀髮苦落，一沐仍半禿。短鬢經霜蓬，老面辭春木。強年過猶近，衰相來何速。應是煩惱多，心焦血不足。（《因沐感發寄郎上人上二首》之二）

〔註10〕蕭馳：《佛法與詩境》，北京：中華書局，2005 年版，第 186 頁。

　　兩眼日將暗，四肢漸衰瘦。束帶剩昔圍，穿衣妨寬
袖。流年似江水，奔注無昏畫。志氣與形骸，安得長依
舊？亦曾登玉陛，舉措多紕繆。至今金闕籍，名姓獨遺
漏。亦曾燒大藥，消息乖火候。至今殘丹砂，燒乾不成
就。行藏事兩失，憂惱心交門。化作憔悴翁，拋身在荒
陋。坐看老病逼，須得醫王救。唯有不二門，其間無夭
壽。（《不二門》）

　　行立與坐臥，中懷澹無營。不覺流年過，亦任白髮生。
不爲世所薄，安得遂閒情。（《詠懷》）

　　有起皆因滅，無睽不暫同。從歡終作戚，轉苦又成空。
次第花生眼，須臾燭過風。更無尋覓處，鳥跡印空中。（《觀
幻》）

面對難以抑制的感時感事、歎逝傷老、昨是今非的傷感之情，白居易
在反覆吟詠「榮枯」、「功名」之事和「形骸」、白髮的同時，也在努
力地通過「外物盡虛空」、「不二門」等佛理使自己達到「無念」、「無
住」的境界。生死、聚散、窮通等都是牽動白居易有「所感」的因素，
正如他自己所說的：「人生有情感，遇物牽所思。」（《庭槐》）「事物
牽於外，情理動於內」（《與元九書》），只有佛教能夠解脫這些因「情」
與「感」所引發的人世間的一切火宅焚燒之苦，也只有通過佛禪之法
才能幫助他識得本心以達到「置心爲止水」、「度脫生死輪」（《自覺二
首》之二）的境界。

　　正如謝思煒在《白居易集綜論》中總結評價白居易的佛教信仰時
所指出的，以白居易爲代表的中唐士人接受佛教思想的目的是爲了更
全面地以佛教思想來檢討和引導自己的人生意識，同時也更熟練地將
之與其他思想協調起來並自然地融入到個人的政治生活和精神生活
的追求中來。白居易的佛教信仰也因此而具有了調和性和實踐性的特
點。〔註 11〕白居易以佛教的理論和思想來反思、指導自己的人生意

──────────

〔註 11〕參閱謝思煒：《白居易集綜論》，北京：中國社會科學出版社，1997
　　　年版，第 292 頁。

識，從人生實踐的需要出發來協調自己入世與出世的矛盾，調和佛教、儒家、道教及老莊的思想，打通文學綺語與佛教戒律的隔閡。在個人積極努力的實踐和體悟中，白居易不僅掌握了佛教的精義，也挖掘出了佛教思想的某些內在價值。從他對佛教八經旨意的領會以及以上所列舉的詩中，我們可以看到白居易於創作中頻繁地表現著在佛教思想理論指導下的自己對對自我的反思和認識和對人性、人生本質的看法。在白居易看來，自己在經濟上、階級地位上是一個「中人」，在俗世中自己還是一個追求閒適生活、易感多情、畏懼死亡的渺小、脆弱的平凡人。正是基於這種定位和對自己的認識，他才在詩文中毫不掩飾地表達自己的感逝歎老之情；與此同時，他又自然地傾向於佛教思想並逐漸自覺地以佛理來指導自己的人生。〔註12〕

　　　　強年過猶近，衰相來何速。應是煩惱多，心焦血不足。

世間的煩惱使自己迅速衰老，而要徹底銷除煩惱，身心平和，則需要進一步超越自我對一切的執著。而超越我執則需要進一步地在領悟、實踐佛理中得以完成。正如其《觀幻》詩中「更無尋覓處，鳥跡印空中」式的無相、空空之所得。在佛教哲學啟發下，白居易在主體意識自覺和對反思的自覺中逐漸地擺脫自我的執著。

　　愈至晚年，白居易詩中的歎老悲秋之情愈少，而而由佛理所得之感悟卻愈多：

　　　　步月憐清景，眠松愛綠陰。早年詩思苦，晚歲道情深。夜學禪多坐，秋牽興暫吟。悠然兩事外，無處更留心。（《閒詠》）

　　　　道場齋戒今初畢，酒伴歡娛久不同。不把一杯來勸我，無情亦得似春風。（《歎春風兼贈李二十侍郎二絕》之二）

　　　　衣食支吾婚嫁畢，從今家事不相仍。夜眠身是投林鳥，朝飯心同乞食僧。清唳數聲松下鶴，寒光一點竹間燈。中

〔註12〕參閱謝思煒：《白居易集綜論》，《中唐社會變動與白居易的人生思想》一章，北京：中國社會科學出版社，1997年版，第303～339頁。

宵入定跏趺坐，女喚妻呼多不應。(《在家出家》)

跏趺坐禪、齋戒修行、無生無念之觀已經逐漸成爲詩人晚年生活的重
要組成部分。白居易領會並實踐了維摩詰的精神（不可思議之解脫）。
當垂暮之年眞正到來之時，詩人不僅能夠平靜地對待生命還以超然之
態回應了他人的感歎。在《覽鏡喜老》等此類爲老而作的詩中已經不
見了從前的自惜自歎，也沒有了所謂「理」勝情的自省式的詮釋，取
而代之的是深諳佛法的白老所體悟到的「生死終無別」，「無生即無滅」
（《贈王山人》）的曠達之心和享受生活的安然之情。在《胡吉鄭劉盧
張等六賢皆多年壽予亦次焉偶於弊居合成尚齒之會七老相顧既醉甚
歡靜而思之此會稀有因成七言六韻以紀之傳好事者》詩中，詩人詳細
記述了這次難得的尚齒之會的因緣和壽友相聚的歡樂：

> 七人五百七十歲，拖紫紆朱垂白鬚。手裏無金莫嗟歎，
> 樽中有酒且歡娛。詩吟兩句神還王，酒飲三杯氣尚粗。鬼
> 峨狂歌教婢拍，婆娑醉舞遣孫扶。天年高過二疏傅，人數
> 多於四皓圖。除卻三山五天竺，人間此會更應無。三仙山、
> 五天竺圖，多老壽者。

詩末白居易對七人的官爵、姓名及年紀等的詳細記錄則更顯示出詩人
的慎重和用心：

> 前懷州司馬安定胡杲，年八十九。衛尉卿致仕馮翊吉
> 皎，年八十六。前右龍武軍長史滎陽鄭據，年八十四。前
> 慈州刺史廣平劉眞，年八十二。前侍御史內供奉官范陽盧
> 眞，年七十二。前永州刺史清河張渾，年七十四。刑部尚
> 書致仕太原白居易，年七十四。已上七人，合五百七十歲，
> 會昌五年三月二十一日於白家履道宅同宴，宴罷賦詩，時
> 祕書監狄兼謨、河南尹盧貞，以年未七十，雖與會而不及
> 列。

從這種比照紀史而記友的手法中可以看出，詩人對此次傳奇式的聚會
珍惜和享受。

面對春意與秋風，垂垂老矣的詩人不再被「前心」、世事所困擾，

而是在平和的心境中真正享受當下的閒適與美感：

> 老夫納秋候，心體殊安便。睡足一屈伸，搔首摩挲面。
> 褰簾對池竹，幽寂如僧院。俯觀遊魚群，仰數浮雲片。閒
> 忙各有趣，彼此寧相見。（《新秋喜涼因寄兵部楊侍郎》）

> 花邊春水水邊樓，一坐經今四十秋。望月橋傾三遍換，
> 採蓮船破五回修。園林一半成喬木，鄰里三分作白頭。蘇
> 李冥蒙隨燭滅，陳樊漂泊逐萍流。雖貧眼下無妨樂，縱病
> 心中不與愁。自笑靈光巋然在，春來遊得且須遊。（《會昌
> 二年春題池西小樓》）

> 鳥棲魚不動，月照夜江深。身外都無事，舟中只有琴。
> 七絃為益友，兩耳是知音。心靜即聲淡，其間無古今。（《船
> 夜援琴》）

諸如此類的描寫老年閒適生活的詩作中，白居易所反覆吟詠的是自己
「心境皆融」的狀態。在心境完全融合的狀態中，世間的一切都被消
解、融化而進入到一個究竟統一或同一的狀態，於此狀態中人也體會
到了一種前所未有的愉悅感和美感。而這種心境融合的狀態恰恰直接
來源於佛禪的精神反思。〔註13〕身心安適，院林幽寂，俯仰之間閒忙
自得的遂性生活；花水樓邊，橋船林下，一切因緣順隨自然，貧病亦
有何愁？在身心平衡、萬念空寂的心境中，詩人所體會的是琴聲淡泊
中的無古今、無分別的愉悅。在佛理的啟發下，白居易在由自己所創
造的「私人空間（private space）」〔註14〕裏，擁有並詮釋了這個空間
並使之「成為自由的所在」。〔註15〕這也是白居易在主體意識自覺與
自我的反思與超越中所獲得的身心的「自由」。

〔註13〕參閱吳學國，秦琰：《從「天人和合」到「心境交融」──佛教心性
論影響下中國傳統審美形態的轉化》，見《南開大學學報》（哲學社
會科學版），2006 年第 1 期。

〔註14〕〔美〕宇文所安：《中國「中世紀」的終結》，陳引馳，陳磊譯，北
京：生活・讀書・新知三聯書店 2006 年版，第 70 頁。

〔註15〕〔美〕宇文所安：《中國「中世紀」的終結》，陳引馳，陳磊譯，北
京：生活・讀書・新知三聯書店 2006 年版，第 71 頁。

　　對生死等問題的極度關注使白居易自覺地接觸佛教等「攝生」之道，而佛教尤其是禪宗思想激發了他對自身生命「主體意識的自覺」並深化了詩人對佛理的體悟。晚年浸深於佛教的詩人充分領會了佛禪的心性之理，並在「心境融合」的狀態中拋開自我執著的迷霧，領會到全新的人生境界。

第二節　鏡子意象與白居易對佛教思想的選擇

　　鏡子具有圓、明、清的性狀和照影的功能。這使它成為對鏡自照者情感投射對象。鏡中的影像極易使人將思維投向個人的內心深處，尋找真實的自我。作為女性妝扮不可或缺的物品，鏡子常常與女性聯繫在一起。對鏡弄妝也自然成為中國傳統閨怨、宮怨題材作品中的常見場景。在此類常伴有對青春、時光易逝而頗感惆悵的閨怨、宮怨題材的作品中，伴其左右的鏡子作為女性豐富情感的投射對象而成為寄寓女性對愛情嚮往和追求的象徵。有著深刻洞察力的西方劇作家莎士比亞也注意到了這一點並在《十四行詩集》中寫道：

> 鏡子會告訴你，
> 你的美貌在凋零，
> 日規會告訴你，
> 你的光陰在偷移。

　　而對於中國傳統文人而言，鏡中所反映出的老之將至的真實同樣令人產生「照罷重惆悵」（《感鏡》）的感歎。因此，鏡子意象在傳統文人的作品中又蘊含了時光的匆迫易逝之感。文人士大夫對鏡子所引發的感時歎老的無奈之情更是溢於言表：

> 白髮三千丈，緣愁似個長。不知明鏡裏，何處得秋霜。
> （李白《秋浦歌》）
> 老悲知明鏡，悲來望白雲。（杜甫《懷舊》）
> 振衣慚艾綬，窺鏡歎華顛。（權德輿《早春南亭即事》）

這種攬鏡自照、對鏡悲吟的情景在白居易的詩中也多有表現：

晨興照清鏡，形影兩寂寞。(《歎老》三首之一)

暖爐生火早，寒鏡裏頭遲。(《晚起》)

夜鏡隱白髮，朝酒發紅顏。(《自詠》)

夜沐早梳頭，窗明秋鏡曉。(《早梳頭》)

夜昏乍似燈將滅，朝暗長疑鏡未磨。(《眼暗》)

腰間紅綬繫未穩，鏡裏朱顏看已失。(《醉歌》)

白髮逐梳落，朱顏辭鏡去。(《漸老》)

匣中有舊鏡，欲照先歎息。(《歎老》三首之二)

無論是「晨興」起或是「晚起」，早上或是夜裏，秋天或是冬天，病中或是醉中，白居易都會照鏡自視。由其照鏡的頻率便可知詩人喜歡照鏡的程度了。鏡中「逐梳落」的白髮，已失的「朱顏」，寂寞的「形影」，甚至腰間的「紅綬」都是詩人所關注的。因此，鏡子不僅引發了詩人對歲月即逝的感傷之情，也是具有強烈自我意識的詩人關注自我的重要工具。

對鏡弄妝，作為女性生活中的典型場景也常出現在中國傳統文人的詩作中。男性詩人多借助女性角色來呈現自我的追求與挫傷並由此形成了一套象徵體系。對鏡也因此具有了託喻的性質。它寄寓了才人志士在自我追求中的自憐、自責、自愛、自傷之情。與白居易並稱「劉白」的劉禹錫在《和樂天以鏡換酒》、《磨鏡篇》等詩作中就曾以鏡寄託了深刻的喻意。除去諷諭詩外，白居易也創作一些生活中與鏡子有關的或是以感鏡、磨鏡為題的詩作。這些詩作中雖然也言及了美人與鏡子等意象，但並沒有通過女性角色為託喻的跡象。

美人與我別，留鏡在匣中。自從花顏去，秋水無芙蓉。經年不開匣，紅埃覆青銅。今朝一拂拭，自照憔悴容。照罷重惆悵，背有雙盤龍。(《感鏡》)

把酒思閒事，春嬌何處多？試鞍新白馬，弄鏡小青娥。掌上初教舞，花前欲按歌。憑君勸一醉，勸了問如何？(《把酒思閒事》二首之二)

這兩首是詩人創作的鏡與美人的詩作。第一首詩，作者通過講述美人留鏡離去後，詩人今朝自照「憔悴容」之事表達了自己對美人的感情以及詩人對自己形單影隻生活的感傷之情。這首詩圍繞美人展開，但「此詩之『美人』蓋非泛指，或與居易早年戀愛有關。」〔註16〕可見，詩中的「美人」確有所指即詩人的戀人，她並不帶有託喻的性質。而在第二首詩中，作者只是對「小青娥」作以描述，也沒有喻託深意。由此可知，在運用鏡子意象與女性關係這一點上，白居易與傳統的表現方式很不相同。白居易對自己頻繁照鏡的行爲毫不避言。對於具有強烈的自我意識的詩人而言，照鏡似乎並不是女性的專利。詩人反覆地照鏡，不斷地面對自我的影像，感知並體會人生不可逃避的痛苦與缺憾。

　　作爲中國傳統的文人士大夫，白居易與其他文人一樣，在詩作中以鏡子意象表達了歲月的匆迫感。這種對臨鏡歎老悲愁之無奈的表現恰恰反映了中國傳統文人的自省意識，即對自我實現的追求，對自我意義的探尋，對自我的感知的體驗和反思。白居易的詩作也同樣體現了詩人所具有的自省意識。但他的自省意識的表現與其對自我的關注緊密相連。在白居易大量的與日常生活有關的詩作中，關於「我」的敘述可謂不厭其煩，這其中包括對自己的年齡、形貌、官位俸祿等多方面細緻入微的記錄。這些記述不僅是其對自我的極度關注和執著的表現，而且也是其強烈自我意識的一種外現。在與鏡子有關的詩作中，白居易所集中關注的仍然是「鏡中之我」的細微變化：

　　　　不覺明鏡中，忽年三十四。（《感時》）

　　　　到官來十日，覽鏡生二毛。可憐趨走吏，塵土滿青袍。
（《權攝昭應早秋書事寄元拾遺兼呈李司錄》）

　　　　白髮生一莖，朝來明鏡裏。（《初見白髮》）

　　　　前去五十有幾歲，把鏡照面心茫然。（《浩歌行》）

〔註16〕謝思煒撰：《白居易詩集校注》，北京：中華書局，2006 年版，第 803 頁。

　　　　皎皎青銅鏡，斑斑白絲鬢。豈復更藏年，實年君不信。
（《照鏡》）

　　　　二毛生鏡日，一葉落庭時。（《新秋》）

　　　　病對詞頭慚彩筆，老看鏡面愧華簪。（《中書寓直》）

　　　　最憎明鏡裏，黑白半頭時。（《白髮》）

　　　　三分鬢髮二分絲，曉鏡秋容相對時。（《對鏡》）

　　　　拂鏡梳白髮，可憐冰照霜。（《新秋曉興》）

　　　　鬢少嫌巾重，顏衰訝鏡明。（《春暖》）

從「覽鏡生二毛」到白髮初生，從絲鬢斑白到黑白髮各半，從「三
分鬢髮二分絲」到白髮滿頭；從鏡中忽覺三十四到幾近五十心茫然；
從鏡中桃李般的容貌到面老愧華簪，鏡子毫無掩飾地映照出詩人自
己真實的形貌變化。詩人不僅覺察到了這種變化而且還對此進行了
細緻的描繪。這恰恰顯示出詩人對自我、對生命的執著。但是這種
執著所帶給詩人的卻只有「悲」、「愧」、「憎」、「可憐」、「茫然」等
自憐自傷的情緒。因此，詩人寧願以鏡換杯，正如其《鏡換杯》中
所云：

　　　　欲將珠匣青銅鏡，換取金樽白玉卮。

因為「鏡裏老來無避處，樽前愁至有消時。」鏡子的「真實」總是令
人痛苦，飲酒卻能夠使人「十分一盞便開眉」，快速達到忘卻一切的
境界。所以詩人願意借酒代鏡來忘卻「鏡中之我」的執著所帶來的痛
苦。可見，對受到生死困擾的白居易而言，飲酒散悶可以自遣悲懷，
但詩人更渴望的是超越自我與執著而得到真正的解脫。

　　白居易深知鏡子圓、明、清、虛的特性。而這些特性及其功能也
使鏡子成為儒、釋、道（老莊與道教）所共同關注及運用的物品，只
是其關注點有所不同。白居易對此也頗有體會。儒家注重鏡子明、清、
照的特點及功能並由此而強調其借鑒、自省的意義，這也體現了儒家
對清明、公正的嚮往與追求。正如荀悅在《申鑒》中所言的：

　　　　君子有三鑒：世人鏡鑒。前惟順，人惟賢，鏡惟明。

〔註17〕

基於鏡意象的此種內涵，白居易寫作了《百鍊鏡》等諷諭詩。老莊的思想則增加並引申了鏡意象「虛靜」的涵義並進一步將此虛靜與主體之心聯繫在一起。老子「滌處玄覽」（《老子》第十章）中的「玄覽」據高亨在《老子正詁》中的解釋：「玄者，形而上也。覽者，鏡也。玄覽者，內心之光明，爲形而上之鏡，能察照事物，故謂之玄覽。」可知爲了達到「道」的觀照，主體需要保持如鏡般虛靜明澈的狀態。莊子進一步發揮了這一虛靜的涵義：

　　　　聖人之心靜乎！天地之鑒也，萬物之鏡也。（《莊子·天道》）

　　　　至人之心若鏡，不將不迎，應而不傷，故能勝物而不傷。（《莊子·應帝王》）

正如徐復觀所言：「從老子『致虛極，守靜篤』起，發展到莊子的無己、無我、心齋、坐忘，是以虛靜作爲把握人生本質的工夫，同時即以此爲人生的本質。並且宇宙萬物皆共此一本，所以可稱之爲『大本大宗』。」〔註18〕鏡意象於是在某種程度上便具有了「虛靜」之意。以老莊思想爲基礎的道教強調修道成仙，它將鏡子的特性與功能神異化，使之成爲道教中的重要法器。而在道教盛行的唐代，鏡子與神仙人物的聯繫則更多。白居易則以「願得金波明似鏡，鏡中照出月中仙。」（《戲答思黯》）的詩句將二者聯繫到了一起。鏡子的特性及功能與佛教的契合之處是最多的。鏡子形圓、明澈、清靜的特性及照映萬物的功能與佛教所追求的圓滿、光明、清淨、虛空有著驚人的一致性。因此，佛教偏好以鏡爲喻闡明佛理，啓迪人的智慧。尤其在禪宗中，以鏡喻心的例子極多，如《壇經》中所記載的神秀的心偈即爲：

〔註17〕〔東漢〕荀悅：《申鑒·卷第四》，見歷代學人撰：《筆記小說大觀·三編》，臺北：新興書局有限公司，民國六十七年（1979）版，第572頁。

〔註18〕徐復觀：《中國藝術精神》，天津：天津春風文藝出版社，1987年版，第72頁。

　　　　身是菩提樹，心如明鏡臺。時時勤拂拭，勿使惹塵埃。

《大乘起信論》中也有「眾生心者，猶如於鏡」的比喻，《華嚴經》、《維摩詰經》等經書及《五燈會元》、《景德傳燈錄》等禪宗燈錄中以鏡為喻的例子更是比比皆是。對於時常照鏡又深諳佛學與老莊思想的白居易來說，鏡子無疑促進了他對各種思想的體悟及其對自我的反思，而在深刻的體悟中白居易也將自己攬鏡自照的心境提升到另一種境界。

　　　　閒看明鏡坐清晨，多病姿容半老身。誰論情性乖時事，
　　自想形骸非貴人。三殿失恩宜放棄，九宮推命合漂淪。如
　　今所得須甘分，腰佩銀龜朱兩輪。（《對鏡吟》）

面對鏡中日益衰老而多病的自己，詩人在探尋自我中有所領悟：雖然自己如今老而多病，但與失恩淪落之人相比，應該有所滿足了。這種「須甘分」的態度很明顯是與老莊「知足不辱」的思想相一致的。在《對鏡》、《對鏡偶吟贈張道士抱元》等詩中，白居易同樣表達了這種思想：

　　　　三分鬢髮二分絲，曉鏡秋容相對時。去作忙官應太老，
　　退為閒叟未全遲。靜中得味何須道，穩處安身更莫疑。若
　　使至今黃綺在，聞吾此語亦分司。（《對鏡》）

　　　　閒來對鏡自思量，年貌衰殘分所當。白髮萬莖何所怪，
　　丹砂一粒不曾嘗。眼昏久被書料理，肺渴多因酒損傷。今日
　　逢師雖已晚，枕中治老有何方？（《對鏡偶吟贈張道士抱元》）

對自己「穩處安身」的「閒叟」生活，詩人表現地十分滿足。心靜身安的狀態就是自己所追求的。而且在這種狀態中，連曾經讓他痛苦不堪的衰殘年貌如今在詩人眼中也已經是「分所當」的了。即使自己嘗試煉丹，如今已「白髮萬莖」卻未嘗一粒丹藥，但在對鏡的反思中，詩人對自我的生存情境和生命價值等給予了肯定。也正是這種肯定使老病的詩人在晚逢張道士時，仍然保持了知足、寬緩之心。而這種「逸老」[註19]安適中的知足乃至委順任運的觀念除了深受老莊思想的影

─────────────

〔註19〕白居易由「莊子云：『老我以生，逸我以老，息我以死也。』」一語
　　　而作《逸老》詩。

響之外，更多的是白居易在運用佛教思想破除自我執著、充分發揮主體性意識中所獲得的。「他的『知足』思想並不是勉力壓抑自己的結果，而是以這種自覺的自我認識為基礎的」。〔註20〕而這種所謂的「自我認識」不就是在宇文所安的「個人主體意識的自覺」與詩人的反思（自省意識）中得以不斷確認的嗎？時代、社會、個人的境遇使白居易體會更多的是佛教中的無常觀念，而佛教的哲學思想也使他在無可奈何的時命中認識到了主體意識的重要作用（即進一步促使其主體意識的自覺），從而使自己的所謂「閒適」成為「完全是個人性、主觀性」的「幸福」。〔註21〕同時，儒家思想中的自省精神也促使詩人更加自覺地運用佛理以追求、實踐其個人性、主觀性的「幸福」。在這種閒適中，白居易對自己曾執著的所謂「鏡中之相」也有了新的認識，「白頭老人照鏡時，掩鏡沉吟吟舊詩。……我今幸得見頭白，祿俸不薄官不卑。」由此他攬鏡自照的心境也進入了「眼前有酒心無苦，只合歡娛不合悲。」（《對鏡吟》）的境界。

　　鏡子雖然能夠映照自我之像，但有時鏡中之像的真實卻會被外物所掩蓋。

　　　　夜鏡藏鬢白，秋泉漱齒寒。（《祭社宵興等前偶作》）
　　　　夜鏡隱白髮，朝酒發紅顏。（《自詠》）

白居易不止一次地提到鏡中之像的真實常被夜晚的黑暗或鏡子的不明所隱藏。因此當隱藏的真實突然出現在自己面前時，真幻難辨的感覺油然而生。白居易在《新磨鏡》便對鏡子所造成的這種感受進行了描述並有所領悟。

　　　　衰容常晚櫛，秋鏡偶新磨。一與清光對，方知白髮多。
　　　鬢毛從幻化，心地付頭陀。任意渾成雪，其如似夢何？

詩人常晚上梳洗，鏡子也不常磨，所以在沒有看到頭髮逐漸變白的情

〔註20〕謝思煒：《白居易集綜論》，北京：中國社會科學出版社，1997年版，
　　　　　第327頁。
〔註21〕謝思煒：《白居易集綜論》，北京：中國社會科學出版社，1997年版，
　　　　　第338頁。

況下，他卻忽然在與清光對應的新磨的明鏡中見到自己滿頭的白髮。這些白髮好像是在瞬間生成的，而這種突如其來的情景也彷彿是剎那間魔幻似的變化。鏡中的影像對照鏡的詩人而言如幻影一般毫不眞實，而這一切也如夢境般地發生了。心向佛教的詩人此時才領悟到：人生在世，不僅鬢毛的變化似幻如夢，人身以及人世間的一切都是如此，所以人生在世也如夢似幻轉瞬即逝，最終歸於空幻。這正印證了《維摩詰所說經》中所說的佛理：「是身如幻，從顛倒起。是身如夢，爲虛妄見。」〔註22〕「諸法皆妄見，如夢如焰，如水中月，如鏡中像，以妄想生。」〔註23〕既然人身及一切事物都是空相（即眞諦上講爲性空），那麼還有什麼可執著的呢？所以，在後期的以鏡爲題的詩作中，面對愈益衰老的鏡中之像，白居易認爲穩中安身的閒適生活是最明智的選擇。即使丹砂未嘗，衰老多病，但環顧四周，「老於我者多窮賤，設使身存寒且饑。少於我者半爲土，墓樹已抽三五枝。」（《對鏡吟》）自己卻不僅能夠體驗衰老的過程而且還可以有官有俸地生活，因此對鏡而飲，詩人心中不再有執著的悲苦，而是爲自己生存的境遇而歡娛。清明之鏡不僅眞實地映照出萬物，而且給人以光明的指引。它照亮人心，還人以清明如鏡之本心，獲得智慧。這正是佛教的目的。或許是因爲這種啓示作用，白居易才如此喜愛鏡子吧。這種啓示中也包含了儒家所賦予鏡子意象的自省之意義。這也正是儒、佛思想在重視個人內在修養方面的交匯點之一。對鏡子長明的特點，詩人更是贊許有嘉。爲此，詩人甚至將鏡子作爲贈別之物。在《以鏡贈別》中詩人首先闡明了鏡似月卻又勝月的觀點：「人言似明月，我道勝明月。」原因在於「明月非不明，一年十二缺。豈如玉匣裏，如水常澄澈。月破天暗時，圓明獨不歇。」明月雖圓明卻因自然界的影響而不能長久

〔註22〕〔後秦〕鳩摩羅什譯：《維摩詰所說經》，見林世田，李德範編：《佛教經典精華》（下冊），北京：宗教文化出版社，1993年版，第426頁。

〔註23〕〔後秦〕鳩摩羅什譯：《維摩詰所說經》，見林世田，李德範編：《佛教經典精華》（下冊），北京：宗教文化出版社，1993年版，第431頁。

不變，但鏡子的圓明清澈卻可以恒長不變。鏡子照出的自己雖然已經
貌醜且老，「繞鬢斑斑雪」，但心卻如鏡子般明澈虛空，所以將明鏡作
爲贈別之物，希望明鏡如月般陪伴遠行之人，照亮他的前程也啓迪他
的心。這才是作者「以鏡贈別」的眞實用意吧。

　　對佛理的深入體悟使白居易在眞正迎來垂暮之年時反而沒有了
時過境遷的痛苦，也不再驚訝或感歎於形骸容貌的改變。他以眞正豁
達的心態感受著生命衰老的進程。而他在《覽鏡喜老》、《對鏡偶吟贈
張道士抱元》等詩中所表現出的照鏡之心也進入了另一種境界。正如
在《覽鏡喜老》中所描述的：

> 今朝覽明鏡，鬚鬢盡成絲。行年六十四，安得不衰羸。
> 親屬惜我老，相顧興歎咨。而我獨微笑，此意何人知？笑
> 罷仍命酒，掩鏡拗白髭。爾輩且安坐，從容聽我詞。生若
> 不足戀，老亦何足悲。生若苟可戀，老即生多時。不老即
> 須夭，不夭即須衰。晚衰勝早夭，此理決不疑。古人亦有
> 言，浮生七十稀。我今欠六歲，多幸或庶幾。倘得及此限，
> 何羨榮啓期。當喜不當歎，更傾酒一卮。

六十四歲的老者面對衰羸的鏡中之像早已沒有了昔日的悲懷，倒是親
友對詩人的衰老唏噓不已。對芸芸眾生所持有的關於生老病死的俗
見，詩人只能掩鏡而笑，給出了當喜不當歎的道理：如果生不值得留
戀，那麼衰老也沒什麼可悲哀的。如果生還有所留戀，那麼衰老就是
生的延長了。不衰老就要夭亡，不夭亡就必須經歷衰老。對於人來說，
晚年的衰老當然勝過早年夭亡。因此衰老而生是值得慶幸和高興的，
而不是感歎或羨慕他人。白居易以辯證思維的方式從正反兩個方面洞
察了生老死亡的本質。在分析生死、老夭的關係中他不僅看到了兩兩
的矛盾對立，更強調了「矛盾中的同一性或統一的方面」，〔註24〕這
正是大乘佛教中的辯證思維方式給予白居易的啓發。在多年的佛學參

〔註24〕姚衛群：《印度古代宗教哲學中展示的思維方式》，見《杭州師範學
　　　　院報》（社會科學版），2003 年第 5 期。

悟中，白居易最終覺悟到世間一切的似眞實虛的空幻本質，生老病死作爲人生在世的必經階段也不必過於執著。覺悟後的白居易「覽鏡喜老」，對酒當飲，但此時的痛飲已經不是「鏡裏老來無避處，樽前愁至有消時」（《鏡換杯》）借酒消鏡愁的心境了。鏡象不避老，但對鏡者的心（即主體性意識）卻可以超越「自相」而無礙。「鬢少嫌巾重，顏衰訝鏡明。」（《春暖》）當衰顏」訝」過明鏡時，詩人也已經從「自相」的執著中解脫出來了。

從「對鏡」悲吟到「覽鏡喜老」，從照鏡自惆悵到人歎我獨笑，從以鏡換杯借酒消愁到對鏡飲酒慶幸歡娛，白居易覽鏡自照的心境發生了根本性的變化。詩人不斷面對自我的影像，體會執著於自我所帶來的傷感；痛苦中，他又在不停地追尋自我的眞實與本質並在佛教的啓迪下獲得智慧得到解脫，安然、清醒、愉悅、感激地享受著生的快樂。而白詩中普遍存在的鏡子意象也成爲我們透視其思想的一面「明鏡」。

感逝歎老是中國古典詩歌傳統中表現最多也是最常見的一個主題。四季的更替、自然界的變化、多變的人生際遇、年命有時盡的焦慮等等都很容易引發詩客文人對生命的憂患意識和對歲月倏忽、時命蹉跎的感慨。人只有在短暫且唯一的一次性生命中去探尋實踐自我，因此，對詩人來說，在詩中表達由感逝歎老所引發的哀傷、痛惜、焦慮、恐懼等複雜的感情也正是詩人生命意識和自我意識的自然流露。這些在體質孱弱、生性易感多情的白居易身上表現地更加突出和強烈。考察白居易的詩集，我們看到，在白居易描寫日常生活所感所思的詩文中，表達對時間、生命、自我的感歎和領悟的詩歌佔據了突出的地位。在這些詩文中，白居易在表達自己對時間流逝、生命短暫、命運蹉跎的感慨的同時，也表現了自己對自我執著的超越和痛苦的解脫。這種超越我執又肯定自我的生命經驗歷程是與白居易浸入佛教的過程息息相關的。從感逝歎老到閒適逸老，這一轉變不僅顯示了白居易對生死、對自我的超越，更重要的是透過轉變，我們看到了白居易

在自省中運用佛理獲得體悟，並在體悟中加強了主體意識的自覺性和
自我反思的精神。最終其身心獲得了解脫。

第四章 「我得人間事較多」「身心安樂復誰知」——白詩中的主體意識與佛教的關係(二)

第一節 「詩性佔有」與園林意境

　　白居易強烈的自我意識不僅表現在其對時間、生命的極度關注所引發的感時歎逝上，還體現在他強烈而自覺的「獨佔」意識和宇文所安從包括白居易在內的中唐詩人的作品中所讀出的對「私人空間」的構建及「個人性詮釋」。〔註1〕蕭馳在《洪州禪與白居易閒適詩的山意水思》中詳細分析了白詩中的「能轉物」與其小園的「山水」意境和其所表現出的洪州禪的「無事」以及般若生活化等思想對白居易生活情趣和詩境的影響後，指出宇文所安在中唐詩歌中所讀出的「作為主觀行為的詮釋性」應該是以佛教、特別是南宗禪所倡解脫所賴之識心自度的「意自得」為背景的。正如前文所論述的，從白居易詩中所表現出的對自我的痛苦執著和傳統的感物遷逝模式，到對我執的超越和身心平衡中的不為外物所轉的解脫，這一轉變是在詩人浸入佛教的過

〔註1〕〔美〕宇文所安：《中國「中世紀」的終結》，陳引馳，陳磊譯，北京：生活・讀書・新知三聯書店，2006 年版，第 67～83 頁。

程中得以完成的。同時，也是與佛教哲學啓悟下詩人所獲得的自覺的
主體意識和強烈的自我反思密不可分的。在韓愈的《遊太平公主山
莊》、柳宗元的《鈷鉧潭西小丘記》和白居易的《遊雲居寺贈穆三十
六地主》中，宇文所安解讀出了蘊藏在中唐詩人及其作品中的與盛唐
所不同的且與「具有特性的個人風格」密切相關的「個體意識」。這
種「個體意識」作用下的「佔有」已經不再單單是一種對於物或土地
的較爲低劣的、純粹經濟意義上的物質性佔有，而是一種現實生活中
與個人特性和經驗相聯繫的、更爲久遠且更富創造性的話語層面上的
「佔有」。這種話語層面上的「佔有」更多的是蘊含在白居易等人的
詩文之中、並且與人生無常的問題息息相關的。〔註2〕雖然宇文所安
沒有注意到白居易等中唐文人詩文中所表現的人生無常問題和主體
意識的自覺與中唐佛禪思想之間的關係，但是其人其詩其文中所包含
的人生無常的思想同樣說明了其「主體意識的自覺」和「主觀行爲詮
釋性」與佛學思想之間的內在聯繫。而白居易所表現出的「詩意佔有」
則是與佛教有密切關聯的。

> 亂峰深處雲居路，共踏花行獨惜春。勝地本來無定主，
> 大都山屬愛山人。（《遊雲居寺贈穆三十六地主》）

在懂得惜春的詩人看來，自己雖然無法像穆地主一樣擁有現實意義上
的物質「勝地」，但是實質上，從精神意義上來看，「勝地」是屬於如
自己一般的「愛山人」的。對於惜春、愛山的詩人來說，物質上的實
際佔有遠遠比不過愛惜、欣賞以及在詩中記錄個人體驗的話語層面上
的佔有。

> 余少爲江南客，而未遊秣陵，嘗有遺恨。後爲歷陽守，
> 跂而望之。適有客以金陵五題示，逌爾生思，欻然有得。
> 他日友人白樂天掉頭苦吟，歎賞良久，且曰：「石頭詩云：
> 潮打空城寂寞回。吾知後之詩人不復措詞矣。」余四詠雖

〔註2〕參閱〔美〕宇文所安：《中國「中世紀」的終結》，陳引馳，陳磊譯，
北京：生活·讀書·新知三聯書店，2006年版，第11～29頁。

　　不及此，亦不孤樂天之言耳。

劉禹錫在《金陵五題》的詩序中的這段話一語中的地點明了詩人「詩性佔有」的目的即白居易所言的「後之詩人不復措詞矣」。劉禹錫的《金陵五題》使白居易體會到詩歌將瞬間變爲永恆的魅力。詩人即使未曾佔有某地，但將瞬間的體驗、感受或想像寫入詩中，後世之人會發現前人的詩篇並受到前人的詩作的影響。這種文本的「詩性佔有」就是永久性的佔有，它超越了物質上無常又短暫的實際佔有。〔註3〕這也是白居易更重視「身後文章合有名」（《編集拙詩成一十五卷因題卷末戲贈元九李二十》）的重要原因之一。而宇文所安所提出的與「眞正佔有」相聯繫的人生無常的問題也正是白居易親身體認的和要應對的重要問題。

　　安史之亂後所顯現出的社會政治、經濟等問題使生活在中唐這一特定時代的文人士大夫體會到了人生、世事的無常。與白居易同時期的韓愈、柳宗元、劉禹錫亦是如此，只是對人生無常問題的認識與應對各有不同。韓愈闢佛，劉柳雖親佛教但更傾向於以佛解儒、合而爲一。白居易對待佛教的態度與韓、劉、柳都有所不同，因而有關人生無常問題的認識也不盡相同。白居易對人生無常的認識更多的是與佛教相聯繫的。如前所述，白居易較早即表現出強烈的生命意識和自覺的自我意識。加之早年家庭生活的變故和自身經歷的坎坷，他較早便具有了人生偶然無常的觀念。這種觀念不僅使他更易於感歎時命的無可奈何、更加關注自我，也使他在「中人」意識的基礎上更易於傾向佛教思想。〔註4〕從自己的「中人」意識出發，白居易將自己的階級地位、經濟地位、人性定位以及人生定位都與「中人」結合在了一起。

　　換印雖頻命未通，歷陽湖上又秋風。不教才展休明代，
　爲罰詩爭造化功。我亦思歸田舍下。君應厭臥郡齋中。好

〔註3〕參閱〔美〕宇文所安：《中國「中世紀」的終結》，陳引馳、陳磊譯，
　　　北京：生活・讀書・新知三聯書店，2006年版，第22～29頁。
〔註4〕參閱謝思煒：《白居易集綜論》，《中唐社會變動與白居易的人生思想》
　　　一章，北京：中國社會科學出版社，1997年版，第303～339頁。

相收拾爲閒伴，年齒官班約略同。(《答劉和州禹錫》)

　　所稟有巧拙，不可改者性。所賦有厚薄，不可移者命。我性拙且蠢，我命薄且屯。問我何以知，所知良有因。亦曾舉兩足，學人踏紅塵。從茲知性拙，不解轉如輪。亦曾奮六翮，高飛到青雲。從茲知命薄，摧落不逡巡。慕貴而厭賤，樂富而惡貧。同出天地間，我豈異於人。性命苟如此，反則成苦辛。以此自安分，雖窮每欣欣。……優哉復遊哉，聊以終吾身。(《詠拙》)

　　秦磨利刀斬李斯，齊燒沸鼎烹酈其。可憐黃綺入商洛，閒臥白雲歌紫芝。彼爲菹醢機上盡，此作鸞鳳天外飛。去者逍遙來者死，乃知禍福非天爲。(《詠史 九年十一月作。》)

　　一辭魏闕就商賓，散地閒居八九春。初時被目爲迂叟，近日蒙呼作隱人。冷暖俗情諳世路，是非閒論任交親。應須繩墨機關外，安置疏愚鈍滯身。(《迂叟》)

在白居易身上，儒家積極入世、兼濟天下的政治使命感和道德感與「中人」意識中的平凡甚至平庸之感共同存在。因而，在白居易自覺的自我認知中，自己不僅僅是心懷「奮六翮，高飛到青雲」的渴望而成爲有所作爲的有志者，也是「慕貴而厭賤，樂富而惡貧」的平凡之人，甚至是一個經歷了「彼爲菹醢機上盡，此作鸞鳳天外飛。去者逍遙來者死」之後爲自己所選擇的保全而頗感慶幸的平庸之人。對生命的短暫和脆弱、對時命的多變和無奈的體會使白居易更深切地認識到自己作爲個體的平凡和渺小。作爲儒家文化薰陶下的文人士大夫，在自己忠誠地爲國爲君爲民努力付出的同時，已具有較強個體意識的白居易在多舛而艱辛的現實中更加關注眞實的自我和自己的處境。早在長安期間（807－815 年間）的《放鷹》詩中，他便表達了對君王的御臣術的認識：

　　本爲鳥所設，今爲人所資。……取其向背性，制在饑飽時。不可使長飽，不可使長饑。饑則力不足，飽則背人飛。乘饑縱搏擊，未飽須繫維。所以爪翅功，而人坐收之。

聖明馭英雄，其術亦如斯。

詩人以犀利的眼光和直白的語言點明了君臣間的利用與被利用的關係。可見，白居易對君王的所謂用人之術有著清晰的認識，而這也正是身為臣子的自己的命運。從某種意義上講，這也是他對自我命運的認識。這種深刻而尖銳的自我認知是其他人所沒有的。因而，在《讀史五首》之一的「士生一代間，誰不有浮沉？良時真可惜，亂世何足欽。」詩句以及前文所提到的《詠史》等詩中，詩人也毫不隱諱地顯現出自己實際自保的一面。

正是這種承認自己的平凡或平庸的「中人」意識使白居易從不迴避自己的作為「俗」人的真實。他追求率真閒適的生活，感歎於無法避免的生老病死，表達自己對生命流逝的焦慮和恐懼。在有感於皇恩之情和仁愛為民之心的同時，遭受冤曲和打擊的白居易在面臨喪失真實自我的個人處境中也迫切需要尋求內在精神的依託和心靈的歸屬。重視和宣揚個人主體意識的佛禪思想也自然成為具有強烈自我意識的白居易的最終選擇。在對人生、世事的無常多變有所體認的基礎上，白居易的人生無常問題是在佛教思想中得以深入展開的。

已感歲倏忽，復傷物凋零。孰能不慘淒，天時牽人情。借問空門子，何法易修行？使我忘得心，不教煩惱生。（《客路感秋寄明準上人》）

朝哭心所愛，暮哭心所親。親愛零落盡，安用身獨存？幾許平生歡，無限骨肉恩。結為腸間痛，聚作鼻頭辛。悲來四支緩，泣盡雙眸昏。所以年四十，心如七十人。我聞浮屠教，中有解脫門。置心為止水，視身如浮雲。抖擻垢穢衣，度脫生死輪。胡為戀此苦，不去猶逡巡。（《自覺二首》之二）

索索風戒寒，沉沉日藏耀。勸君飲濁醪，聽我吟清調。芳節變窮陰，朝光成夕照。與君生此世，不合長年少。今晨從此過，明日安能料。若不結跏禪，即須開口笑。（《清調吟》）

久別偶相逢，俱疑是夢中。即今歡樂事，放盞又成空。
（《逢舊》）

諸法無常觀、因果論、緣起論、理事二諦等是佛教哲學的幾個主要觀點。「無常」是指事物的暫時性，有粗細兩種含義。「粗分無常」是指一切事物的生滅成毀和一切生命的生死過程的短暫性；「細分無常」則指的是一切事物和生命的不停歇的生滅交替變化，即無論物質或是精神的存在，處於時間過程中的一切事物都是即生即滅、生滅交替、新陳代謝的續流。〔註5〕因此，所謂人生、世事的無常其實就是指人生和世事的短暫性和無法預期的交替變化性。白居易在詩中所反覆吟詠的感時歎逝的主題以及對人生短暫、苦多樂少的體會和認識與佛教的諸法無常的思想基本上是一致的。早年因「天時牽人情」，詩人希望通過空門修行使自己忘心而不生煩惱。中年喪母失女的痛苦進一步促發了詩人向佛教而求度脫生死之苦的決心。經歷了仕途的坎坷險境後，轉瞬已逝的不可追，明日要來的不可料，世事如夢，歡樂、悲傷轉瞬即空，詩人在後來作的《清調吟》、《逢舊》中所表達的「今晨從此過，明日安能料。若不結跏禪，即須開口笑。」和相逢似夢、「即今歡樂事，放盞又成空。」的思想則顯現出他對佛教的粗細無常思想的接受和體認。也正是這種諸法無常的觀念使他意識到「佔有」的短暫無常和永久獨特的一體關係。人生、世事的短暫和變幻決定了人根本不可能長久地佔有一切事物如土地等等，但是表現個人特性、蘊含個人體驗的詩文卻可以令詩人的「詩性佔有」作為永久性的「佔有」而流傳後世成為可能。因而，一方面這使得白居易對轉瞬即逝的情、境、景、物等一切事物和生命包括自己的一切特別關注和珍惜；另一方面，他將與自己有關的和自己所關注並珍惜的一切通過詩文表現出來，尤其是那些具有「排他性」的景、境、情、物。這種「排他性」不僅是指宇文所安眼中的

〔註5〕參閱多識仁波切：《愛心中爆發的智慧》，蘭州：蘭州大學出版社，2005年版，第29～30頁。

富有個人「特性（singularity）」〔註6〕而具有的「排他性」，也包含了白居易個人所具有的卻無法為他人所理解的獨得之個人體悟。因此，白居易在詩中不僅表明了如「大都山屬愛山人」一樣的對空間的「詩性佔有」，而且還表現出對他人不懂得珍惜和欣賞的、轉瞬即逝的景、境、情等的「詩性佔有」。

> 朱門深鎖春池滿，岸落薔薇水浸莎。畢竟林塘誰是主？主人來少客來多。（《題王侍御池亭》）

> 久雨南湖漲，新晴北客過。日沉紅有影，風定綠無波。岸沒閭閻少，灘平船舫多。可憐心賞處，其奈獨遊何？（《湖亭望水》）

> 西日照高樹，樹頭子規鳴。東風吹野水，水畔江蘺生。……兀兀長如此，何許似專城？（《郊下》）

> 忽憶郡南山頂上，昔時同醉是今辰。笙歌委曲聲延耳，金翠動搖光照身。風景不隨宮相去，歡娛應逐使君新。江山賓客皆如舊，唯是當筵換主人。（《九日思杭州舊遊寄周判官及諸客》）

> 忽憶東都宅，春來事宛然。……幸是林園主，慚為食祿牽。（《憶洛中所居》）

> 使君何在在江東，池柳初黃杏欲紅。有興即來閒便宿，不知誰是主人翁。（《宿竇使君莊水亭》）

> 試問池臺主，多為將相官。終身不曾到，唯展宅圖看。（《題洛中第宅》）

> 薺花榆莢深村裏，亦道春風為我來。（《春風》）

> 多見朱門富貴人，林園未畢即無身。我今幸作西亭主，已見池塘五度春。（《題西亭》）

> 水竹花前謀活計，琴詩酒裏到家鄉。……不用將金買莊宅，城東無主是春光。（《吾土》）

〔註6〕宇文所安所說的「特性」主要是指中唐文人在重視個體意識的基礎上所追求和表現的與眾不同的特性。這種特性排拒他人或為他人所排拒。

> 三川徒有主，風景屬閒人。(《春盡日天津橋醉吟偶呈
> 李尹侍郎》)

無論身居長安、江州、忠州、蘇杭還是洛陽，深入關切個人處境的白
居易對空間、景境的欣賞和「詩性佔有」的意識從未減退。雖然池亭、
林園、山川都有實際意義上的主人，但是物質身份上的佔有者卻無暇
或不懂得欣賞這轉瞬即逝的「池柳初黃杏欲紅」的池亭園林的美景。
在詩人看來，物質身份的佔有是多變而短暫的；人，生而有限，貴賤
貧富也只是瞬息變幻而已，因此，對林園池亭的物質上的佔有到頭來
只是一場空，能欣賞、珍惜並記錄這瞬息變化的美景才是真正的主
人，正如詩人所言：

> 我今幸作西亭主，已見池塘五度春。

　　然而，對於置購林園池亭的實際佔有者來說，他們似乎並不能像
白居易一樣在領悟到佛教諸法無常思想的基礎上，對短暫性物質意義
的佔有和當下體驗並擁有永久性的話語「所有權」有所認知。〔註7〕
白居易對人生、世事的體會和認知及其「中人」意識使他更容易接受
和領悟佛教的諸法無常觀。承認自己生命的脆弱和渺小，不掩飾自己
對死亡的恐懼、對生命逝去的焦慮和悲哀，對不可預測的禍福的憂
慮，對「食祿牽」的無奈與慚愧，對「笙歌委曲聲延耳，金翠動搖光
照身」的歡娛享樂生活的追求，白詩的生命詠歎中沒有崇高、誇張的
自我意識，他所感覺到的是個體生命的短暫、脆弱和無法主宰，人生
世事的偶然多變、無法掌控的交替變幻。

> 風景不隨宮相去，歡娛應逐使君新。江山賓客皆如舊，
> 唯是當筵換主人。(《九日思杭州舊遊寄周判官及諸客》)

江山風景不會因人而改變，而自己的歡娛時光卻是瞬間即逝的。對於
道家的「超人」、「神聖」和道教的長生不老者及神仙等，白居易也只

〔註7〕這種短暫性與永久性是相對而言的。相對於實物的短暫性佔有而
　　　言，話語層面上的「所有權」即詩文則是保證將詩人的「詩性佔有」
　　　傳於後世的較為可靠且長久的手段。

有羨慕之情而無深信之意了。佛教的空幻之理、重視心性和不執著、無分別等修行，特別是禪宗以心傳心、明心見性、當下證悟的思想精神以及南宗禪「平常心是道」、《法華經》隨根說法之旨意等這些佛學思想已經成為白居易認識自我並指導人生的重要依據。

對於「心賞處」，無論個人處境如何，白居易都會如《湖亭望水》、《郊下》中所描述的一樣獨自欣賞，體會「何許似專城」、「春風為我來」的獨享中的欣喜和「城東無主是春光」的自由自在。中隱的生活使浸入佛教的白居易逐漸領會到了「林園亦要閒閒置，筋力應須及健回。」(《以詩代書寄戶部楊侍郎勸買東鄰王家宅》)「始知天造空閒境，不為忙人富貴人。」(《春日題乾元寺上方最高峰亭》) 之理。在《題新昌所居》、《元家花》、《吾廬》、《題新居寄宣州崔相公》、《早春晚歸》、《池上篇》等詩中，詩人反覆表達了自己作為山川林園之主的個體意識和知足之心。對自己的「地窄林亭小」的履道居，白居易在《履道居三首》中以「莫嫌地窄林亭小，莫厭貧家活計微。大有高門鎖寬宅，主人到老不曾歸。」(之一)「世事平分眾所知，何嘗苦樂不相隨。唯餘耽酒狂歌客，只有樂時無苦時。」(之三) 的詩句肯定了自己家貧卻身全、身閒心無苦的中隱生活。雖然自己沒有財力置辦更大的林園宅居，但詩人深諳「唯應方寸內，此地覓寬閒。」(《題新昌所居》) 的道理，於是在「聞健朝朝出，乘春處處尋。天供閒日月，人借好園林。」(《尋春題諸家園林》) 的條件下，自己仍然體會到「都無悶到心」的閒適。在《代林園戲贈 裴侍中新修集賢宅成，池館甚盛，數往遊宴，醉歸自戲耳。》、《戲答林園》、《重戲贈》、《重戲答》的組詩中，白居易將自己對「佔有」的主客關係及其辯證的認識表露無遺：

南院今秋遊宴少，西坊近日往來頻。假如宰相池亭好，
作客何如作主人。(《代林園戲贈》)

豈獨西坊來往頻，偷閒處處作遊人。衡門雖是棲遲地，
不可終朝鎖老身。(《戲答林園》)

集賢池館從他盛，履道林亭勿自輕。往往歸來嫌窄小，

年年爲主莫無情。(《重戲贈》)

　　小水低亭自可親，大池高館不關身。林園莫妒裴家好，

憎故憐新豈是人。(《重戲答》)

這四首詩，一贈一答，形式新穎，頗有意味。詩人以自家小林園妒裴
家大池館的譬喻表達了自己不爲外物所羈縛的心境。詩人自言不會因
裴家池館的「大」與「盛」而改變對自家園林的喜愛，更不會因此而
受到束縛。因爲在以佛教爲思想指導的詩人看來，作爲身外物的「大
池高館」本質上是無常的，園林的窄小或盛大終究是「空」，所以詩
人不會因其窄小而忘舊情，更何況詩人所重視的是「小水低亭」中自
己的方寸之心的「寬閒」。正如其所言「大池高館不關身」，對於私家
的園林，白居易所看重的不是高臺深池，而是自己在宇文所安所說的
私人空間中所擁有、體驗和創造的眞實的自我和生活以及心中無事處
處閒的心境。因此，白居易在「沾沾於其小園之『有』的同時，非常
奇特地，他有時時超越此經驗中的『有』，以佛家『須彌納芥子，芥
子納須彌』的空間觀念，在詩中表現一種亦有亦無、非有非無的世界。」
〔註8〕在具備水池、舟橋、竹林、山石、亭樹、圍牆的私家園林中，
白居易借助佛教芥子須彌的空間觀念和宏微互納的復合思維在詩中
展現了自己所體驗到的「亦有亦無、非有非無的世界」。這種體驗主
要是集中在其晚年歸洛居履道坊宅園時所作的詩文中。

　　聞道移居村塢間，竹林多處獨開關。故來不是求他事，

暫借南亭一望山。(《過鄭處士》)

　　每登高處長相憶，何況茲樓屬庾家。(《三月三日登庾

樓寄庾三十二》)

居履道坊的白居易不再需要借他人之亭而望山或登高相憶。雖然詩人
曾多情留戀於杭蘇，但已銷盡名利心和仕宦情的他還是選擇了「似出
復似處，非忙亦非閒」(《中隱》)的「中隱」生活作爲自己的最終歸屬。

　　淺酌一杯酒，緩彈數弄琴。既可暢情性，亦足傲光陰。

〔註 8〕蕭馳：《佛法與詩境》，北京：中華書局，2005 年版，第 196 頁。

誰知利名盡，無復長安心。(《食飽》)

　忽憶東都宅，春來事宛然。雪銷行徑裏，水上臥房前。厭綠栽黃竹，嫌紅種白蓮。醉教鶯送酒，閒遣鶴看船。幸是林園主，慚爲食祿牽。宦情薄似紙，鄉思急於弦。豈合姑蘇守，歸休更待年。(《憶洛中所居》)

杭州時期，白居易已經在榮啓先生和淨名居士的陪伴下體會到了自己所追求的閒適。守蘇時的白居易幸爲林園主、不爲仕宦徒的自省知足的歸去意識卻更加強烈了。這種強烈急迫的歸去之情和自省知足之心是與詩人歸洛期間所得的園林意境緊密相連的。在 824 年至 825 年間的短暫生活中，白居易在《洛下卜居》、《吾廬》、《履道新居二十韻》、《題新居寄宣州崔相公 所居南鄰即崔家池。》、《春葺新居》、《泛春池》等詩中反覆表達了自己於園林中的體驗：

　朱欄映晚樹，金魄落秋池。還似錢唐夜，西樓月出時。(《池西亭》)

　履道坊西角，官河曲北頭。林園四鄰好，風景一家秋。門閉深沉樹，池通淺沮溝。拔青松直上，鋪碧水平流。籬菊黃金合，窗筠綠玉稠。疑連紫陽洞，似到白蘋洲。……移榻臨平岸，攜茶上小舟。果穿聞鳥啄，萍破見魚游。地與塵相遠，人將境共幽。……濟世才無取，謀身智不周。應須共心語，萬事一時休。(《履道新居二十韻》)

　穿籬繞舍碧逶迤，十畝閒居半是池。食飽窗間新睡後，腳輕林下獨行時。水能性淡爲吾友，竹解心虛即我師。何必悠悠人世上，勞心費目覓親知。(《池上竹下作》)

　水一塘，舫一隻。舫頭漾漾知風起，舫背蕭蕭聞雨滴。醉臥船中欲醒時，忽疑身是江南客。(《泛小輪舫二首》之一)

此時在自己的園林水池間，詩人的感覺和想像交織在一起便有了「疑連紫陽洞，似到白蘋洲」的體驗；泛舟在小池上，又似乎回到了江南。這種眞實感受與想像交織而成的景象和體驗使詩人體會到「人將境共

幽」的與園林意境。進而，在幽靜的剎那體會到佛教所謂的「萬事皆休」的心境。於是，詩人意識到既然在小園中可以通過「芥子納須彌」的思維達到身心的閒適，又何必勞心費神地去尋覓知親呢？由此，詩人更珍愛自己的園林也更渴望自己能以園林主之身以養閒逸老了。於是，便有了《宿裴相公興化池亭 兼蒙借船舫遊泛。》中「孫弘閣鬧無閒客，傅說舟忙不借人。何似掄才濟川外，別開池館待交親」所表露的歸洛作園主的決心。

歸洛後的晚年生活中，履道坊宅園對白居易來說意義重大。在《池上篇 並序》中，詩人對陪伴自己終老的宅園之地的布局和功能以及自己的感受進行了描述：

> 十畝之宅，五畝之園。有水一池，有竹千竿。勿謂土狹，勿謂地偏。足以容膝，足以息肩。有堂有庭，有橋有船。有書有酒，有歌有弦。有叟在中，白鬚飄然。識分知足，外無求焉。如鳥擇木，姑務巢安。如龜居坎，不知海寬。靈鶴怪石，紫菱白蓮。皆吾所好，盡在吾前。時飲一杯，或吟一篇。妻孥熙熙，雞犬閒閒。優哉遊哉，吾將終老乎其間。

在序中，白居易言明了自己對小園的改造：建池東粟廩；為琴酒能娛「作池西琴亭，加石樽」；為安置天竺石、華亭鶴「作西平橋，開環池路」；為太湖石、白蓮、折腰菱、青板舫「作中高橋，通三島徑」。此園雖小但囊括了主人之所好：鶴、石、菱、蓮、水池、竹林、堂亭、橋船，配以書酒、歌弦，這些足以令詩人樂在其中，識分知足而無所外求。加之詩中所描繪的「妻孥熙熙，雞犬閒閒」般其樂融融的家庭氣氛，詩人在得意自喜之餘，也體會到了「優哉遊哉」以終老的閒適。因此，白居易並不計較園林的大小，他所慶幸的是自己仍有身存於世並感受著時光的流逝，他所關注的是自己的內心和園林之境中所獨得之意。

> 多見朱門富貴人，林園未畢即無身。我今幸作西亭主，已見池塘五度春。(《題西亭》)

　　　　庾信園殊小，陶潛屋不豐。何勞問寬窄，寬窄在心中。
（《小宅》）
　　　　身心安處爲吾土，豈限長安與洛陽。（《吾土》）
　　　　螻蟻謀深穴，鷦鷯占小枝。各隨其分足，焉用有餘爲。
（《自題小草亭》）

雖然並不富貴，但詩人卻仍有幸體驗著人間的生活。詩人並不介意自
己的園小物不豐，因爲白居易所追求的是佛教的空慧和「諸行無常」、
「諸法無我」之理，他希望通過佛教的指導而調伏身心、破除我執而
得般若智慧。佛教認爲，人因社會環境、文化等多方面的影響（佛經
上說是與前世因緣有關）而具有很多惡習或不良因素。貴有自知之明
的人在意識到這些因素後，會通過佛法來調節心性並改變自己的陳見
惡習或不良的因素。這種調伏也常常出現在白居易的詩中。破除我執
則主要是指破除「我」和「執著」。佛教中的這個「我」是指每一個
人的思想觀念中所形成的肉體和思想意識的主人翁似的「我」，這個
「我」，實質上是人的思想意識所虛構的妄念，正是這種妄念使人產
生了自私、貪欲、嗔怒心、虛榮心以及種種煩惱，當然也包括白居易
所表達的感逝歎物的悲愁之情；執著是指與世俗的智見相聯繫的迷妄
觀念，通俗來說就是把事情看得很認真並無法釋懷。〔註9〕忘懷生死
榮辱、調理性情、身心平和、不爲外物所動、銷除世事煩惱等都是白
居易所追求的。具有強烈的自我意識和自省意識的他在與接觸、運用
佛教的過程中體悟到佛教的功效，在佛教思想的引導下和自身的體悟
中，白居易晚年在自己的園林所造之境中得到了心境交融的體驗與園
林之境中的獨得自識：
　　　　晴空星月落池塘，澄鮮淨綠表裏光。露簟清瑩迎夜滑，
　　　風襟瀟灑先秋涼。無人驚處野禽下，新睡覺時幽草香。但
　　　問塵埃能去否，濯纓何必向滄浪。（《池上夜境》）

〔註9〕參閱多識仁波切：《愛心中爆發的智慧》，蘭州：蘭州大學出版社，
　　　2005 年版，第 110～150 頁。

蕭疏秋竹籬，清淺秋風池。一雙短舫艇，一張斑鹿皮。皮上有野叟，手中持酒卮。半酣箕踞坐，自問身爲誰。嚴子垂釣日，蘇門長嘯時。悠然意自得，意外何人知？（《秋池獨泛》）

新樹低如帳，小臺平似掌。六尺白藤床，一莖青竹杖。風飄竹皮落，苔印鶴跡上。幽境與誰同，閒人自來往。（《小臺》）

幽僻囂塵外，清涼水木間。臥風秋拂簟，步月夜開關。且得身安泰，從他世險艱。但休爭要路，不必入深山。軒鶴留何用，泉魚放不還。誰人知此味，臨老十年閒。（《幽居早秋閒詠》）

嫋嫋過水橋，微微入林路。幽境深誰知，老身閒獨步。行行何所愛，遇物自成趣。平滑青磐石，低密綠陰樹。石上一素琴，樹下雙草屨。此是榮先生，坐禪三樂處。（《池上幽境》）

身閒無所爲，心閒無所思。況當故園夜，復此新秋池。岸暗鳥棲後，橋明月出時。菱風香散漫，桂露光參差。靜境多獨得，幽懷竟誰知。悠然心中語，自問來何遲。（《秋池二首》之一）

朝衣薄且健，晚簟清仍滑。社近燕影稀，雨餘蟬聲歇。閒中得詩境，此境幽難説。露荷珠自傾，風竹玉相戛。誰能一同宿，共玩新秋月。暑退早涼歸，池邊好時節。（《秋池二首》之二）

閣前竹蕭蕭，閣下水潺潺。拂簟捲簾坐，清風生其間。靜聞新蟬鳴，遠見飛鳥還。但有巾掛壁，而無客叩關。二疏返故里，四老歸舊山。吾亦適所願，求閒而得閒。（《小閣閒坐》）

水畔竹林邊，閒居二十年。健常攜酒出，病即掩門眠。解綬收朝佩，褰裳出野船。屏除身外物，擺落世間緣。報曙窗何早，知秋簟最先。微風深樹裏，斜日小樓前。渠口

添新石，籬根寫亂泉。愈招同宿客，誰解愛潺湲？西亭牆
下，泉石有聲。（《閒居自題戲招宿客》）

　　岸淺橋平池面寬，飄然輕棹泛澄瀾。風宜扇引開懷入，
樹愛舟行仰臥看。別境客稀知不易，能詩人少詠應難。唯
憐呂叟時相伴，同把磻溪舊釣竿。（《晚池泛舟遇景成詠贈
呂處士》）

　　白居易在以上所列舉的詩中所描述的「夜境」、「幽境」、「靜境」、
「詩境」、「別境」，實際上都是詩人的閒適泰然之心與此時此園林之
境相融合而得到的獨有之「境」。所謂的「悠然意自得，意外何人知？」
就是詩人對自己「心境交融」的審美經驗的表達。而這種「心境交融」
的審美經驗則是通過「園林意境」得以展現的。白居易曾在《白蘋洲
五亭記》中說到：

　　大凡地有勝境，得人而後發；人有心匠，得物而後開。
　　境心相遇，固有時耶！

白居易所說的「境心相遇」實質上就是一種「心境交融」的狀態。「心
境交融」的審美體驗包括兩個方面，其一指「『真心』從對象反思自
身；其二是作為這種反思前提的內在反思，即『真心』對自身的直接
反思。」〔註10〕這不正是白居易所說的得人而發的勝「境」與得物後
開之「心」相遇嗎？因此，詩人在以「悠悠」、「閒」來反覆表明由自
己之心所參得的「境」與「意」的同時，也強調了園林中的獨得獨識、
自解自愛之意。夜境中的「無人」，「秋池獨泛」的意外無人知，小臺
的「閒人自來往」，幽居閒詠中的「誰人知此味」，面對秋池的「幽境
深誰知，老身閒獨步」，閒居中的「誰解愛潺湲」……甚至是如《池
上》所描繪的「嫋嫋涼風動，淒淒寒露零。蘭衰花始白，荷破葉猶青。
獨立棲沙鶴，雙飛照水螢。若為寥落境，仍值酒初醒。」的「寥落境」，
或者如「白露凋花花不殘，涼風吹葉葉初乾。無人解愛蕭條境，更繞

〔註10〕吳學國，秦琰：《從「天人和合」到「心境交融」——佛教心性論影
　　　　響下中國傳統審美形態的轉化》，見《南開大學學報》（哲學社會科
　　　　學版），2006 年第 1 期。

衰叢一匜看。」(《衰荷》)「紅葉樹飄風起後，白鬚人立月明中。前頭更有蕭條物，老菊衰蘭三兩叢。」(《杪秋獨夜》)中的「蕭條」境，白居易總是能在此時此境中以己心發現他人所不能鑒賞之「境」，參得他人所未得之意。這恰恰都源於其「心安不移轉，身泰無牽率」而所達到的「形神閒且逸」(《狂言示諸姪》)的境界。正是從佛教修行中所獲得的身泰心安、形神閒逸的狀態和佛禪心性論中的精神反思使詩人能夠「解愛」眼中的「蕭條」、「寥落」之境。這種「解愛」和獨得獨識之「園林意境」正是「融意於心、融景於心、融世界於心」的「心境皆融」之所得。

白居易的「園林意境」的本質是其在園林中創作的「具有呼喚性的意象結構」。〔註11〕這種「園林意境」不僅包含白居易「心境皆融」的審美體驗，而且包含了詩人在詩作中以若干語象或意象建構起的「完整自足的呼喚性本文」。〔註12〕無論是審美體驗還是「呼喚性本文」，都是在詩人浸入佛教的所得。

第二節　「流世光陰」的形式化（詩）與「平常心」

如果說感逝歎老與對鏡自照中所表現出的對時間、生命的關注是白居易在文學中對自己生命意識的一種傳統表達的話，那麼，以數字和官俸入詩則顯示了白居易個性創作的獨到之處。這種非傳統的表達使白居易在詩中突顯個體意識的同時，也表現出了自己在佛教思想的指導下所獲得的與眾不同的人生智慧。白詩中所採用的惜春、傷秋、歲時節令等題材和以野草落花、太陽月亮、白髮衰顏等意象來表達對時間、生命的痛惜、感傷之情和極度關注的寫法都屬於比較傳統的題材和表現手法。但以數字和官俸入詩卻成為白居易在表現自我方面所採用的比較特殊的方式。這種特殊的形式化的表達方式不僅是詩人強

〔註11〕蔣寅：《語象‧物象‧意象‧意境》，見《文學評論》，2002年第3期。
〔註12〕蔣寅：《語象‧物象‧意象‧意境》，見《文學評論》，2002年第3期。

烈的生命意識和自我意識的自然流露，也是詩人對洪州宗所提倡的「平常心是道」所進行的個人化詮釋。

唐人在詩中使用數字的量大、程度頻繁，錯綜數字已成為唐人詩文創作的重要表現形式。從杜審言的「一年銜別怨，七夕始言歸。」（《奉和七夕待宴兩儀殿應制》）李白的「飛流直下三千尺，疑是銀河落九天。」（《望廬山瀑布》）杜甫的「主稱會面難，一舉累十觴。」（《贈衛八處士》）張祜的「潮落夜將斜月裏，兩三星火是瓜洲。」（《題金陵渡》）「故國三千里，深宮二十年。一聲何滿子，雙淚落君前。」（《宮詞》）孟郊的「月下誰家砧，一聲腸一絕。」（《聞砧》）白居易的「離離原上草，一歲一枯榮。」（《賦得古原草送別》）「一道殘陽鋪水面，半江瑟瑟半江紅。」（《暮江吟》）到晚唐杜牧的「南朝四百八十寺，多少樓臺煙雨中。」（《江南春絕句》）李商隱的「錦瑟無端五十弦，一弦一柱思年華。」（《無題》）唐代詩人自覺且自然地在詩中使用數字與內容有機結合，並使詩歌的意境更加深邃悠遠並富有節律變化的和諧之美。從上述列舉的詩句中即可看出，唐代詩人使用的數字不僅囊括了從一到十、百、千、萬等大大小小的計數單位，還使用了「兩三」、「半」、「一道」等多種特殊搭配。這種多變的特殊搭配一方面可以增強詩歌的表達效果，另一方面可以增強詩歌的節律美感。如白居易「一歲一枯榮」、杜牧的「四百八十寺」中的對數字的運用則有利於引導思維逐漸遞進深入。張祜《宮詞》中的「三千」、「二十」與「一聲」、「雙淚」所形成的強烈對比則更加突出了宮女淒涼無助的境遇。而在用具體數字表示時間或空間的同時，唐代詩人也常常借助如「三千尺」、「九天」這樣的誇大的數字以形成巨大的氣勢，這與唐人開闊的胸襟和眼界及積極進取的精神密切相關。雖然白居易在詩中也運用時人所常用的數字表現手法，但在使用數字方面，白詩更為突出的特點是在詩中頻繁地記年月日、記數年齡和次數。

用數字較為精確且務實地記數年齡、次數、記錄年月日是白居易詩與他人同中有異的重要特點。洪邁注意到了白詩好記年歲的特點。

他在《容齋隨筆》中較爲詳細地摘錄了白居易頻繁記數年齡的詩句：

白樂天爲人誠實洞達，故作詩述懷，好紀年歲。因閱其集，輒抒錄之：「此生知負少年心，不展愁眉欲三十」，「莫言三十是年少，百歲三分已一分」，「何況才中年，又過三十二」，「不覺明鏡中，忽年三十四」，「我年三十六，冉冉昏復旦」，「非老亦非少，年過三紀餘」，「行年欲四十，有女曰金鑾」，「我今欲四十，秋懷亦可知」。「行年三十九，歲暮日斜時」，「忽因時節驚年歲，四十如今欠一年」，「四十爲野夫，田中學鋤穀」，「四十官七品，拙宦非由它」，「毛鬢早改變，四十白髮生」，「況我今四十，本來形貌羸」，「衰病四十身，嬌癡三歲女」，「自問今年幾，春秋四十初」，「四十未爲老，憂傷早衰惡」，「莫學二郎吟太苦，才年四十鬢如霜」，「下有獨立人，年來四十一」，「若爲重入華陽院，病鬢愁心四十三」，「已年四十四，又爲五品官」，「面瘦頭斑四十四，遠謫江州爲郡吏」，「行年四十五，兩鬢半蒼蒼」，「四十六時三月盡，送春爭得不殷勤」，「我今四十六，衰悴臥江城」，「鬢髮蒼浪牙齒疏，不覺身年四十七」，「明朝四十九，應轉悟前非」，「四十九年身老日，一百五夜月明天」，「衰鬢磋跎將五十，關河迢遞過三千」，「青山舉眼三千里，白髮平頭五十人」，「宦途氣味已諳盡，五十不休何日休」，「五十江城守，停杯忽自思」，「莫學爾兄年五十，磋跎始得掌絲綸」，「五十未全老，尚可且歡娛」，「長慶二年秋，我年五十一」，「二月五日花如雪，五十二人頭似霜」，「老校於君合先退，明年半百又加三」，「前歲花前五十二，今年花前五十五」，「倘年七十猶強健，尚得閑行十五春」，「去時十一二，今年五十六」，「我年五十七，榮名得幾許」，「我年五十七，歸去誠已遲」，「身爲三品官，年已五十八」，「五十八翁方有後，靜思堪喜亦堪嗟」，「半百過九年，豔陽殘一日」，「火銷燈盡天明後，便是平頭六十人」，「六十河南尹，前途足可知」，「不準擬身年六十，上山仍未要人扶」，「不準擬身年六十，遊春猶自有心情」，「我今悟已晚，

六十方退閒」、「今歲日餘二十六，來歲年登六十二」、「心
情多少在，六十二三人」、「六十三翁頭雪白，假如醒點欲
何爲」、「行年六十四，安得不衰羸」、「我今六十五，走若
下坡輪」、「年開第七秩，屈指幾多人」、「五十八歸來，今
年六十六」、「無憂亦無喜，六十六年春」、「共把十千沽一
斗，相看七十欠三年」、「七十欠四歲，此生那足論」、「六
十八衰翁，乘衰百疾攻」、「又問年幾何，七十行欠二」、「更
過今年年七十，假如無病亦宜休」、「今日行年將七十，猶
須慚愧病來遲」、「且喜同年滿七十，莫嫌衰病莫嫌貧」、「舊
語相傳聊自慰，世間七十老人稀」、「皤然七十翁，亦足稱
壽考」、「昨日復今辰，悠悠七十春」、「人生七十希，我年
幸過之」、「白鬚如雪五朝臣，又入新正第七旬　時年七十
一。」、「行開第八秩，可謂盡天年」、「吾今已年七十一，
眼昏鬚白頭風眩」、「七十人難到，過三更較稀」、「七十三
人難再到，今春來是別花來」、「七十三翁旦暮身，誓開險
路作通津」、「風光拋得也，七十四年春」、「壽及七十五，
俸沾五十千」，其多如此。〔註13〕

　　從「不展愁眉欲三十」到「壽及七十五」，白居易反反覆覆地在
詩中以相似的形式記下了自己的年齡。這些詩句讀來在「如閱年譜」
的同時不免有些繁絮之感。對此白居易也是早有預料的。雖然他在《與
元九書》等詩文中也曾一再提到自己爲文有時會「失於繁多」，但這
種「繁多」又何嘗不是詩人自我風格的一種體現呢？何且白居易對數
字的使用偏好還不止於記數年齡。

　　除了以數字入詩實錄自己的年齡外，白居易還常常在詩中清晰且
客觀實際地記錄年月日或計算日子的總數、百分比：

　　　　三月三十日，春歸日復暮。惆悵問春風，明朝應不住。
　　（《送春》）

　　　　　送春歸，三月盡日日暮時。(《送春歸　元和十一年三月

〔註13〕〔宋〕洪邁：《容齋隨筆》，見《四庫全書》（第1052冊），上海：上
　　　　海古籍出版社，1987年版，第847～848頁。

三十日作。》）

昔年八月十五夜，曲江池畔杏園邊。（《八月十五日夜
溢亭望月》）

暮春風景初三日，流世光陰半百年。（《三月三日》）

元和二年秋，我年三十七。長慶二年秋，我年五十一。
（《曲江感秋二首》之一）

立春後五日，春態紛婀娜。（《立春後五日》）

前年九日餘杭郡，呼賓命宴虛白堂。去年九日到東洛，
今年九日來吳鄉。（《九日宴集醉題郡樓兼呈周殷二判官》）

柳梢黃嫩草芽新，又入開成第四春。（《四年春》）

這些計數有的是計算總數，如：

我生來幾時？萬有四千日。（《首夏病間》）

人生一百歲，通計三萬日。（《對酒》）

如此來四年，一千三百夜。（《冬夜》）

齒髮蹉跎將五十，關河迢遞過三千。（《十年三月三十
日別微之於澧上十四年三月十一日夜遇微之於峽中停舟夷
陵三宿而別言不盡者以詩終之因賦七言十七韻以贈且欲寄
所遇之地與相見之時為他年會話張本也》）

四個老人三百歲，人間此會亦應稀。（《雪暮偶與夢得
同致仕裴賓客王尚書飲》）

有的是計算百分比，如：

莫言三十是年少，百歲三分已一分。（《花下自勸酒》）

鬢髮三分白，交親一半無。（《郢州贈王八使君》）

不似杜康神用速，十分一盞便開眉。（《鏡換杯》）

而在計算總數的詩句中，詩人也常使用不同的計數方式來表現自己
的感情。如：「前歲花前五十二，今年花前五十五」，用加法；「共把
十千沽一斗，相看七十欠三年」，則用減法來表示自己的年歲。有些
則直接以數字或年月日為題的，如《六年多暮贈崔常侍晦叔》、《答

崔賓客晦叔十二月四日見寄來篇云：共相呼喚醉歸來》、《三月晦日晚聞鳥聲》、《開成二年夏聞新蟬贈夢得》、《五年秋病後獨宿香山寺三絕句》等。

　　這些以數字記錄年月日、甚至在詩中計算數字的詩句在凸顯詩人對時間和生命所具有的極度關注情緒的同時，也使詩歌具有了形式化與平俗的特點。數字是用來表示數目、數量的文字形式。這些數目或數量本身並不包含任何感情色彩，如四十五、四年春、五年秋、三月三日、一千三百夜、三分已一分。這種形式所傳達給人的是一種清晰、條理、客觀的信息，而清晰、條理、客觀則意味著不可易移的精確性和不以人的意志為轉移的機械性。因此，以數字入詩的這種形式化表達不僅準確具體、一目了然，而且能給讀者留下清晰的印象。而這種連續、清晰、不可逆轉的印象在感時歎逝的詩作中卻很容易使人產生恐懼、焦慮之情。這大概是白居易以數字入詩的重要原因之一。如：

　　我生來幾時？萬有四千日。自省於其間，非憂即有疾。老去慮漸息，年來病初愈。忽喜身與心，泰然兩無苦。況茲孟夏月，清和好時節。微風吹夾衣，不寒復不熱。移榻樹陰下，竟日何所為。或飲一甌茗，或吟兩句詩。內無憂患迫，外無職役羈。此日不自適，何時是適時？（《首夏病間》）

　　昔年八月十五夜，曲江池畔杏園邊。今年八月十五夜，湓浦沙頭水館前。西北望鄉何處是？東南見月幾回圓。臨風一歎無人會，今夜清光似往年。（《八月十五日夜湓亭望月》）

　　元和二年秋，我年三十七。長慶二年秋，我年五十一。中間十四年，六年居譴黜。窮通與榮悴，委運隨外物。遂師廬山遠，重弔湘江屈。夜聽竹枝愁，秋看灩堆沒。近辭巴郡印，又秉綸閣筆。晚遇何足言？白髮映朱紱。銷沉昔意氣，改換舊容質。獨有曲江秋，風煙如往日。（《曲江感秋二首》之一）

前年九日餘杭郡，呼賓命宴虛白堂。去年九日到東洛，今年九日來吳鄉。兩邊蓬鬢一時白，三處菊花同色黃。一日日知添老病，一年年覺惜重陽。(《九日宴集醉題郡樓兼呈周殷二判官》)

這四首詩雖作於不同時期，卻都同樣通過刻板、具體的數字突出地表達了詩人對時間、生命的感受。無論是「我生來幾時？萬有四千日。」的計數總數，或「昔年八月十五夜，曲江池畔杏園邊。今年八月十五夜，灩浦沙頭水館前。」確切日期的今昔對比，又或者是「前年九日餘杭郡……去年九日到東洛，今年九日來吳鄉」式的連續性回憶和記數且對比前後日期和年齡的「元和二年秋，我年三十七。長慶二年秋，我年五十一。中間十四年，六年居譴黜。」的詩句，這些運用數字的詩句都使原詩作所表達的生命意識更富有震撼力。比如首句便出現「萬有四千日」的《首夏病間》一詩。詩人在開頭便以巨大的數字計數了自己所生活的天數，在這種一萬四千日的統攝下詩人自言不是憂慮就是有疾，這種建立在一萬四千日基礎上的自省使人頗為震撼，同時也足以見出自省者對自我的關注度。並且有此作鋪墊，與後面的「忽喜」、「竟日」、「此日」、「何時」相對應則更加顯示出詩人「此日不自適，何時是適時？」的自省所得，也突出強調了詩人所得的及時把握當下的每時每刻之重要性的思想。而《九日宴集醉題郡樓兼呈周殷二判官》詩中詩人以連續、精確的前年、去年、今年九月九日的記錄與詩末「一日日知添老病，一年年覺惜重陽」相互照應並以「一日日」、「一年年」的遞進思維將自己對時間、生命的珍惜和關注表達地淋漓盡致。同時，這種以數字入詩的甚至為題的表達也使白居易的詩作明顯帶有了平俗易懂的特點。因為我們所說的白居易在詩中所使用的數字並不是「兩三」、「一半」式模糊的表達，更不是「三千尺」式的誇張表達，而是用數字實際記錄年月日、年齡和總數作為一種形式。這種紀實式的毫無誇張與有些刻板機械的形式化表達卻更為深刻地使人感受到了詩人對時間、生命流逝的恐懼和焦慮。

　　這種看似刻板機械的數字表達在整首以年齡或年月日爲題的詩歌中更能夠凸顯詩人的焦慮、感傷之情，也更易於詩人表達自己對執著的自我意識的超越和個人領悟。如作於江州時期的《八月十五日夜湓亭望月》詩中，詩人以「昔年八月十五夜」、「今年八月十五夜」這種刻板的數字記錄與詩人所在地交錯在一起並形成強烈的對比。同時，「曲江池畔」與「湓浦沙頭」的地點轉換與時間的變換一起突出了貶謫後詩人四處漂泊的羈旅之悲情。詩末的「今夜清光似往年」在照應「昔年、今年」的同時，更是表達了此時此刻此境中，詩人追思往事而自我感歎的悲傷之情。而「八月十五日夜」這一精確數字的運用則使詩人的悲情在這特定的時刻得到了凸顯並營造了整首詩的悲涼氣氛。歸洛後的白居易，年齡越大反而越是表現出了常人所難得一見的知足平和之心。如以《六十六》爲題的詩所云：

　　　　病知心力減，老覺光陰速。五十八歸來，今年六十六。
　　鬢絲千萬白，池草八九綠。童稚盡成人，園林半喬木。看
山倚高石，引水穿深竹。雖有潺湲聲，至今聽未足。

這首詩都表達了時年六十六的詩人的人生感悟。詩人以「五十八歸來，今年六十六」一句引發並省略了自己在這一期間的轉變，通過描寫自己的髮鬢、自己所居的園林、孩童等外在於自我的變化（自己的髮鬢只是外在的形貌也是外在於自我的）而揭示了這期間物轉星移、不可逆轉的生命的變遷。但這期間不變的卻是自己愛聽潺湲之聲的心。在六十六歲的生命感悟中，詩人不再只關注於自我的形貌等變化，在這種不受主體控制的流逝中，詩人在觀察外界變化的同時也試圖將自己的心融合於自己的園林之境中。詩末所言的「聽未足」的心就是詩人融心於境的結果。這也正是詩人超脫執著的自我意識的表現。而在另一首《六十六》（七十欠四歲）的詩中，詩人則直接以「將何理老病，應付與空門。」而表現了自己漸入佛教的所得。因此，看似極爲平淡而又機械刻板的數字卻使白居易在形式化詩歌創作的同時，也表現了強烈的生命意識及其對自我的超越的，並且使自己的詩

作呈現出與眾不同的風貌。

　　除了將這些記錄年齡、日期、計數等數字如實寫入詩中之外，白居易還頻繁地將自己的官職與俸祿記入詩中。洪邁的《容齋隨筆》「白公說俸祿」一條云：

　　　　白樂天仕宦，從壯至老，凡俸祿多寡之數，悉載於詩，雖波及他人亦然。其立身廉清，家無餘積，可以概見矣。因讀其集，輒敍而列之。其為校書郎，曰：「俸錢萬六千，月給亦有餘。」為左拾遺，曰：「月慚諫紙二千張，歲愧俸錢三十萬。」兼京兆戶曹，曰：「俸錢四五萬，月可奉晨昏。凜祿二百石，歲可盈倉囷。」貶江州司馬，曰：「散員足庇身，薄俸可資家。」《壁記》曰：「歲凜數百石，月俸六七萬。」罷杭州刺史，曰：「三年請祿俸，頗有餘衣食。」「移家入新宅，罷郡有餘資。」為蘇州刺史，曰：「十萬戶州尤覺貴，二千石祿敢言貧。」為賓客分司，曰：「俸錢八九萬，給受無虛月。」「嵩洛供雲水，朝廷乞俸錢。」「老宜官冷靜，貧賴俸優饒。」「官優有祿料，職散無羈縻。」「官銜依口得，俸祿逐身來。」為河南尹，曰：「厚俸如何用，閒居不可忘。」不赴同州，曰：「誠貪俸錢厚，其如身力衰！」為太子少傅，曰：「月俸百千官二品，朝廷雇我作閒人。」「又問俸厚薄，百千隨月至。」「七年為少傅，品高俸不薄。」其致仕，曰：「全家遁此曾無悶，半俸資身亦有餘。」「俸隨日計錢盈貫，祿逐年支粟滿囷。」「壽及七十五，俸占五十千。」其泛敍曰：「歷官凡五六，祿俸及妻孥。」「料錢隨官用，生計逐年營。」「形骸儡俯班行內，骨肉勾留俸祿中。」其它人者，如陝州王司馬曰：「公事閒忙同少尹，俸錢多少敵尚書。」劉夢得罷賓客，除秘監，祿俸略同，曰：「日望揮金賀新命，俸錢依舊又如何！」歎洛陽、長水二縣令曰：「朱紱洛陽官位屈，青袍長水俸錢貧。」其將下世，有《達哉樂天行》，曰：「先賣南坊十畝園，次賣東郭五頃田。然後兼賣所居宅，髣髴獲縗二三千。但恐此錢用不盡，即先朝露歸夜泉。」後之君子試一味其言，雖日飲貪泉，

　　亦知斟酌矣。觀其生涯如是，東坡云：「公廩有餘粟，府有
　　餘帛。」殆亦不然。〔註14〕

對白詩記官職、俸祿之事清代的趙翼在《甌北詩話》中也有所記：

　　　　香山歷官所得，俸入多少，往往見於詩。爲校書郎
　　云……此可爲官職、食貨二志。

　　　　香山詩不惟記俸，兼記品服。初爲校書郎……此又可
　　抵輿服志也。〔註15〕

二人的評點頗爲中肯。雖然也有人如朱熹將此看作是白居易「其實愛
官職」的表徵，但也有觀點認爲「居易非沾沾於祿位者」。〔註16〕無
論觀點如何，這些評論者卻都注意到了白居易以官俸入詩這一特殊內
容。

　　正如趙翼所言，白居易所作的大量記錄官俸、品服的詩句不僅可
爲官職、食貨志，可抵輿服志，也是傳統社會價值體系中強烈的自我
價值和自我意識的外現。詩句可爲「志」的評價一方面顯示了白詩記
事的平實，另一方面與如閱年譜的記錄年齡一樣，也暗含了這類詩因
形式化表達而帶有的繁瑣無味。從洪邁所摘錄的詩句就可以看出。在
白詩中，俸祿、官職、品服的記錄與數字入詩一樣，已經成爲詩人展
現主體意識和平凡自我之心的一種形式化表達。詩人並不介意以相對
固定的形式入詩而帶來的乏味，反而更加樂於在自己的詩中反覆地將
年齡與自己的官職、品服和俸祿進行對照，而且還不厭其煩地談論「稱
不稱」的問題。

　　　　三十生二毛，早衰爲沉痾。四十官七品，拙宦非由他。
　　年顏日枯槁，時命日蹉跎。（《寄同病者》）

　　　　面瘦頭斑四十四，遠謫江州爲郡使。（《謫居》）

〔註14〕〔宋〕洪邁：《容齋隨筆》，四庫全書本，上海：上海古籍出版社，
　　　　1987年版，第849～850頁。
〔註15〕〔清〕趙翼：《甌北詩話·卷四》，霍松林、胡主祐校點，北京：人
　　　　民文學出版社，1981年版，第43～44頁。
〔註16〕〔清〕乾隆十五年御選：《御選唐宋詩醇》，《四庫全書》（第1448冊），
　　　　上海：上海古籍出版社，1987年版，第482頁。

徒使花袍紅似火，其如蓬鬢白成絲。且貪薄俸君應惜，不稱衰容我自知。（《初著刺史緋答友人見贈》）

紫垣曹署榮華地，白髮郎官老醜時。（《初除主客郎中知制誥與王十一李七元九三舍人中書同宿話舊感懷》）

紫袍新秘監，白首舊書生。（《初授秘監並賜金紫閒吟小酌偶寫所懷》）

莫嫌鬢上些些白，金紫由來稱長年。（《喜劉蘇州恩賜金紫遙想賀宴以詩慶之》）

頭上漸無髮，耳間新有毫。形容逐日老，官秩隨年高。優饒又加俸，閒穩仍分曹。（《自賓客遷太子少傅分司》）

上述這些將年齡與品服、官位等對照而言的詩句所顯現的不僅是詩人的容顏、年齡與官位的「不稱」，更隱藏了詩人對時命蹉跎的感慨和遺憾。這種對官位的重視和追求是與白居易所處的傳統社會價值密不可分的。在中國傳統社會的價值體系中，「學而優則仕」幾乎是文人也是社會價值體系所首肯的唯一選擇。官職、俸祿、社會地位、權力就是實現、評價一個人的自我價值的公認標準。因此，對身處這種價值文化體系深受儒家思想薰陶的白居易來說，官俸也自然成為他對自我價值評價的準則。基於此，早年白居易在《秋槿》、《悲哉行》、《初除戶曹喜而言志》等詩中曾多次表達了「成名要趁早」的思想及實現自我的焦急之情。雖然他曾以佛教的空幻之理來調節功名利祿之得失對自己的影響，但是自己的親身經歷及親見親聞之事（貶謫江州、朝廷權力鬥爭等事）最終使他在佛教思想的引導下徹底覺悟。正如上述所列舉的詩句所表現的，「不稱」的感慨是因自我對功名利祿、對自我價值實現的過於執著而引發的；當兼濟之志、功名之心漸淡，佛教思想及其體悟漸深，所謂的年老衰顏與官秩的漸高間的「不稱」，在詩人看來也成為了可以接受的客觀事實，正如「海內姑蘇太守賢，恩加章綬豈徒然」（《喜劉蘇州恩賜金紫遙想賀宴以詩慶之》）之所言，「恩加章綬」對達觀知足的賢者來說並非徒然無益之事。對具有了佛教思

想的詩人來說，白居易不僅有了「始知官職爲他人」（《自感》）、「回看官職是泥沙」（《喜罷郡》）的認識，而且在《六十河南尹》、《從同州刺史改授太子少傅分司》、《官俸初罷親故見憂以詩諭之》等詩中，詩人還反覆表達了自己知足心安、不畏老貧的曠達之心。面對官俸初罷的境遇，詩人在「豈以貧是憂，尚爲名所縛。今春始病免，纓組初擺落。蝸甲有何知，雲心無所著。」（《官俸初罷親故見憂以詩諭之》）的詩句中，直接以自己從佛教中所獲得的心無所執著而無憂無慮的領悟應對了親故的憂慮。通過《達哉樂天行》、《刑部尚書致仕》等詩作，白居易則以更加直白的話語表現了一個超越自我執著、身安心和、坦然無憂的全新自我：

> 十五年來洛下居，道緣俗累兩何如？迷路心回因向佛，宦途事了是懸車。全家遯世曾無悶，半俸資身亦有餘。
>
> 唯是名銜人不會，毗耶長者白尚書。（《刑部尚書致仕》）

歸洛的十五年，詩人最終在「迷路心回因向佛」的體悟中擺脫了宦仕世事的煩擾，從「平常心」中感悟到了平和自然且眞實的自我。

　　無論是年齡還是官俸，這些看似過於平淡瑣碎之事卻在白居易的詩中以某種形式化的表達方式出現並成爲其詩歌中的標誌性內容。詩人以平常人之心將自我之情眞實盡露地融於詩句之中。因此，從他的詩中我們不僅可以讀出一個立身清廉、家無餘積的白居易，也可以讀出一個雖知理卻又難以忘情的常人。正如葛立方所云：「白樂天號爲知理者，而於仕宦升沉之際，悲喜輒繫之。自中書舍人出知杭州，未甚左也。而其詩曰：『朝從紫禁歸，暮出青門去。』又曰：『委順隨行止。』又曰：『退身江海應無用，憂國朝廷自有賢。』自江州司馬爲忠州刺史，未爲超也。而其詩曰：『正聽山鳥向陽眠，黃紙除書落枕前。』又云：『五十專城未是遲。』又云：『三車猶夕會，五馬已晨裝。』及被召中書，則曰：『紫微今日煙霄地，赤嶺前年泥土身。得水魚還動鱗鬣，乘軒鶴亦長精神。』觀此數詩，是未能忘情於仕宦者。」〔註17〕葛立方

〔註17〕〔宋〕葛立方：《韻語陽秋》，上海：上海古籍出版社，1984 年版，

所言的這種繫於仕宦升沉的悲喜之情也正是白居易所形成的「中人」意識的外在表現。正如前文所述,正是白居易「中人」思想中所包含的對自己為「平凡人」(甚至平庸之人)的定位,使他更樂於在詩中表現率性真實且平凡甚至有些平庸的自我。時間、生命的流逝、年齡的增長所引發的感傷、憂慮,渴望早日建功立業的自我追求,仕宦沉浮之際的悲歡喜憂之情,官軼陞遷之時的複雜感受,這些盡是平常人所發的歡喜憂愁、焦慮恐懼之情卻成為白居易所樂於、所善於表現的重要內容。這也正是後人「愛樂天詞旨曠達,沃人胸中」〔註18〕並稱其為「廣大教化主」〔註19〕的重要原因吧。而這種盡顯「平常心」的言行與佛教禪宗之理亦有不可忽視的關聯。

　　貞元、元和年間,禪宗尤其是南宗禪「以令人驚訝的勢頭迅速崛起,在禪宗中一枝獨秀,不過,這時崛起的南宗並不是早已聞名的菏澤宗,而是以馬祖道一禪師為首的洪州宗。」〔註20〕白居易在《傳法堂碑》中不僅提到了惟寬禪師於元和中被召入麟德殿問法之事,也記述了自己向惟寬禪師「問道」的經歷。從白居易的詩文及其所言及的禪師僧人來看,他曾與禪宗(北宗、牛頭宗、菏澤宗和洪州宗)、華嚴宗、淨土宗甚至密宗都有接觸並自言通學了大小乘法,並且他的佛教信仰也呈現出「不立門限,通學禪教各家」〔註21〕的突出特點,但是洪州宗的所謂「平常心是道」的思想理論在契合其「中人」的定位和生活情趣的同時,也促使他在參悟「平常心是道」的禪理、追求「自然適意」的人生的過程中將自己「平常心」的所感所悟、所想所得以

第 134～135 頁。

〔註18〕〔宋〕晁迥:《法藏碎金錄》,見《四庫全書》(第 1052 冊),上海:上海古籍出版社,1987 年版,第 431 頁。

〔註19〕〔唐〕張為:《詩人主客圖序》,見丁福保輯:《歷代詩話續編》,北京:中華書局,1983 年版,第 70 頁。

〔註20〕葛兆光:《中國禪思想史──從 6 世紀到 9 世紀》,北京:北京大學出版社,1995 年版,第 295 頁。

〔註21〕謝思煒:《白居易集綜論》,北京:中國社會科學出版社,1997 年版,第 289 頁。

詩歌的形式加以記錄和表現。所謂「平常心」就是指「無造作、無是非、無取捨、無斷常、無凡無聖」之心，也就是眾生所具有的不造作、不作分別之心；也是眾生所有的迷與悟而不偏頗之心。〔註22〕而這一「平常心」又恰恰是存在於日常的行住坐臥等活動中的。白居易向惟寬問道那年所作的強調「任運修行、隨緣應用」、且重視當下現實生活以得道解脫的《自誨》詩，恰好反映出詩人在尋求人生解脫的過程中對洪州禪「平常心是道」的理解和實踐：

> 樂天樂天，來與汝言。汝宜拳拳，終身行焉。物有萬類，錮人如鎖。事有萬感，爇人如火。萬類遞來，鎖汝形骸。使汝未老，形枯如柴。萬感遞至，火汝心懷。使汝未死，心化爲灰。樂天樂天，可不大哀，汝胡不懲往而念來。人生百歲七十稀，設使與汝七十期。汝今年已四十四，卻後二十六年能幾時。汝不思二十五六年來事，疾速倏忽如一寐。往日來日皆瞥然，胡爲自苦於其間。樂天樂天，可不大哀。而今而後，汝宜饑而食，渴而飲；晝而興，夜而寢；無浪喜，無妄憂；病則臥，死則休。此中是汝家，此中是汝鄉，汝何捨此而去，自取其遑遑。遑遑兮欲安往哉，樂天樂天歸去來。

正如謝思煒在對照了馬祖弟子慧海的一段問答後所指出的，白詩中的「饑而食，渴而飲；晝而興，夜而寢」正是洪州禪「行住坐臥應機接物皆是道」思想的進一步的個人發揮。這也是白居易後來在《有感三首》、《慵不能》等詩中所反覆表達且努力實踐的生活信念。〔註23〕

　　強烈的自我意識和生命意識使白居易常執著地關注自我的年齡、時間的流逝，傳統的價值體系迫使他以官位的高低、權力的大小爲標準來衡量評價自我價值。於是，白居易將常人所應有的對時間、生命

〔註22〕參閱方立天：《中國佛教哲學要義》，北京：中國人民大學出版社，2002 年版，第 467～477 頁。
〔註23〕參閱謝思煒：《白居易集綜論》，《中唐社會變動與白居易的人生思想》一章，北京：中國社會科學出版社，1997 年版，第 303～339 頁。

流逝的感傷、焦慮、恐懼之情，對功名利祿的渴望追求以及在仕宦得
失之間的患得患失之心和歡喜苦悶之情寫入詩中，通過詩歌來表達自
己與眾生相同的平凡心；同時，白居易所具有的自我反思的意識和漸
入佛教中得以強化的主體性自覺的反思精神使詩人在現實生活中又有
所領悟：執著於自我、執著於自我價值的實現只能使自己身心失衡，
陷於迷途之中而「自苦於其間」，只有在觀幻悟空的佛理中才能得到真
正的解脫。正如白居易早年在《和夢遊春詩一百韻》中所言的：

　　　　入仕欲榮身，須臾成黜辱。合者離之始，樂兮憂所伏。
　　愁恨僧衹長，歡榮刹那促。覺悟因傍喻，迷執由當局。……
　　貪爲苦聚落，愛是悲林麓。……障要智燈燒，魔須慧刀戮。

白居易在現實的生活中親身體悟了自己的這種認識並在詩中反覆表
現了自己的體悟。在形式化地記述真實數字和官俸的詩歌中，白居易
一方面表現了自己對時間生命流逝的感歎，另一方面也表現了自己不
斷的領悟以及擺脫自我執著後的解脫，這種解脫是隨著他對佛教的深
入而得以深化的。而詩人不偏不倚地對自我之「迷」與「悟」的表達
不正是自己對「平常心是道」的一種體悟和詮釋嗎？

　　綜上所述，白居易對數字真實記錄、對官俸如實記敘的詩作不僅
體現了詩人真實自然的個性和強烈的個體意識，更是詩人對洪州禪的
「平常心」的個人詮釋。白居易在《愛詠詩》曾言：

　　　　辭章諷詠成千首，心行歸依向一乘。坐倚繩床閑自念，
　　前世應是一詩僧。

詩歌創作與佛教信仰在白居易這裡得到了協調。二者的相互協調使他
的詩歌創作呈現出不同於他人的風貌：在感逝歎老的同時又有所超
脫；在自覺關注自我的痛苦焦慮中又有所自省，自省中尋求解脫；在
「詩性佔有」的同時也獲得了屬於自己的「心境交融」的體驗；在平
凡的人生中以與眾不同的表現方式對「平常心」進行了個人的詮釋。
在漸入佛教的過程中，白居易的個人創作也展現出與眾不同的創作風
貌。

第五章 「坐倚繩床閒自念，前世應是一詩僧」——白居易的詩學思想與佛學的關係

　　白居易以淺切平俗的詩風和現實主義的創作思想爲中唐多元化的詩歌創作和詩學思想留下了濃彩重抹的一筆。他淺易平俗的詩風也成爲後來歷代評論家所關注的重點。諷諭詩的創作以及《與元九書》等詩文中所表現出的現實主義精神也曾一度使白居易的諷諭詩成爲研究的重點。學者們雖然從多方面對白居易的詩風及其詩學思想進行了分析研究，但是卻很少有人關注白居易的詩風及其「根情」思想與佛學思想的關係。本章筆者試著從佛學思想的角度重新審視白詩淺切平俗的詩風和其「根情」的思想。

第一節　重探白詩的「淺切」及「俗」與佛教的關係

　　白居易的詩歌因「淺切」〔註1〕、「白俗」〔註2〕以及「老嫗能解」

〔註 1〕　〔唐〕李肇：《國史補·卷下》，見歷代學人撰：《筆記小說大觀·二十一編》，臺北：新興書局有限公司，民國六十七年（1978）版，第693頁。
〔註 2〕　〔宋〕蘇軾：《蘇東坡全集·卷三五》，北京：北京市中國書店，1986年版，第412頁。

〔註3〕之說而成為唐代「平易淺俗」詩風的代表。白詩也因受到上自「王公妾婦」、下至「牛童馬走」的社會各階層人的喜愛而流傳甚廣，以至於清人趙翼認為「香山詩名最著，及身已風行海內，李謫仙後一人而已。」〔註4〕無論評論者對白詩所具有的「淺切」和「俗」的風格是持褒獎的態度還是有貶低的傾向，他們卻都常常將白詩在社會上流傳深廣的程度與其「平易淺俗」的風格以因果關係的方式聯繫在一起。杜牧在《唐故平盧軍節度巡官隴西李府君墓誌銘》中所說的：

> 有元、白詩者，纖豔不逞……流於民間，疏於屏壁，子父女母，交口傳授，淫言媟語，冬寒夏熱，入人肌骨，不可除去。〔註5〕

在杜牧看來，正是元白詩的這種「纖豔不逞」、「淫言媟語」的淺俗之風才使得他們的詩作流於民間，得以子父女母，交口相傳。明人江進之在《雪濤小書》中則表達了另一種觀點：

> 白香山詩，不求工，只是好做。然香山自有香山之工，前不照古人樣，後不照來者議。意到筆隨，景到意隨，世間一切都著並包囊括入我詩內。詩之境界，到白公不知開擴多少。較諸秦皇、漢武，開邊啟境，異事同功，名曰「廣大教化主」，所來自矣。〔註6〕

在江進之看來，正是白居易詩包容「世間一切」的開闊性使他的詩作不僅「好做」而且也因此獲得了「廣大教化主」之名。而白詩中的「開擴」詩境和教化之名也是與其平易淺俗的特點緊密相連的。清人趙翼的言說就更加明確地將白詩的「坦易」與「沁人心脾」聯繫起來：

〔註3〕 〔宋〕釋・惠洪《冷齋夜話・卷一》，見陳友琴編：《白居易資料彙編》，北京：中華書局，1962年版，第161～162頁。

〔註4〕 〔清〕趙翼：《甌北詩話・卷四》，霍松林，胡主祐校點，北京：人民文學出版社，1981年版，第37頁。

〔註5〕 〔清〕董誥等編纂：《全唐文・卷七五五》，上海：上海古籍出版社，1990年版，第3472頁。

〔註6〕 陳友琴編：《白居易資料彙編》，北京：中華書局，1962年版，第226頁。

> 中唐詩以韓、孟、元、白爲最。韓、孟尚奇警，務言
> 人所不敢言；元、白尚坦易，務言人之所共欲言。……坦
> 易者多觸景生情，因事起意，眼前景、口頭語，自能沁人
> 心脾，耐人咀嚼。〔註7〕

在趙翼的眼中，「眼前景、口頭語」等所帶來的「坦易」是元白詩受
到喜愛得以廣泛流傳的重要原因。同樣，崇佛的晁迥也曾以「余嘗愛
樂天詞旨曠達，沃人胸中。」〔註8〕之句直接表白了自己對白詩所具
有的「沃人心胸」之特點的喜愛。白詩自傳世以來，有關其詩歌的平
易淺近且俗的詩風即成爲詩人及評論者所關注的重點。因而，與白居
易元稹同時代的李肇所作的「（詩章）學淺切於白居易」〔註9〕的言說
和宋人蘇軾「元輕白俗」的議論也幾乎成爲對白詩的定評。只是眾人
對「淺」與「俗」的見解各有不同。

　　在不同的藝術標準下，評論者對「淺、俗」的認識各有不同。正
如謝思煒所指出的：宋人「在潛意識中以爲雅必蘊藉，與蘊藉相對的
淺切自然就是俗。……從審美角度來看，宋人最不滿意於白詩的，是
它的繁，不夠蘊藉。」〔註10〕雖然歷代評論者中也不乏有肯定「白俗」
特點之人，但卻鮮有人徹底地從白居易個人的主觀意識入手來探尋白
居易自身對「平易淺俗」的自覺追求。對嗜詩的白居易而言，他從不
避言自己創作中的「繁」、「切」等特點，即使對由這些特點所引起的
弊病他也毫不避諱：

> 每下筆時，輒相顧語，共患其意太切而理太周，故理
> 太周則辭繁，意太切則言激。然與足下爲文，所長在於此，

〔註7〕〔清〕趙翼：《甌北詩話・卷四》，霍松林，胡主祐校點，北京：人
　　　　民文學出版社，1981年版，第37頁。
〔註8〕〔宋〕晁迥：《法藏碎金錄》，見《四庫全書》（第1052冊），上海：
　　　　上海古籍出版社，1987年版，第431頁。
〔註9〕〔唐〕李肇：《國史補・卷下》，見歷代學人撰：《筆記小說大觀・二
　　　　十一編》，臺北：新興書局有限公司，民國六十七年（1978）版，第
　　　　693頁。
〔註10〕謝思煒：《白居易諷諭詩的語言分析》，《文學遺產》，2006年第1期。

所病亦在於此。足下來序，果有詞犯文繁之説，今僕所和者，猶前病也。待與足下相見日，各引所作，稍刪其煩而晦其義焉。(《和答詩十首序》)

詩成淡無味，多被眾人嗤。上怪落聲韻，下嫌拙言詞。時時自吟詠，吟罷有所思。蘇州及彭澤，與我不同時。此外復誰愛，唯有元微之。(《自吟拙什因有所懷》)

至於諷喻者，意激而言質，閒適者，思澹而詞迂。以質合迂，宜人之不愛也。……又僕常語足下：凡人爲文，私於自是，不忍於割截，或失於繁多，其間妍媸，益又自惑，必待交友有公鑒、無姑息者，討論而削奪之，然後繁簡當否，得其中矣。況僕與足下爲文，尤患其多，已尚病之，況他人乎？(《與元九書》)

誠知老醜冗長，爲少年者所嗤。……然得雋之句，警策之篇，多因彼唱此和中得之，他人未嘗能發也。所以輒自愛重」。(《與劉蘇州書》)

具有自省意識的白居易對自己詩作的優缺點有著清醒的認識：意切、理周、詞繁、言激在詩人看來是長處也是病處。「繁、切」使詩歌顯得冗長、言盡意窮，因而才使人覺得「詩成淡無味」。詩歌的「無味」即意味著不夠蘊藉，「理周辭繁、意切言激」則正是導致其「無味」的重要原因。而且，詩人認爲時人不喜歡諷喻及閒適詩的原因在於諷諭詩的言辭樸實和閒適詩的不善言詞。可見，白居易對自己詩文的特點深有體會，所以他也在詩文中一再提到要在與好友元稹相見時共同討論詩文使之繁簡得當而各得其所之事。事實上，白居易自己清楚地知道只有與之相交甚密且創作觀相近的元稹才能夠真正理解自己的主觀追求。因此，雖然他明確詩作中的弊端但卻並沒有改弦易轍。倒是好友元稹在所作的《白氏長慶集序》中詳細地道出了白居易意切、理周、詞繁、言激在詩文中所表現的長處：

大凡人之文各有所長，樂天之長可爲多矣。夫以諷喻之詩長於激；閒適之詩長於遣；感傷之詩長於切；五字律

詩百言而上長於贍；五字七字百言而下長於情；賦、贊、
箴戒之類長於當；碑記、敘事長於實；啓、表、奏、狀長
於直；書、檄、詞、策、剖判長於盡。總而言之，不亦多
乎哉！

元稹從詩文的不同類別出發對白居易之所長給予了比較公允的評價。
雖然這些長處在某些時候也爲白詩帶來了弊端，但是從白居易並未改
變其文中之「病」的實際行動來看，詩人對元稹的評價應該是認同的。
那些白居易親自指出並且從不辯解的「繁、切」等缺點在他自己看來
是不可避免的，因爲詩人在自覺追求和實踐個人的任性率眞的「特性」
〔註11〕時所要突出表現的是詩章的眞切自然，而要達到這個目的必然
會有所失。正如謝思煒所分析的：「繁是切的可能結果之一，所以白居
易爲求切而不避繁。」「淺則是切的可能前提之一，在白居易看來實屬
當然，所以他根本不對這一點進行辯解，從沒有說過自己的詩不淺。」
〔註12〕切與諷諭詩的「爲君爲臣爲民爲物爲事而作」的創作目的相結
合就會出現「繁」與「激」的結果；爲使感傷詩、閒適詩等眞切自然
易入人心，辭淺而意切又是不可缺少的；對於「誘於一時一物，發於
一笑一吟，率然成章」又「取其釋恨佐懽」（《與元九書》）的雜律詩更
是詩人的率眞之作，淺切與繁則使這些雜律詩在眞切自然的同時增添
了「贍」、「情」之長。對於這些所謂的利與病白居易十分清楚，所以
在詩文中他只是對此有所檢討卻不肯在實踐中改變自己的追求。

　　事實上，李肇的「淺切」一語的確概括出了白詩的整體特點。但
自唐、五代以後，審美標準的變化使人們對淺切的理解逐漸與「俗」
結合到了一起。因而「老嫗能解」之說便應運而生並成爲白詩平易淺
俗的重要佐證。〔註13〕白詩本身所體現的風貌還是促使了許多評論家
將其平易、淺切的特點與其詩詞的口語化或近俗聯繫在了一起。明人

〔註11〕〔美〕宇文所安：《中國「中世紀」的終結》，陳引馳、陳磊譯，北
　　　　京：生活・讀書・新知三聯書店，2006 年版，第 14 頁。
〔註12〕謝思煒：《白居易諷諭詩的語言分析》，《文學遺產》，2006 年第 1 期。
〔註13〕《唐宋詩醇》、《詩人玉屑》都曾經辯別其爲妄說。

王世貞曾言：

> 張爲稱白樂天廣大教化主，用語流便，使事平妥，固其所長。極有冗易可厭者，少年與元稹角靡逞博，意在警策痛快，晚更作知足語，千篇一律。〔註14〕

他甚至認爲徐凝等白居易之流的詩句毫無風雅可言，是「張打油、胡釘鉸」〔註15〕的作俑者。這是將白詩的平易淺切與貶義之「俗」等同的典型觀點。即使是對白詩之平易淺切持肯定態度的趙翼也將其「坦易」與「口頭語」聯繫在了一起。白居易的諷諭詩以「質、徑、直、切」的突出特點一直被人們認爲是其平易淺俗之詩風的代表。可是，在謝思煒對白居易的諷諭詩中的用典和口語詞進行分析後卻發現，白詩中的典故和書面語雖然比較容易理解，但也並不像人們想像中得那樣曉暢易懂；而且其使用口語詞入詩的情況在唐詩中也並不是十分突出，他所用的語言也是符合唐代文人詩的一般規範的。比如，《秦吉了》有「亦有鸞鶴群，閒立揚高如不聞。」一句，「鸞鶴群」是詩人用來正喻專務自固、不任事之大臣的。而即使認爲白詩淺俗的宋人實際上也並不明白此句意之所出。而從其諷諭詩中所使用的口語詞或當時的俗語情況的統計數字來看，白居易的諷諭詩在語言的使用上應當說是屬於比較古典的。因而，從包括諷諭詩在內的白詩的整體風貌來看，「白詩的『淺切』真正來自口語成分的並不多，而是在文人書面語範疇內、合於文人創作傳統而又經過作者努力發揮形成的一種語言風貌。」〔註16〕爲了使自己的詩作呈現出自己的語言風貌並達到真切自然的效果，白居易「選擇那些與書面表達基本一致、最容易融入書面語的詞彙和表達方式，」〔註17〕而不是隨意的口語式的表達。正如

〔註14〕〔明〕王世貞：《藝苑卮言‧卷四》，見丁福保輯：《歷代詩話續編》（中），北京：中華書局，1983 年版，第 1011 頁。

〔註15〕丁福保輯：《歷代詩話續編》，北京：中華書局，1983 年版，第 1012 頁。

〔註16〕謝思煒：《白居易諷諭詩的語言分析》，《文學遺產》，2006 年第 1 期。

〔註17〕謝思煒：《白居易諷諭詩的語言分析》，《文學遺產》，2006 年第 1 期。

他自己在《詩解》中所言「舊句時時改，無妨悅性情。」仔細的斟酌
與頻繁的修改對詩人來說不僅僅是爲了愉悅自己的性情，更重要的是
使得自己的詩作在整體上呈現出平易淺俗的風貌。《詩人玉屑》的「樂
天」一條云：

> 冷齋夜話云：白樂天每作詩，令一老嫗解之，問曰，
> 解否？嫗曰，解，則錄之。不解，則又復易之。故唐末之
> 詩近於鄙俚。又張文潛云：「世以樂天詩得於容易，而未嘗
> 於洛中一士人家，見白公詩章數紙，點竄塗抹，及其成章，
> 殆與初作不侔。」苕溪漁隱曰：樂天詩雖涉淺近，不至盡
> 如冷齋所云，余舊嘗於一小說中曾見此說，心不然之，惠
> 洪乃取而載之詩話，是豈不思詩至於老嫗解，烏得成詩也
> 哉！余故以文潛所言，正其謬耳。〔註18〕

張文潛和《苕溪漁隱》之語再次證明了白詩之「淺切」及「俗」之風
貌的來之不易。實質上，「淺切」也好「白俗」也罷，這種所謂的風
貌都是白居易在詩章中追求實踐自我「特性」的產物。

　　對白居易而言，他所追求的是自己的那份任性率眞和表現在詩中
的眞切自然。《故京兆元少尹文集序》中，白居易開篇即表達了個人
對詩文創作的觀點：

> 天地間有粹靈氣焉，萬類皆得之，而人居多，就人中
> 文人得之又居多。蓋是氣，凝爲性，發爲志，散爲文。粹
> 勝靈者，其文沖以恬；靈勝粹者，其文宣以秀；粹靈均者，
> 其文蔚溫雅淵，疏朗麗則，檢不扼，達不放，古淡而不鄙，
> 新奇而不怪。

　　從大量的創作實踐中白居易體悟到中國傳統詩學中所謂感物的
奧妙在於以氣感物而成詩文。他認爲文人得到了更多的天地之粹靈
氣，凝聚則成情性，闡發而成爲志，分散表達而成爲「文」。同時由
不同的氣化成的「志」、「文」則使「文」呈現出不同的風貌，即有的

〔註18〕〔宋〕魏慶之：《詩人玉屑》，上海：上海古籍出版社，1978年版，
　　　第151頁。

「文」「沖以恬」，有的「宣以秀」，有的則呈現出「蔚溫雅淵，疏朗麗則，檢不扼，達不放，古淡而不鄙，新奇而不怪」的風貌。如果說白居易以「氣」論詩文的觀點，不僅是中國古代文論的典型代表，也是中國古代獨特的文化與思維方式的突出體現的話，那麼他對「氣」與「文」之間的關係的認識則顯示出其不同於中國傳統的感物說的觀點。在白居易看來，文人從天地間所得到的粹靈氣是有所不同的。粹靈氣的不同導致了文人的「性」、「志」及「文」的相異。因而才有了各種「文」之風格面貌的差異。在「文」與「氣」的關係上白居易一方面繼承了中國傳統文論中的文氣說即主體之氣由天地賦予，另一方面他則更加強調主體即文人內在之氣對文風的重要作用。也就是說，主體感物發而為文不僅是客體之「氣」的蒸騰襲人，更緣於主體之「氣」。文人內在的「粹」與「靈」的關係的不同決定了文人粹靈氣所外化而成的「文」的不同風貌。因此，白居易的這種觀點中所包含的是一種對「氣」與「文」的辯證的整體性的認識，與傳統的文氣說同中有異。這種觀念體現出白居易對文人創作的主體性的重視。對主體性的重視也成為他追求並實踐自我「特性」的原動力。

白居易知道自己的詩歌無法做到如劉禹錫般的精鍊、或如韋應物一樣澹遠。常以「中人」自居的他自然會將自己定位為「粹靈均者」。因此對「蔚溫雅淵，疏朗麗則，檢不扼，達不放，古淡而不鄙，新奇而不怪」的文風的追求也成為其「特性」的組成部分。他在創作實踐中努力實踐著屬於自己的「特性」。而恰恰是這種「特性」使得他的詩歌帶上了一些「俗」氣。作為評語詞，「俗」的應用對象是比較寬泛的。瑣碎無聊、情調不高的可以被稱為俗，接近世情又平庸無奇的可以被成為俗，冗長煩瑣而又使用過多的也可以被成為俗。不管是題材、內容或是形式、手法等等，只要是評論者認為是太平常、太個人化或不恰當的都可能被視為俗。白居易所追求的任性率真恰恰成為其詩作被評定為「俗」的根源。因為白居易所追求的任性率真之「特性」本身就具有強烈的個人化和主體性的色彩。而白居易又將這種「特性」

在詩中的表現與自我緊密聯繫在一起，這種任性率眞與詩作的眞切自然相結合很容易因題材、內容等方面的個人化而被評定爲「俗」。即便如此，白居易似乎對此並不在乎，他用畢生的精力實踐了自己的「特性」。「特性」也正是中唐作家所重視和追求的。宇文所安在其《特性與獨佔》一文中曾明確指出：「中唐時期最重要的文學嬗變軌跡之一：也就是說，意識到個人身份，特別是『眞』的身份，必須具有與眾不同的特性。……特性不僅是中唐作品津津樂道的主題，它還以中唐作家刻意求異的風格出現。」〔註19〕不只是白居易，與其同時代的韓孟等人詩作中所表現出的尚怪之風也同樣是他們對自我「特性」追求的結果。對白居易來說，其「眞」的「特性」的確立以及自覺的表現與詩人的思想特別是在佛禪指導下所形成的思想密切相關。

　　作爲外來文化的佛教在中國傳播的過程中雖然有所變化，但是其追求智慧與解脫的根本性宗旨從未改變，反而伴隨著禪宗的興盛變得更爲突出。佛教智慧是「由個人心靈的體認與感悟而來的洞見」，〔註20〕由覺悟而獲得的解脫也是在個人智慧的基礎上所體驗到的具有內在超越性的境界。中國佛教尤其是禪宗則將這種解脫看作是一種「『安心』、『自然』、『適意』等純粹心理化的人生境界」〔註21〕。事實上，佛禪所具有的這種「完全心靈化的內在自覺、徹底無功利的精神超越，在古代幾乎只能是文人士大夫的專利。」〔註22〕特別是在佛教等宗教文化思想盛行的中唐，文人士大夫與佛教的接觸是很自然的。在接觸中他們也在人生態度、觀念、行爲等多方面受到了影響。自言「交遊一半在僧中」（《喜照密閑實四上人見過》）的白居易也不

〔註19〕〔美〕宇文所安：《中國「中世紀」的終結》，陳引馳，陳磊譯，北京：生活・讀書・新知三聯書店，2006 年版，第 14 頁。

〔註20〕葛兆光：《中國禪思想史——從 6 世紀到 9 世紀》，北京：北京大學出版社，1995 年版，第 18 頁。

〔註21〕葛兆光：《中國禪思想史——從 6 世紀到 9 世紀》，北京：北京大學出版社，1995 年版，第 29 頁。

〔註22〕葛兆光：《中國禪思想史——從 6 世紀到 9 世紀》，北京：北京大學出版社，1995 年版，第 33 頁。

例外。天性敏感、體質羸弱的白居易具有很強的生命意識。生活的坎坷使他在早年的詩作中便表現出對人生苦樂、憂喜的體驗和感歎。

> 滿眼雲水色，月明樓上人。旅愁春入越，鄉夢夜歸秦。道路通荒服，田園隔虜塵。悠悠滄海畔，十載避黃巾。（《江樓望歸 時避難在越中》）

> 明月滿深浦，愁人臥孤舟。煩冤寢不得，夏夜長於秋。苦乏衣食資，遠爲江海遊。光陰坐遲暮，鄉國行阻修。身病向鄱陽，家貧寄徐州。前事與後事，豈堪心並憂。憂來起長望，但見江水流。雲樹靄蒼蒼，煙波澹悠悠。故園迷處所，一念堪白頭。（《將之饒州江浦夜泊》）

> 十年常苦學，一上謬成名。擢第未爲貴，賀親方始榮。時輩六七人，送我出帝城。軒車動行色，絲管舉離聲。得意減別恨，半酣輕遠程。翩翩馬蹄疾，春日歸鄉情。（《及第後歸覲留別諸同年》）

> 天冷日不光，太行峰蒼莽。嘗聞此中險，今我方獨往。馬蹄凍且滑，羊腸不可上。若比世路難，猶自平於掌。（《初入太行路》）

在這些作於公元 804 年前的詩中，白居易的縈切已經初露端倪。爲了更加眞切地表達自己複雜的感情，詩人較爲詳盡地描繪了境、情、景、意並使其感情顯露無遺。從避難的感歎到及第後的得意與鄉愁的複雜交融之情，從身病家貧的生活艱辛到時世途的險惡，白居易在詩中較爲詳盡地表達了自己的憂愁與煩惱，他甚至直接在詩中運用了「旅愁」、「愁人」、「並憂」等詞。而《初入太行路》中詩人所運用的「天冷」、「羊腸」、「凍且滑」、「日不光」等詞語則更凸顯了白詩的淺顯易懂。

愁苦憂傷極易使人身心難以平衡而失去自己眞實的本性。白居易深知擺脫困擾並非易事。因此，他選擇兼用佛教、老莊的思想來尋求平和的身心並保持自己任性率眞的本性。

> 誤落聞見中，憂喜傷形神。安得遺耳目，冥然反天眞？

（《題贈定光上人》）

　　　息亂歸禪定，存神入坐亡。斷癡求慧劍，濟苦得慈
航。……可憐身與世，從此兩相忘。（《渭村退居寄禮部崔
侍郎翰林錢舍人詩一百韻》）

無論是「反天眞」還是身世「兩相忘」，詩人所追求的是一種身心平
衡、遂自我之性而生活的狀態。在與佛教日漸深入的接觸中，白居易
的生命意識不斷深化並促發了他對個人主體意識的自覺。這種自覺進
一步促使詩人將自己的任性率眞與詩歌創作緊密結合從而確立了屬
於自己的「特性」和風格。

　　佛教是「重視人的主體性思維的宗教哲學。」〔註23〕其引導人
覺悟的根本途徑不是或者說不只是「以外界的客觀事物爲對象進行考
察、分析，從而求得對外界事物的具體看法」〔註24〕，而是從主體意
識出發，「按照主體意識的評價和取向來賦予世界以某種價值意義（如
「空」）」。〔註25〕中唐時期達到鼎盛的禪宗思想更是極大地提高了人
的主體性意識的地位。印度佛教中原有的心性思想在中國傳播的同時
得到繼承和發展。唐代影響較廣的華嚴宗、天台宗、禪宗等都將心性
論作爲其核心思想。禪宗更是突出強調心性的作用，其各派系「著重
從人的心性方面去探求實現生命自覺、理想人格和精神自由的問題。」
〔註26〕無論南宗禪、北宗禪還是南宗下的洪州、臨濟、牛頭等各派，
中國佛禪思想在印度佛教「心性本淨」思想的基礎上發展出「性覺」
說，即「不生不滅的如來藏，也即眾生具有本原性的眞心，就是『本
覺』。眞心的本性是眞實認知，它的智慧光明遍照一切，是爲最高主

〔註23〕方立天：《中國佛教哲學要義》，北京：中國人民大學出版社，2002
　　　　年版，第602頁。
〔註24〕方立天：《中國佛教哲學要義》，北京：中國人民大學出版社，2002
　　　　年版，第603頁。
〔註25〕方立天：《中國佛教哲學要義》，北京：中國人民大學出版社，2002
　　　　年版，第603頁。
〔註26〕方立天：《中國佛教哲學要義》，北京：中國人民大學出版社，2002
　　　　年版，第368頁。

體性。」〔註27〕南宗「明心見性」、「平常心是道」、「即事而眞」等思想的提出進一步強調了人作爲主體的自主性意識並充分發掘了個體對主體意識的自覺。強烈的生命意識使白居易在詩中一再地表達人生苦短的感歎：

> 人生如火石，爲樂常苦遲。(《秋懷》)

> 人生苦營營，終日群動間。(《別楊穎士盧克柔殷堯藩》)

> 人生不得常歡樂，年少須臾到老來。(《短歌行》)

這種感觸使任性率眞顯得尤爲重要。涉世越深，詩人越發清楚地體會到保持自我本性的可貴。因此，詩人自覺地通過詩歌展現其任性率眞的「特性」，即使他晚年自封爲居士皈依佛教也不能改業棄詩。因爲章句不僅僅是詩人的「癖習」更是體現詩人自身價值及「與眾不同的特性」和風格的平臺。正如宇文所安所指出的：「特性是與所有權和佔有物新發生的興趣緊密相連的，所有權和佔有物就像個體身份一樣，其概念的存在取決於對他人的排拒。……無論是在個人還是在群體的層面上，具有特性的個體總試圖劃出一個專屬於自己的空間；它佔有對象，並從事在它看來是『正當』的活動。」〔註28〕對「我生業文字，自幼及老年」(《題文集櫃》)的白居易來說，詩章就是他的「業」。此「業」不僅表現出詩人在佛教思想體系中對自我的深刻反思，也表明了詩人對詩章的癖好。這種以詩爲「業」的強烈的主體性意識促使他將詩歌打上了「具有特性的個人風格」〔註29〕的烙印。因爲只有在以詩人爲中心的詩歌中其自身的價值才能得到體現，由此世間的一切才具有了意義。這種自覺性的主體意識，伴隨著白居易對人生無常的深切體認，進一步促使他要將眞正屬於自己的詩歌傳於後世。

〔註27〕方立天：《中國佛教哲學要義》，北京：中國人民大學出版社，2002年版，第600頁。

〔註28〕〔美〕宇文所安：《中國「中世紀」的終結》，陳引馳，陳磊譯，北京：生活・讀書・新知三聯書店，2006年版，第14～15頁。

〔註29〕〔美〕宇文所安：《中國「中世紀」的終結》，陳引馳，陳磊譯，北京：生活・讀書・新知三聯書店，2006年版，第28頁。

　　　　一篇長恨有風情，十首秦吟近正聲。每被老元偷格律，
　　苦教短李伏歌行。世間富貴應無分，身後文章合有名。莫
　　怪氣粗言語大，新排十五卷詩成。（《編集拙詩成一十五卷
　　因題卷末戲贈元九李二十》）

對「身後文章」之名的在意白居易毫不諱言，而且他還前後三次將
自己的詩作編集送往寺院保存。可見他對自己的詩文的重視。妥善
保存詩文只是確保文章傳世的一個方面，確保詩文傳世的最可靠和
最重要的方面在於「擁有一種獨特的風格或者一篇不同尋常地描述
了某一經驗或地方的作品」。〔註30〕這種獨特的風格和不同尋常的描
述就是詩人「具有特性的個人風格」的體現。白居易要將自己任性
率真的「真」「特性」在詩中真切自然地表現出來，這也使他的詩作
同時帶有了真切、自然、率性的特點。任性率真的「特性」使他在
詩歌中或「吟玩情性」，或「事物遷於外，情理動於內，隨感遇而形
於歎詠」，或「誘於一時一物，發於一笑一吟，率然成章」，或對「所
適所感，關於美刺興比者」，「因事立題」（《與元九書》）來表達自己
的兼濟之志和獨善之意。不同的境遇之中，白居易總是能夠以真切
自然的風格將自我的任性率真表現出來，毫無矯揉造作之情。比如
《賣炭翁》一詩：

　　　　賣炭翁，伐薪燒炭南山中。滿面塵灰煙火色，兩鬢蒼
　　蒼十指黑。賣炭得錢何所營？身上衣裳口中食。可憐身上
　　衣正單，心憂炭賤願天寒。夜來城外一尺雪，曉駕炭車輾
　　冰轍。牛困人飢日已高，市南門外泥中歇。翩翩兩騎來是
　　誰？黃衣使者白衫兒。手把文書口稱敕，回車叱牛牽向北。
　　一車炭，千餘斤，宮使驅將惜不得。半匹紅綃一丈綾，繫
　　向牛頭充炭直。

　　這是一首眾所周知的白居易諷諭詩的代表作。此篇的小序為「苦
宮市也。」這是一篇因事而感所作的揭露當時宮市苦民之本質的詩

〔註30〕〔美〕宇文所安：《中國「中世紀」的終結》，陳引馳、陳磊譯，北
　　　京：生活‧讀書‧新知三聯書店，2006年版，第28頁。

篇。〔註31〕陳寅恪先生在考證此詩時曾明確指出：「白氏之詩，誠足當詩史……其寄唐生詩中所謂『轉作樂府詩。』『不懼權豪怒。』者，（白氏長慶集壹。）洵非誇詞也。」〔註32〕由此可見，這篇「卒章顯其志」（《新樂府序》）的樂府詩不僅是爲君爲臣爲民之作，也是詩人的任性率眞之作。元和初年在宮中任職的白居易具有強烈的兼濟之心，所以賣炭翁這樣的「宮市病民之實況」〔註33〕在觸動詩人同情民眾之心的同時也引發了他對社會政治的反思。於是詩人以率眞之情將宮市病民之本質，通過賣炭翁的經歷在詩中表現出來，而且詩人以平淺的語言「徑直鋪敘，與史文所載者不殊」〔註34〕這種眞切自然的風格也使其詩作更易於「教化」眾生。可以說，白居易的諷諭詩都是在他懷有兼濟之志時的任性率眞之作。說他任性率眞主要是因爲爲了使詩歌達到補察時政、瀉導人情的目的，詩人不只是對權豪之怒毫不畏懼，而且在創作中不避意切、理周、辭繁、言激之病，坦率眞實且毫無顧忌地將自己的感情、思想用平易的語言表達出來。這種平易、直切的特點也成爲白居易佔據「教化主」之位的重要原因之一。當然，這些詩中的確存在著太盡、太露等缺點，但這些弊病也因詩人的任性率眞而成爲了白居易詩文中具有「特性」的弊病。

在「思澹而詞迂」（《與元九書》）的閒適詩、外物牽而情理動而成的感傷詩和「時之所重，僕之所輕」（《與元九書》）的雜律詩中，白居易更是將其天性的率眞與眞切自然的風格緊密地結合在一起，因而才有了前文元微之所謂的：「閒適之詩長於遣；感傷之詩長於切；

〔註31〕陳寅恪先生曾在《元白詩箋證稿》中指出：「其事又爲樂天所得親有見聞者，故此篇之摹寫，極生動之致也。」參閱陳寅恪：《隋唐制度淵源略論稿（外二種）》，石家莊：河北教育出版社，2002年，第553頁。
〔註32〕陳寅恪：《隋唐制度淵源略論稿（外二種）》，石家莊：河北教育出版社，2002年，第555頁。
〔註33〕陳寅恪：《隋唐制度淵源略論稿（外二種）》，石家莊：河北教育出版社，2002年，第555頁。
〔註34〕陳寅恪：《隋唐制度淵源略論稿（外二種）》，石家莊：河北教育出版社，2002年，第555頁。

－166－

五字律詩百言而上長於瞻；五字七字百言而下長於情」(《白氏長慶集序》)的優點。這些長處正是白居易「具有特性的個人風格」的體現。無論是詩人受洪州禪「平常心是道」的影響而創作的如《食筍》、《烹葵》、《食飽》、《沐浴》、《安穩眠》等與吃飯睡眠等瑣屑之事相關的充滿世俗性和日常性的詩歌，〔註35〕還是在佛禪思想的引導下以自我主體意識的自覺為中心、因「事物牽於外，情理動於內」(《與元九書》)而作出的具有「個人化的詮釋」〔註36〕的感傷詩，又或是被杜牧稱為「纖豔不逞」、「淫言媟語」的宮體詩以及長於「瞻、情」的《琵琶行》、《長恨歌》之類的詩作，都是詩人在特定的境遇中任性而作的表達其率真之情、強調其真切自然之風格的作品。詩人越是強調自己的「特性」和風格就越是反思其弊病或進行自嘲。他常常將自己和「愚」、「迂」、「拙」等詞聯繫在一起，稱自己為「愚叟」、「迂叟」，稱自己的詩句為「拙什」、「詞迂」，甚至還將「迂叟」作為自己的別號。實際上，不管是「拙」、「迂」還是「繁」、「切」，這些評價都是詩人從社會所認可的或者是常規的角度對自我所進行的可能的評價。〔註37〕詩人所作出的這些可能性的自我評價恰恰凸顯了他對屬於自己的「具有特性的個人風格」的詩歌及其創作活動的自覺和極度重視。因而，白居易雖然能夠做到「舊句時時改」但卻不會改變可能被他人所指謫的屬於自己的體現任性率真「特性」的真切自然的風格。

　　白居易所自覺追求和實踐的個人風格是具有任性率真「特性」的真切自然。這種追求與實踐使其詩歌表現出「淺切」、「白俗」的特點。張鎡《讀樂天詩》云：

　　　　讀到香山老，方無斧鑿痕。目前能轉物，筆下盡逢源。

────────────

〔註35〕參閱蕭馳：《佛法與詩境》，北京：中華書局，2005 年版，第 179～180 頁。

〔註36〕〔美〕宇文所安：《中國「中世紀」的終結》，陳引馳，陳磊譯，北京：生活・讀書・新知三聯書店，2006 年版，第 66 頁。

〔註37〕參閱〔美〕宇文所安：《中國「中世紀」的終結》，陳引馳，陳磊譯，北京：生活・讀書・新知三聯書店，2006 年版，第 14 頁。

　　　　學博才兼裕，心平氣自溫。隨人稱白俗，眞是小兒言。〔註38〕
對於學博才裕的白居易來說，他用一生來追求和實踐的「身後文章合
有名」的獨特風格最終得以實現。

第二節　試探白居易的「根情說」與佛教的關係

　　白居易的詩歌理論中較爲突出的是其有關諷論詩創作的「爲君爲
臣爲民爲物爲事而不爲文」（《新樂府序》）的現實主義精神和「文章
合爲時而著，歌詩合爲事而作」（《與元九書》）的思想。而詩人在《與
元九書》中所表述的「詩者，根情，苗言，華聲，實義。」思想卻很
容易被忽略。縱觀白居易前後期與論詩有關的詩文即可發現，在其詩
歌創作的思想中，「詩根於情」即重「情」的觀念是貫穿於白居易思
想中的重要內容。對情的重視也成爲其詩論思想區別於魏晉即已確立
的詩論思想的一個重要方面。

　　魏晉時期，中國詩學便已經確立了「感物」的傳統。從《禮記・
樂記》中關於「樂」（此處之「樂」實爲音樂、詩歌、舞蹈的統一體）
的「樂者，音之所由生也，人心之感於物也。」的論說到劉勰的「情以
物遷，辭以情發」，「詩人感物，聯類不窮」，（《文心雕龍・物色》）再到
鍾嶸的「氣之動物，物之感人，故搖蕩性情，形諸舞詠。若乃春風春鳥，
秋月秋蟬，夏雲暑雨，冬月祁寒，斯四侯之感諸詩者也。嘉會寄詩以親，
離群託詩以怨。……凡斯種種，感蕩心靈，非陳詩何以展其義？非長歌
何以騁其情？」（《詩品序》）到魏晉南北朝時中國傳統詩學在理論上形
成了著名的「物感說」。即認爲自然現象對文人創作起到了觸興起情的
作用。就詩歌而言，詩人因「感物」而有情，情動而發則成詩。只是經
過劉勰和鍾嶸的發展，「物」的視野已經從劉勰之「物」即包括自然景
物在內的一切客觀外物，發展成爲鍾嶸之「物」即包括自然風物、現實

〔註38〕　〔宋〕張鎡：《南湖集・卷四》，見《四庫全書》（第 1164 冊），上海：
　　　　上海古籍出版社，1987 年版，第 566 頁。

境遇和社會人事。鍾嶸將社會生活中的各種悲歡離合、榮辱憂樂完全納入到感人之「物」的範疇中，而此「物」的範疇幾乎可以囊括可言述的一切。也正是這種種因「物」而感發所形成的主題使後世文學創作呈現出豐富多彩的形態。特別是唐代，離別、邊塞、愛情、女性、自我生活等等都成為文人尤其是詩人所樂於且長於表現的題材，這些多元化的題材及內容也成就了唐代詩歌創作的輝煌。

作為有著豐富創作經驗的文人，白居易在承繼了傳統的「物感」思想的基礎上又有著自己的看法。在《策林‧采詩》中白居易論述以采詩「補察時政」的重要性時便體現了與傳統思想同中有異的特點：

> 大凡人之感於事則必動於情，然後興於嗟歎，發於吟
> 詠，而形於歌詩矣。……故國風之盛衰，由斯而見也；王
> 政之得失，由斯而聞也；人情之哀樂，由斯而知也。

此時，志在兼濟的白居易是從「補察時政」的角度出發來談論詩歌的。他認為，詩歌是人「感事」「動情」的產物。因此，從所採之詩就可以知道人情的哀樂，國家政策的得失，國風的盛衰。當然，這裡的「人情」主要是指與「時政」相關的「情」，「事」也主要是指與「時政」相關的「事」。《采詩》中，白居易繼承了《禮記》以來的傳統詩學中的感物思想，所不同的是他以「事」替代了「物」，而將社會生活中的各種事件以及自然風物作為了詩人的感應對象。他進一步將鍾嶸之「物」的思想發展為了「事」。在《策林‧復古樂古器》中，白居易更是提出了「樂者本於聲，聲者發於情，情者繫於政」的觀點。在古代，詩與樂本是合一的，因此這種音樂之情亦繫於政的命題也同樣適用於詩歌。在白居易看來，強調並充分發揮詩歌的社會功利性是詩人實現兼濟天下之志的重要工具。所以他才在《寄唐生》、《讀張籍古樂府》、《與元九書》等詩文中如此凸顯自己「為君為臣為民為物為事而作，不為文而作也」（《新樂府序》）、「文章合為時而著，詩合為事而作」（《與元九書》）的觀點。雖然此時他所謂的「事」主要都是與時政相關的事，他所謂的「情」也是繫於時政的情，但對「事」與「情」

的重視卻正是其詩論的獨到之處。在「爲君爲臣爲民爲物爲事而作」
(《與元九書》)的創作目的下，白居易所關注的是由關係國計民生之
「事」所引發的時政之「情」而成的詩作。雖然這類有較強目的性的
詩作只是他創作的一部分，但白居易在關注這類詩歌「補察時政」的
同時，也看到了其「洩導人情」的作用。作爲一位頗有思想又重視情
性的詩人，白居易對「詩」與「情」關係有著獨到的見解。

在白居易之前，詩緣情而發的思想已得到了廣泛的認同。具有豐
富創作經驗的白居易更是對「情」有著深刻的體認：

　　已感歲倏忽，復傷物凋零。孰能不慘凄，天時牽人情。
(《客路感秋寄明準上人》)

　　春花與秋氣，不感無情人。(《題贈定光上人》)

　　外事牽我形，外物誘我情。(《寄李十一建》)

　　移座就菊叢，糕酒前羅列。雖無絲與管，歌笑隨情發。
(《九日登西原宴望》)

　　人生有情感，遇物牽所思。(《庭槐》)

　　念茲庶有悟，聊用遣悲辛。慚將理自奪，不是忘情人。
(《念金鑾子二首》之二)

　　自知氣發每因情，情在何由氣得平。(《病氣》)

　　食飽拂枕臥，睡足起閒吟。淺酌一杯酒，緩彈數弄琴。
既可暢情性，亦足傲光陰。(《食飽》)

　　新篇日日成，不是愛聲名。舊句時時改，無妨悅性情。
(《詩解》)

　　取興或寄酒，放情不過詩。何必苦修道，此即是無爲。
(《移家入新宅》)

　　興來吟一篇，吟罷酒一卮。不獨適情性，兼用扶衰羸。
(《對酒閒吟贈同老者》)

　　馬死七年猶悵望，自知無乃太多情。(《往年稠桑曾喪
白馬題詩廳壁今來尚存又復感懷更題絕句》)

從早年到晚年，白居易的詩作從未脫離「情」。雖然他曾經以「雅哉
君子文，詠性不詠情。使我靈府中，鄙吝不得生。始知聽韶韺，可使
心和平。」(《祗役駱口驛喜蕭侍御書至兼睹新詩吟諷通宵因寄八韻　時
為周至尉》) 的詩句表達過對所謂詠性而不詠情的君子之文的肯定，
但對他自己的創作來說，白居易所表現且關注的恰恰就是「情」。無
論是從社會現實出發因社會時政之事所引起的「繫於政」的情，還是
「天時」「外物」以及境遇等所誘發的「寓興放言」之情，說到底對
白居易而言，它們都是與自己的創作密切相關並且是自己通過創作所
要表達的個人之「情」。正是由於白居易有情、多情卻又無法「忘情」，
才會使他「遇物牽所思」，才會使他因情動「隨感遇而形於歎詠」(《與
元九書》) 並成詩。而詩成後的吟詠不僅可以令詩人「放情」、「悅情」，
還可以「適情」、「暢情」。正如前面所列舉的詩作，白居易在詩中反
覆表達了個人對情的認識和體驗。歲月的流逝、四季的更替，自然界
的變化、生活的經歷、人生的境遇等自然界、社會生活中的形形色色
的各種「事」與「物」、「境」與「遇」都會引發詩人的「情」與「感」，
自己的這些情感要通過詩歌飲酒才能痛快淋漓地表現出來。這也許就
是白居易喜愛酒與詩的原因吧。同時對愛詩的白居易來說，吟詠並修
改舊詩與創作新詩同樣可以愉悅、安適自己的性情。因此，詩酒不只
是白居易放逸、舒暢自我之情的手段，也是使自己的性情達到愉悅、
安適之狀態的重要手段。從這個角度來說，白居易從詩酒中所獲得的
與他通過「平常心是道」、「觸事即真」等佛禪之理和老莊的無為逍遙
思想所得有著異曲同工之妙。所以，他曾以「何必苦修道，此即是無
為」的詩句瀟灑地表達了自己對南宗禪所提倡的「自然適意」的理解。
由此也顯現出白居易對「情」的重視。

在《與元九書》中白居易明確地提出了「詩者，根情、苗言、華
聲、實義」的觀點。他認為：

> 感人心者，莫先乎情，莫始乎言，莫切乎聲，莫深乎
> 義。詩者，根情、苗言、華聲、實義。上自賢聖，下至愚

呆，微及豚魚，幽及鬼神。群分而氣同，形異而情一，未
有聲入而不應，情交而不感者。……音有韻，義有類；韻
協則言順，言順則聲易入。類舉則情見，情見則感易交。

根據個人對情的體驗和認識，白居易還將自己的詩作分為四類即「諷
諭詩」、「閒適詩」、「感傷詩」、「雜律詩」並對此作出了自己的解釋：

自拾遺來，凡所適、所感，關於美刺興比者；又自武
德訖元和，因事立題，題為新樂府者，共一百五十首，謂
之「諷諭詩」。又或退公獨處，或移病閒居，知足保和，吟
玩情性者一百首，謂之「閒適詩」。又有事物牽於外，情理
動於內，隨感遇而形於歎詠者一百首，謂之「感傷詩」。又
有五言、七言、長句、絕句，自一百韻至兩韻者四百餘首，
謂之「雜律詩」。「其餘『雜律詩』，或誘於一時一物，發於
一笑一吟，率然成章」。

從白居易對詩與情的相關理解與闡釋可以看出，他對詩與情的認識與
傳統詩學的觀點不盡相同。在繼承傳統詩學「感興」的基礎上，白居
易所表現出的對極具個體主觀性的「情」的重視以及對詩歌的整體性
認識等思想將其與魏晉以來的傳統詩歌理論思想區別開來。

為了使詩歌能夠感人心，白居易認為應該注重「情、言、聲、義」
四個方面。因此，他運用形象的比喻對自己所理解的「詩」作出了定
義，即「詩者，根情、苗言、華聲、實義。」白居易以植物作比來表
達他所定義的詩歌。植物的根、苗、花和果實分別與詩歌的情、言、
聲、義相對應。這種形象而恰當的比喻反映出白居易對詩歌的全面且
整體的觀照。這種對詩歌的整體性觀照在他人的詩論中幾乎是沒有見
過的。白居易不僅全面深刻地揭示了詩歌的本質也看到了詩歌創作作
為文學藝術活動的整體性。就詩歌而言，其根在於詩人之情。詩人之
情動，發為言辭，以音韻配合言辭並將詩歌的理與意義蘊於言辭之中
而形成了詩。因此，情、言、聲、義是詩歌不可或缺的四個要素。此
四要素的重要性在白居易看來，不僅體現在詩歌的創作中也體現在詩
歌「感人心」的作用方面。正如其所言：「音有韻，義有類；韻協則言

順，言順則聲易入。類舉則情見，情見則感易交。」(《與元九書》)也就是說，詩歌要達到「感人心」的效果也需要充分發揮情、言、聲、義的作用並依靠它們來實現。音樂是有韻律的，理和意義是有類別的。詩歌的韻律和諧可以使其言辭順暢，言辭順暢可以使聲音、韻律更容易入人之耳入人之心。類舉「理」和意義則更容易使情顯現出來並使詩中之情與讀者的情感相互交流，從而使詩歌之情在讀者心中得以深化發展並最終實現「上下通而一氣泰，憂樂合而百志熙。」(《與元九書》)的和諧狀態。雖然白居易是在「人之文，六經首之。就六經言，《詩》又首之」的語境下對情、言、聲、義四要素作出論說的，但是他所持有的對此四要素在詩歌創作與發揮作用的過程中不斷變化其因果關係的觀點卻反映出其思維方式所具有的整體、辯證等特點。而這種整體性、辯證思維的方式也正是佛教思維所具有的特點。佛教的緣起觀、無常、空幻等哲學思想無不滲透著整體性思維、辯證思維及邏輯思維。白居易在詩文中所表現的對詩歌「根情、苗言、華聲、實義」的認識、對「情」的重視都體現了佛教思維和佛學思想對他的影響。

　　白居易早年便接觸佛教，研讀佛經。作為一種宗教哲學，佛教思維所具有的整體性、辯證性、直覺性等特點滲透於佛教典籍及其思想中。對逐漸浸入佛教的白居易來說，這些頗具特點的思維方式很自然地被他所吸收利用。而作為佛教思維方式的整體性思維、辯證性思維、直覺式思維本身對詩學理論也頗有價值。〔註39〕「佛陀哲學的基本觀點是緣起觀。」〔註40〕所謂的緣起就是指一切事物的發生都是有一定條件的，而各種條件又是相互關聯、互為條件的。緣起「不僅指事物之間的因果關係，而且包括其相對關係」。〔註41〕佛教的緣起論思想將事物放在一個相互關聯的整體之中。由此而產生的「十二因緣」說也充分地體

〔註39〕參閱方漢文主編：《世界比較詩學史》，西安：西北大學出版社，2007年版，第79～86頁。
〔註40〕黃心川：《印度哲學史》，北京：商務印書館，1989年版，第175頁。
〔註41〕多識仁波切：《愛心中爆發的智慧》，蘭州：蘭州大學出版社，2005年版，第32頁。

現了佛教整體性思維的特點。佛教的整體思維使白居易不僅將詩歌所包含的要素作爲一個整體來看待，而且將詩歌活動本身也看作一個整體。對白居易來說，詩歌的「根情、苗言、華聲、實義」不僅是一個整體而且是一個動態的過程。詩歌的形成就象生長的植物一樣，要有根柢才能生莖葉，開花，結果。根、莖、花、果共同構成了有生命力的整體，就如詩歌的情、言、聲、義一樣。情如植物的根柢，是詩歌的根基，有了情之根才可能有以言辭表達的衝動；有了言辭才可能以韻律加以修飾和表現；在聲韻表現後詩人之「情」在能凝結並蘊藏在詩歌之「義」中。所以說，情、言、聲、義是互相關聯而構成詩歌這一整體的四個要素。在白居易看來，不僅詩歌的創作是情、言、聲、義共同作用的過程，詩歌「感人心」之作用的發揮也與它們密不可分。「音有韻，義有類；韻協則言順，言順則聲易入。類舉則情見，情見則感易交」的認識則從接受者的角度闡明了詩歌因聲韻言順而易動人情、易感人心的作用。在辯證思維和整體性思維的影響下，白居易不僅將詩歌創作和讀者的接受活動作爲一個整體來看待，而且還從動態發展的角度揭示了情、言、聲、義之間處於動態發展的關係。詩歌的「聲」與「義」不僅僅是植「根」於「情」、「發」苗於「言」而生成的「花」與「果」，它們同時也是深化發展「根」與「苗」的重要因素。

　　「情」，《說文解字》的解釋是：「情，人之陰氣有欲者也。」《禮記・禮運》中云：「何謂人情？喜怒哀懼愛惡欲七者，弗學擊能。」白居易常言性情。《易・乾》曰：「利貞者，性情也。」孔穎達作疏曰：「性者，天生之質，正而不邪；情者，性之欲也。」《說文解字》也將其解釋爲「性，人之陽氣性善者也。」「情」與「性」在本質上是相通的。所不同的是「性」相對於「情」來說是靜態的且「正而不邪」，而「情」則是人的欲望，是動態的。喜、怒、哀、懼、愛、惡、欲就是人們常說的「七情」。這七種情被認爲是人生來不學就會有的東西。佛教則認爲「七情」中的「欲」是與「情」並立的兩個概念。佛教的《大智度論》中指出「六欲」爲：色欲，形貌欲，威儀姿態欲，

言語聲音欲，細滑欲，人想欲。佛教中又有「財、色、名、食、睡」的「五欲」之說。實際上，佛教認為「情」是心因為所感而起的各種表現，是是非之主，利害之根。〔註42〕佛教將情與欲定位為兩個不同的範疇，即「情」更多的是與心相關的心理活動，是人的情感的各種表現，「欲」則更多的是與人的生存和享受的需要等生理活動相關。但同時，從佛教的「五欲」說中我們又可以看到情與欲的相輔相成的狀態。佛教中，「性」與「相」是相對的兩個概念。丁福保的《佛學大辭典》中將「性」解釋為「體之義，因之義，不改之義也。」通俗來說，佛教的「性」就是指事物的本質。如何調理性情，統御情緒和欲望進而斷滅情根，修持成佛是佛教所強調並引導人去解決的關鍵問題。

　　佛教在印度發源，其創立的宗旨就是為了探求人生的解脫之道。佛教認為，人生之所以充滿煩惱與痛苦的原因是在於眾生主體的貪欲和無知。這種貪欲和無知使眾生原本清淨之心受到煩惱的干擾並使其內心感到痛苦而無法解脫。而這些痛苦和煩惱又會進一步地導致惡行，並帶來惡報，從而造成業報，在輪迴中遭受痛苦。因此，要修持正果得以解脫就必須從心理上克服、消除眾生內心的貪欲、無知，進而消除煩惱和痛苦，保持並恢復眾生的清淨之心和本性。因此，心性論作為印度佛教的核心思想理論與佛教的緣起論、業報論和解脫論等緊密相聯。印度佛教的心性論思想雖然經過了佛教從小乘階段到大乘階段的發展，但是小乘佛教所提倡的眾生自心的清淨本性的思想並沒有改變，反而在大乘佛教的如來藏說、佛性說的思想理論中得以繼承和發展並成為佛教心性論的主導思想。〔註43〕在佛教東漸並在中國廣泛傳播的過程中，中國的佛教學者是在古代特定的歷史條件和文化傳

〔註42〕參閱方立天：《中國佛教哲學要義》，北京：中國人民大學出版社，2002 年版，第 277 頁。

〔註43〕參閱方立天：《中國佛教哲學要義》，北京：中國人民大學出版社，2002 年版，第 228〜266 頁。

統中，運用中國人的思維方法來認識和理解印度佛教的心性思想的。中國固有的儒、道思想與佛教哲學思想一樣重視內在的超越和主體思維。「從思想文化的旨趣來看，可以說，儒、道、佛三家的學說都是生命哲學，都是強調人要在生命中進行內向磨礪、完善心性修養的學問。這便是佛教與儒、道能夠共存、契合的前提和基礎。」〔註44〕也正是這種心性論哲學上的契合成為佛教得以在中國流行的根本原因，這種契合也使中國佛教學者在繼承、吸收印度佛學理論的基礎上結合中國固有的哲學思想發展出與印度佛教心性論思想同中有異的中國佛教心性論。中國佛教的心性思想在以心性本淨、重視內省修持並強調一切眾生所本有的清淨、永恒之本性是其成佛解脫的依託和根據的同時，在心性的思想的重心、心和心性的內涵以及內省方式等方面又表現出與印度佛教心性思想的不同。尤其是中國佛教發展到白居易所生活的中唐，佛性說即大乘佛教所提倡的眾生都有佛性之說成為中國佛教宗派天台、華嚴特別是禪宗的心性思想的基本內容。尤其是在中唐影響最大的禪宗，大力提倡心本來就是佛並提出了「自心是佛」、「即心即佛」、「平常心是道」的思想。包含華嚴宗、天台宗在內的中國佛教認為如來藏心即是清淨心，它們將清淨心與眾生心、一念心甚至是平常心等同起來，從而更加強調了順應眾生現實生活的當下的心靈活動。由此便產生了中國佛學思想中的性覺說即眾生具有本原性的真心也就是不生不滅的如來藏，真心的智慧可以遍照一切，只是真心有時可能會被外物所蒙蔽，因此通過內省、修持等各種方式淨化自心、返本歸真就是覺悟，就能獲得智慧而解脫。

　　　　花與秋氣，不感無情人。我來如有悟，潛以心照身。
　　　誤落聞見中，憂喜傷形神。安得遺耳目，冥然反天真？
　　白居易在《題贈定光上人》一詩中所表現出的對無情人不易感的認識和對「返天真」的嚮往正是詩人在中國佛教尤其是禪宗思想的指

〔註44〕方立天：《中國佛教哲學要義》，北京：中國人民大學出版社，2002年版，第604頁。

導下所作出的反應。也正是這些頗具中國特色的佛學思想成爲了白居
易早年便主動選擇學習佛禪的重要原因。

　　作爲一位有較強的生命意識和自省精神的詩人，青年時期的白居
易對人生就已經有了「人生如火石，爲樂常苦遲。」(《秋懷》)「日出
塵埃飛，群動互營營。營營各何求，無非利與名。」(《早送舉人入試》)
「況在名利途，平生有風波。深心藏陷阱，巧言織網羅。」(《勸酒寄
元九》) 等種種感受。面對世途的艱辛，人生的短暫，心性的波動，
白居易嘗試著通過佛教來調理性情，達到身心的平和。他將空門作爲
自己的返歸之處，並希望自己能夠達到「冥然反天眞」的境界。因
此，在追求返歸「眞」與「實」的過程中，佛教尤其是禪宗的「明心
見性」、「即心即佛」、「頓悟」等思想使白居易充分體悟到個人主體意
識以及主體意識的自覺的作用。在《贈杓直》中，白居易寫到：

　　　　近歲將心地，迴向南宗禪。外順世間法，内脱區中緣。
　　　進不厭朝市，退不戀人寰。自吾得此心，投足無不安。

佛禪的思想不僅使白居易的身心各得其所，也使他認識到自己的個人
主體性的重要地位。憑藉著自己的心中所得，投足之間都覺得安適。
在詩歌創作的實踐中，白居易對自我之情的主體性的作用體會更加深
刻。所以他將「情」放在了詩歌之「根」的位置上。「根情」不僅僅
是因爲詩歌緣情而發，對白居易來說更爲重要的是他以此來強調的是
在詩歌創作中詩人的主體性地位和作用。換句話說，詩歌創作對個人
主體性意識已經覺醒的白居易來說，是一種「個人化的詮釋」。正是
因爲「情」所具有和體現的主體性、私密性，由「情」動而發所形成
的詩也自然帶有了「私人性」。〔註45〕進而，詩歌便成爲以詩人爲中
心所進行的更具自覺性和主觀性的一種詮釋。〔註46〕這些在白居易給

〔註45〕〔美〕宇文所安：《中國「中世紀」的終結》，陳引馳，陳磊譯，北
　　　　京：生活・讀書・新知三聯書店，2006 年版，第 82 頁。
〔註46〕〔美〕宇文所安：《中國「中世紀」的終結》，陳引馳，陳磊譯，北
　　　　京：生活・讀書・新知三聯書店，2006 年版，第 4 頁。

自己的詩作進行分類和定義中都顯現出來。

「或退公獨處，或移病閒居，知足保和，吟玩情性者一百首，謂之『閒適詩』。」「有事物牽於外，情理動於內，隨感遇而形於歎詠者一百首，謂之『感傷詩』。」「或誘於一時一物，發於一笑一吟，率然成章」、「但以親朋合散之際，取其釋恨佐歡。」謂之「雜律詩」。無論是閒適詩、感傷詩還是雜率詩，白居易在不同境遇中的所懷之情總是被外界所誘引，形於詠歎而成詩。於是，詩歌也成為白居易眼中「寓興」、「放情」的最好選擇。正如他所自言的：

> 舊句時時改，無妨悅性情。（《詩解》）

> 取興或寄酒，放情不過詩。（《移家入新宅》）

即使是白居易的諷諭詩，也並非脫離「情」之所得。「自拾遺來，凡所適、所感，關於美刺興比者」（《與元九書》），「因事立題」而成。自拾遺以來，白居易將「情」繫於政，有所感，於是選取了「美刺興比者」，因事立題而作了諷諭詩。不管是繫於政的情，或是「釋恨佐歡」之情，感傷之情、悅己之情，對白居易來說都是屬於詩人自己的且要在詩中進行「個體化詮釋」的動因。恰恰是由「情」所帶來的個體化的詮釋，使鮑、謝、李白、杜甫等人的詩章「流傳者鉅萬」。（《序洛詩》）而這些詩作流傳久遠的原因就在於這它們是離亂之世的詩人們面對「讒冤譴逐，征戍行旅，凍餒病老，存歿別離」（《序洛詩》）的境遇和經歷，將發自心中的個人之「情」形於外而作成的。「情」不僅是詩之「根」，也是詩歌「私屬化」之「根」。正是因為這個原因，晚年皈依佛教的白居易在將詩作送往聖善寺、南禪院等寺院時所作的記中表白了自己願以「緣情綺語」之世俗文字轉為「將來世世贊佛乘」之語的願望。

綜上所述，白居易以「詩者，根情、苗言、華聲、實義。」這句簡明而又形象的比喻表達了自己對詩的認識和理解。但仔細分析看來，這句簡單的話語中卻包含了具有豐富創作經驗的白居易在佛教思想的啟發下對詩人的主體意識的關注，對詩人與眾不同的「個人身份」的追求。白居易對詩的理解已經與傳統詩學思想「物感」

說有了很大的不同。他更關注的是詩歌所具有的創作者的「主觀性的詮釋」的「自覺意識」〔註47〕和詩中所表現出的「與眾不同的特性。」〔註48〕而這些恰恰是白居易所在的「中唐時期最重要的文學嬗變軌跡之一」。〔註49〕

李肇的「淺切」和蘇軾的「元輕白俗」以及白居易創作中所凸顯和強調的以諷諭詩爲代表的現實主義精神，不僅使人們忽略了對白居易詩作的全面整體的考察，而且也忽視了白居易詩作淺切平俗的風格中所包含的創作者的主觀性選擇。作爲具有豐富創作經驗的詩人和頗具自我意識和思想的文人，白居易對詩歌有著自己的理解和追求。他所具有的這些看似平淡無奇的思想的形成，實際上與其接觸的佛教思想有著緊密的聯繫。通過對白居易所自覺追求的個人風格、特性以及對其「根情」說的重新觀照，我們可以看到他的詩學思想與佛學之間千絲萬縷的內在聯繫。

〔註47〕〔美〕宇文所安：《中國「中世紀」的終結》，陳引馳，陳磊譯，北京：生活‧讀書‧新知三聯書店，2006 年版，第 4 頁。

〔註48〕〔美〕宇文所安：《中國「中世紀」的終結》，陳引馳，陳磊譯，北京：生活‧讀書‧新知三聯書店，2006 年版，第 14 頁。

〔註49〕〔美〕宇文所安：《中國「中世紀」的終結》，陳引馳，陳磊譯，北京：生活‧讀書‧新知三聯書店，2006 年版，第 14 頁。

第六章 「迷路心回因向佛」「唯寄空身在世間」——白居易的辯證理性思想與佛學的關係

　　劉熙載在《詩概・藝概》中曾言：「詩或寓義於情而義愈至。」英國詩人雪萊也曾在《為詩辯護》中說：「一切受到詩感染的心靈，都會敞開來接受那摻和在詩的快感中的智慧。」〔註1〕不論是劉熙載所說的詩歌中的「情」與「義」，還是雪萊所言的詩歌創作中的「快感」與「智慧」，他們的話語中都表現出對詩歌之「情」與「理」的重視。這與白居易所言的「感人心者，莫先乎情，莫始乎言，莫切乎聲，莫深乎義。詩者，根情、苗言、華聲、實義。」（《與元九書》）的思想觀念都是一致的。只是白居易對詩歌中的所謂「情」與「義」的重視表現地更為突出。白居易和劉熙載所說的詩之「義」是指詩歌所應包含的「合宜的道理」。在中國古代傳統文人看來，詩歌所表達的應該不僅限於詩人的個人感情，還應該蘊含「合宜的道理」。所謂「合宜的道理」對白居易等中國古代文人來說，就是符合中國儒家傳統思想及倫理道德之理，也就是「義」。因此，白居易、劉熙載等人

〔註1〕劉若端編：《十九世紀英國詩人論詩》，北京：人民文學出版社，1984年版，第150頁。

所看重的詩義，從本質來說就是「理」，即指符合理性原則或自然法則的道理。這種所謂的「理」也就是雪萊所言的「智慧」。其實，詩人在詩中表現「義」本身就是其理性或理智作用的結果。對深受佛教啓迪的白居易而言，詩歌之「義」不僅僅是要表現合乎「理」的思想，更爲重要的是詩歌創作本身就是詩人的情感與理性相互滲透並達到平衡的過程。且不論那些表達其兼濟之志，「因事立題」、「美刺興比」而作的諷諭詩，即便是其所謂的「知足保和，吟玩情性」而作的「閒適詩」和「有事物牽於外，情理動於內，隨感遇而形於歎詠」而作的「感傷詩」同樣表達了詩人一生所奉行的「獨善之道」。即使是「誘於一時一物，發於一笑一吟，率然成章」而作的「雜律詩」也毫不例外的是情理互動的結果。

正如白居易自己所言，作諷諭詩是爲了表達自己的兼濟之情，爲時、爲事、爲興詩道而作，〔註2〕這其中的情與理的平衡在於詩人胸懷理想、積極入世之情與爲國爲民爲君之理和身爲臣子的社會責任感的交融。這種情理的並立在中國傳統的儒家思想文化體系中很容易得到統一。對白居易來說，諷諭詩中的情和理可以「救濟人病，裨補時闕」，「上以廣宸聰，副憂勤；次以酬恩獎，塞言責；下以覆吾平生之志。」（《與元九書》）閒適詩看似「吟玩情性」，實際上卻蘊含了詩人的「獨善之義」。其間的情與理，正如詩人所說，在於「知足保和，吟玩情性」，實質上是以老莊、佛教等「理」調理平衡自我的感情和情緒，並將此情感與知足保和之心得於詩作中加以表現。對於其感傷詩而言，詩人以「有事物牽於外，情理動於內」的話語直白地表述了詠歎交織著自我之情與所得之理的感傷詩之本質。對於「時之所重，僕之所輕」（《與元九書》）的雜律詩，白居易雖然表明此類詩非自己平生所尚，但從此類詩的創作數量和作用來看，雜律詩並非詩人所言

〔註2〕《與元九書》中，白居易曾言：「人之文，六經首之。就六經言，《詩》又首之」。「僕常痛詩道崩壞，忽忽憤發，或食輟哺，夜輟寢，不量才力，欲扶起之。」此有振興詩道之意。

的「雕蟲之戲」，而是誘於時物、眞切率然地表達個人歡喜悲傷之情感而成的詩作。這些因情而發、率然成章的詩作，如詩人所言是「取其釋恨佐歡」的。而這類詩歌的「釋恨佐歡」之用不正是詩人理性作用的結果嗎？具有強烈自我意識和內省意識的詩人深知人生世事的艱辛與變化多端，體會到了自身與生俱來的情感、欲望和人生的需要與追求在不可知的境遇和無法逆轉的生命流程中給自己所帶來的歡與恨、喜與憂、樂與苦，各種情感與欲望使自己的身心難以平衡。因此，詩人將此情此境、一笑一吟中的個人情感以詩歌的形式加以表現和釋放，以此調理性情、平衡身心而形成了雜律詩。「今僕之詩，人所愛者，悉不過雜律詩與《長恨歌》已下耳。」(《與元九書》)事實上，這些率性逐意地表達自我的眞情實感的詩歌（不止雜律詩）使詩人自己在感受詩歌「釋恨佐歡」、愉悅情性的審美體驗的同時，也增加了對人生世事的領悟。滲透著個人情感即「情」和人生領悟即「理」的詩歌與白居易所追求實踐的淺近平易、眞切自然之風格相結合，使得包括雜律詩在內的白詩流於民間，口口相傳。也正是其詩作沃人心胸、曠達詞旨、情理交融的特點使白詩流傳久遠，白居易本人也被尊稱爲「廣大教化主」。

綜觀白居易的詩文，「廣大教化主」之位可謂名副其實。在無所不包的曠達人格與個人品行方面、詩歌創作表現領域的開掘擴展方面、詩歌體式的豐富與手法的多樣性方面、平易的詩歌風格及其價值與影響等方面，白居易及其作品都充分表現出與「廣大教化主」之稱相匹配的特點。官職遷轉、人事升沉、生老病死、種植營造，白居易將詩歌的題材、表現內容等擴展到了生活中的方方面面，日常生活的一切都可以在詩中津津樂道。在無限多樣的表達手法和豐富的詩歌體式中，白居易不僅擴張了詩歌的表意和敘述能力，也拓展了詩歌的境界。而他的詩作也在當時得以廣泛流傳並遠播朝鮮、日本、越南、暹羅（泰國）。晚唐的皮日休、聶夷中、陸龜蒙、羅隱、杜荀鶴，宋代的王禹偁、梅堯臣、蘇軾、張耒、陸游，一直到清代的吳偉業、黃遵

憲等也都在不同方面、不同程度上受到了白居易的啓示。同時，他在詩中所展現出的包容豁達的品格也備受後人的推崇。從這些方面來看，我們不得不承認「廣大教化主」這一評價的恰如其分。但這些都只是白居易爲「廣大教化主」之名的外在表現。從記錄其人生歷程、生命體驗的詩歌所蘊含的思想來看，在深入佛教的過程中，詩人對自我身心的極度關注以及由此而形成的與佛教尤其是大乘佛教思想頗爲一致的對情理、性情的認識才是其不枉爲「廣大教化主」的深層原因。

　　從個人詩學思想的表述到身體力行的創作實踐，白居易對詩歌中情與理並重共起、互相滲透的關係的認識與大乘佛教不二之法〔註3〕的辯證思想頗爲相似。如前文所述，白居易以植物而言詩的（「詩者，根情、苗言、華聲、實義。」）思想體現了佛教整體、辯證思維的特點。其「根情」、「實義」的表述則更加明顯地顯現出其情理並重的觀念。對於作爲整體的詩歌而言，「根」與「實」是植物最爲重要又不可偏廢的兩端。有「根」無「實」是毫無意義的，而無「根」也不可能有「實」。因而，白居易將「根情」與「實義」作爲詩歌不可或缺且同等重要的兩個基點。正如其所言，詩歌要眞正感動人心，沒有比「情」更優先、比「義」更深入的了。這足以見出情與理在詩歌中的重要地位。同時，對「義」爲果實、「情」爲根基的詩歌而言，白居

〔註3〕丁福保《佛學大辭典》中解釋「不二之法」云：「（術語）獨一無二之法門。六祖《壇經》曰：『惠能曰：指授即無，惟論見性，不論禪定解脫。宗曰：何不論禪定解脫？惠能曰：爲是二法，不是佛法，佛法是不二之法。宗又問如何是佛法不二之法？惠能曰：法師講涅槃經，明佛性是佛法不二之法。如高貴德王菩薩白佛言：犯四重禁，作五逆罪，及一闡提等，當斷善根否？佛言：善根有二：一者常，二者無常。佛性非常非無常，是故不斷，名爲不二。一者善，二者不善。佛性非善非不善，是名不二。蘊之與界，凡夫二見，智者了達，其性無二。無二之性，即是佛性。』案不二即無二。」由此條解釋中的惠能之語可知，「不二」之理指如如平等，沒有彼此之別之理。此不可思議、無所分別的絕對眞理中蘊含了佛教辯證的、否定性復合的思維方式。

易的譬喻中還包含了他對滲透著情感的「義」即「理」的認識。既然情感爲詩之根，「義」（即「理」）是由根發源而起、滋養而成的果實，那麼對果實（「理」）來說，它包涵並滲透了作爲根源的情感。情感滋養了理性的果實，「理」使情感在得以釋放的同時獲得了平衡並使之滲透、深化、昇華爲智慧。情可以「活」理，理可以「升」情。這個形象而又精當的譬喻顯示了白居易對詩歌中所蘊含的情、理關係的辯證性認識。白居易對情理關係的獨到見解與佛教特別是大乘佛理看待情理關係的思想十分相近。

　　佛教主張去欲捨情，強調破除執著，節制甚至徹底斷滅情與欲。人的七情六欲與理智在佛教、儒家看來應該是相互對立的兩個方面。佛教中的所謂「七情」與儒家的「七情」頗爲近似，它們都認爲「情」包括「喜、怒、憂、懼、愛、憎、欲」七種情愫，而「欲」則爲七情之末。但在「六欲」的解釋上，佛教與中國傳統思想卻有所不同。佛教最初發源於印度文化中，在某種程度上，佛教反映了印度民族及其文化精英對「理智的靈魂」（即超越性智慧的熱烈、極致的追求和統一情慾與理智）的渴望。從公元二世紀所作的《舞論》、頗具風情的印度舞蹈到神廟中的雕像，這些無不反映出印度民族文化中所具有的較低層次的世俗豔情。從某種程度上來說，印度人的情感方式具有禁欲與縱欲、低層次情慾與高層次情操的二元對立。因此，印度佛教在最初的理論體系中，將「欲」作了較爲細緻的劃分即三欲、四欲、五欲、六欲等。由《大智度論》中對「六欲」的界定（色欲、形貌欲、威儀姿態欲、言語音聲欲、細滑欲、人想欲）就可以看出，印度佛教將「六欲」定位爲常人對異性天生的六種欲望，也就是現代人常說的「情慾」。這種界定與中國傳統思想文化對「六欲」的解釋完全不同。《呂氏春秋·貴生》較早提出了「六欲」的概念：「所謂全生者，六欲皆得其宜者。」東漢哲人高誘將其注釋爲：「六欲，生、死、耳、目、口、鼻也。」此「六欲」實質上是指人生存的本能。生存之欲，怕死之欲，耳聽之欲，眼觀之欲，口吃之欲，鼻聞之欲，這些對聲色

味觸等方面的需求都是人與生俱來、不學即會的基本的生理欲求。基於文化的差異，印度佛教與中國傳統思想文化對「六欲」的解釋雖然並不相同，但是綜合佛教的四食、三欲、五欲、六欲、六食、七食、九食諸說來看，佛教中的「欲」實質上也是指人類等欲界眾生所具有的基本欲望和需求。在對「欲」的本質的認識上，佛教思想與中國傳統思想是一致的。不管「七情」還是「六欲」，它們都是人生而具有的基本生理要求和心理活動。因此，佛教在極力強調情與欲的危害並教人遠離貪欲，捨棄情感，在通過修行而達到「無欲」之樂的同時，它又並非完全排斥情、欲，特別是主張「悲智雙運」、「定慧雙修」、「自利利他」等不二法門的大乘佛教。大乘佛教認為既然欲望是不可斷滅的，那麼以欲望為實有而有意去斷滅並將人的情、欲視為敵對是不可能真正達到離欲、無欲的，反而可能令其增盛。即便用無我的智慧斷滅了一切情、欲，但是如果過於厭離這些生而有之的基本欲求、貪著涅槃的無欲之樂，那麼也只能算是「定性聲聞」〔註4〕，不能窮證佛性而得究竟解脫，也不能發揮心所具有的積極功能創造利樂眾生的應有價值。因此，大乘義理將人之情、欲視為修學佛道的能源，其重在以諸法無我、煩惱即菩提的如實智慧來觀照人的情與欲，以理智合理節制欲望和感情並將情感和欲望調節轉化為無窮無盡的修學佛道、利樂眾生的精進。這也就是佛教所說的覺悟與智慧。禪宗所強調的「戒、定、慧」中的最高境界「慧」也是指平衡「情」「理」、調和自身、轉化昇華所達到的境界。正如白居易早年於《八漸偈》中的闡述：

> 專之以定，定猶有繫，濟之以慧，慧則無滯，如珠在盤，盤定珠慧。（《慧偈》）

> 定慧相合，合而後明，照彼萬物，物無遁形，如大圓鏡，有應無情。（《明偈》）

〔註4〕根據丁福保編纂的《佛學大辭典》解釋為「唯修聲聞之因，證聲聞之果，不更進求佛道，是曰定性聲聞。」即只能聽聞佛聲教而得覺悟名曰聲聞，但無法進一步證悟佛道者。

　　　　慧至乃明，明則不昧，明至乃通，通則無礙，無礙者
　　何，變化自在。(《通偈》)

白居易對禪法理解的表述，其實是他對主動「沉浸於內思體驗時心靈
中的超越感與適意感」〔註5〕的一種表達。無論是定慧相合後的「有
應無情」，還是明而不昧後的通且無礙、「變化自在」，這些實質上都
是作爲參禪者的白居易在主體意識的作用下對所追求的終極境界和
人生理想境界的一種自覺。禪宗思想的形成發展使中國傳統思想的耳
眼鼻口等「六欲」不再只是使人陷入生死痛苦、擾亂人心的感官，而
是成爲獲得解脫的「慧門」。中國歷代禪師將印度佛教中的「禪」生
發、建構、發展爲一種自我完足的體系，它不僅包含理論思想體系也
包括了修行實踐體系。以心性論爲核心思想的禪宗也成爲中國佛教的
主導力量。中國禪學與禪宗的形成與發展映像出具有辯證理性特徵的
中國文化對具有辯證性、超越性特徵的印度佛教文化的吸收與發展。
正如業師方漢文教授所指出的：「中國的辯證理性是中國文化的精神
支柱，它的天人辯證、人人辯證（即人與他人和社會）、人的自我辯
證是其三大表現，其本質是邏輯中的辯證邏輯，即差異性與同一性的
合一。」〔註6〕因而，中國禪宗中的感性與理性相辯證的感悟與印度
佛教超越感性與悟解之感悟有所不同。〔註7〕也正因爲如此，辯證理
性思維使白居易對情理關係的認識與大乘佛教義理的辯證觀念呈現
出一致性，同時，也促使白居易進一步挖掘、實踐佛禪的調和性與實
用價值。

　　謝思煒在總結白居易的佛教信仰時明確指出，白居易對佛教思想
的理解儘管有些粗枝大葉，甚至有所誤解或混淆，但也因此能擺脫形

〔註5〕葛兆光：《中國禪思想史——從 6 世紀到 9 世紀》，北京：北京大學
　　　　出版社，1995 年版，第 70 頁。
〔註6〕方漢文：《比較文化學》，桂林：廣西師範大學出版社，2003 年版，
　　　　第 239 頁。
〔註7〕參閱方漢文：《比較文化學》，桂林：廣西師範大學出版社，2003 年
　　　　版，第 249～257 頁。

跡而得其精義。〔註8〕此言一語中的。正是這種從個人人生實踐的需要出發、在協調世俗生活與精神解脫中而形成的宗教信仰使白居易的思想和行為表現出適性自得、善於融會、應用無礙且具有較強的主體性意識的特點。這些特點與其對佛理的證悟和佛教信仰一起在詩作中得以展現。這種詩情與佛理的交融使得白詩體現出特有的富含人生智慧的「教化」之特點。如北宋的晁迥在《法藏碎金錄·卷五》中云：

> 唐白氏詩中，頗有遣懷之作，故近道之人，率多愛之。
> 予友李公維，錄出其詩，名曰《養怡集》。予亦如之，名曰
> 《助道詞語》。蓋出於經教法門，用此彌縫其闕，而直截曉
> 悟於人也。予記其有詩云：「此身是外物，何足苦憂愛。」
> 又有句云：「已共身心要約定，窮通生死不驚忙。」夫如是，
> 則身外悠悠，不合意事，何用介懷？〔註9〕

又卷九中云：

> 白公名居易，蓋取《禮記·中庸》篇云：「君子居易以
> 俟命。」字樂天，又取《周易·繫辭》云：「樂天知命故不
> 憂。」予觀公之事跡，可謂名行相副矣。故情動於中，而
> 形於言，集中有詩云：「朝見日上天，暮見日入地。不覺明
> 鏡中，忽年三十四。勿言身未老，冉冉行將至。白髮雖未
> 生，朱顏已先悴。」又云：「貧賤非不惡，道在何足避。富
> 貴非不愛，時來當自致。所以達人心，外物不能累。」噫，
> 公年方壯而作是詩，予今年八十，比公賦此詩章之年，已
> 加一倍，更餘一紀矣，安得不如公之曠達哉！故予抗心希
> 古，以公為師，多作道情詩，粗合公之詞理爾。〔註10〕

在晁迥等人看來，白詩中的遣懷之作、情動而發之語都包含著詩人對人生、生命的感悟與理解。這些詩句雖然不似經教法門之語那麼

〔註8〕 參閱謝思煒：《白居易集綜論》，北京：中國社會科學出版社，1997
　　　　年版，第292頁。

〔註9〕 〔宋〕晁迥：《法藏碎金錄》，見《四庫全書》（第1052冊），上海：
　　　　上海古籍出版社，1987年版，第503頁。

〔註10〕 〔宋〕晁迥：《法藏碎金錄》，見《四庫全書》（第1052冊），上海：
　　　　上海古籍出版社，1987年版，第577頁。

深邃廣博，但讀者卻可以從詩人淺切平易、率性自然的表達中獲得
領悟，即「直截曉悟於人也」。正是詩人於詩歌中所表現出的曠達和
淺切平俗之語中所蘊藏的深刻道理爲白居易奠定了「教化主」的地
位。

　　　白氏詩云：「自從苦學空門法，消盡平生種種心。」予
　　因此語，曉悟學空之理，乃是無礙法門。（《法藏碎金錄・
　　卷三》）〔註11〕

　　　白樂天有詩云：「慚將理自奪，不是忘情人。」竊思：
　　「理」：「奪」二字，正是予切用之法。（《法藏碎金錄・卷
　　三》）〔註12〕

崇信佛教的晁迥在《法藏碎金錄》中反覆摘取記錄了自己讀思白詩、
曉悟佛理之所得。白居易「教化主」的地位和影響不僅在於其一生與
「居易」、「樂天」相符的品行可爲後人所推崇，更重要的是在於其詩
中所蘊含的以「智」勝情、以「理」復性、調和性情的人生智慧。而
白居易於世俗生活和日常語境中信手即得的人生智慧與自己的眞情
實感在淺顯平淡的敘說中則更容易教育感化人心。這也是「教化主」
的關鍵之所在。

　　當然，白詩的「教化」並非僅僅表現在晁迥等信佛知理之人對其
詩句的感悟上。《四庫總目提要・御選唐宋詩醇》中曾言：「凡唐詩四
家：曰李白、曰杜甫、曰白居易、曰韓愈。宋詩二家：曰蘇軾、曰陸
游。詩至唐而極其盛，至宋而極其變。盛極或伏其衰，變極或失其正。
亦惟兩代之詩最爲總雜，於其中通評甲乙，要當以此六家爲大宗。蓋
李白源出《離騷》，而才華超妙，爲唐人第一；杜甫源出於《國風》、
二雅，而性情眞摯，亦爲唐人第一。自是以外，平易而最近乎情者，
無過白居易；奇創而不詭於理者，無過韓愈。錄此四集，已足包括眾

〔註11〕〔宋〕晁迥：《法藏碎金錄》，見《四庫全書》（第1052冊），上海：
　　　　上海古籍出版社，1987年版，第464頁。
〔註12〕〔宋〕晁迥：《法藏碎金錄》，見《四庫全書》（第1052冊），上海：
　　　　上海古籍出版社，1987年版，第463頁。

長。……茲逢我皇上聖學高深，精研六義，以孔門刪定之旨，品評作者，定此六家，乃共識風雅之正軌。臣等循環雒誦，實深爲詩教幸，不但爲六家幸也。」由此可見，白詩的「教化」還在於統治者所提倡重視的「風雅之正軌」和「詩教」的作用。

在《御選唐宋詩醇》的評語中，除了突出白詩平易近情的特點之外，對入情至理且頗具警示教化意義的詩句也給予了肯定：

極尋常語，卻有關風化，是以警世。〔註13〕（《燕詩示劉叟》）)

極其警快。〔註14〕（《海漫漫》）

入情入理，解人不當如此耶？〔註15〕（《道州民》）

口頭尋常語，卻是至理。〔註16〕（《喜雨》）

戲語作擺脫耳，亦是小機鋒。〔註17〕（《答閒上人來問因何風疾》）

遊戲名通，莊子寓言之旨也。後段分三層：功成者去一層，是盛衰相尋之理；道經一層，歸於曠達；佛說一層，衷諸虛無。〔註18〕（《齒落辭》）

白詩中諸如此類的詩句，或包含至情至理的思想；或開導人心，頗具曠達之意；或蘊含深意，具有警示之意；或似禪理，具有啓悟人心之用，這些詩句恰恰都是詩人在調節自身與他人、與社會、與自然達到

〔註13〕〔清〕乾隆十五年御選：《御選唐宋詩醇》，《四庫全書》（第1448冊），上海：上海古籍出版社，1987年版，，第406頁。

〔註14〕〔清〕乾隆十五年御選：《御選唐宋詩醇》，《四庫全書》（第1448冊），上海：上海古籍出版社，1987年版，第420頁。

〔註15〕〔清〕乾隆十五年御選：《御選唐宋詩醇》，《四庫全書》（第1448冊），上海：上海古籍出版社，1987年版，第423頁。

〔註16〕〔清〕乾隆十五年御選：《御選唐宋詩醇》，《四庫全書》（第1448冊），上海：上海古籍出版社，1987年版，第491頁。

〔註17〕〔清〕乾隆十五年御選：《御選唐宋詩醇》，《四庫全書》（第1448冊），上海：上海古籍出版社，1987年版，第524頁。

〔註18〕〔清〕乾隆十五年御選：《御選唐宋詩醇》，《四庫全書》（第1448冊），上海：上海古籍出版社，1987年版，第429頁。

和諧狀態過程中，真情實感的流露與親身感悟的表達。這些真實的「感」與「悟」、情與理正是其「教化主」的本質所在。

白居易的一生雖未經歷過多的大風大浪，但也並非坦途。二十九歲便中進士及第的他親身經歷了中唐的「永貞革新」、「元和中興」、「甘露事變」等重大歷史事件。心懷兼濟之志的他不僅抨擊權貴、反對宦官而且弘揚君道、仁政愛民、清廉自守。「俟罪潯陽」的遭遇卻成為其人生的一個重要轉折點。江州之貶的經歷，「元和中興」幻夢的破滅以及白居易對仕途認識的不斷深入，這些經歷促使詩人以獨善其身取代了兼濟之心，並將獨善作為了自己後半生所奉行之準則。作為浸潤於中國傳統思想文化中的文人士大夫，白居易在秉行儒家兼濟獨善思想的同時也深受老莊無為、知足、委順、逍遙等思想的影響。而佛教，作為中唐時期具有較大影響力的宗教派別，在大力發展自身以更加適應中國的傳統思想文化和思維方式的同時，也注意將其宗教哲學思想以文人士大夫易於接受的方式逐漸滲入社會思想文化中並使之成為白居易等文人士大夫人生理想和生活情趣的一個支點。特別是馬祖道一及其弟子在中唐的崛起與大盛、以洪州禪為代表的南宗禪在中國思想界的崛起和興盛、禪思想從心靈清淨到自然適意的發展轉化，這些對於唐代甚至中國傳統的思想文化及作為其中堅力量的文人士大夫而言有著微妙而複雜的意義和影響。〔註19〕葛兆光先生曾指出，從僧肇《不真空論》的「道遠乎哉，觸事而真」到馬祖及其門下的「平常心是道」、「非心非佛」，般若思想最終與中國文人士大夫心中最嚮往的「自然」相交匯，並真正成為指導其人生態度的一般性原則和宇宙論基礎，禪宗所倡導實現的「般若的生活化」也得到了文人士大夫的贊同。「中唐以後，馬祖一系禪風大盛，……使禪宗的理路由《楞伽》、《般若》混雜轉向《般若》與老莊交融，使禪宗的修習由理智追索直覺內思轉向自然體驗，使禪宗的思想從自我約束與自我調整轉向

〔註19〕參閱葛兆光：《中國禪思想史——從 6 世紀到 9 世紀》，北京：北京大學出版社，1995 年版，第 332〜340 頁。

自由無礙隨心所欲」。〔註20〕禪宗思想的轉化使南宗禪尤其是洪州宗在大曆、貞元、元和年間迅速崛起並受到上層社會及白居易等文人的青睞。權德與、劉禹錫、柳宗元、裴休等與白居易幾乎同時代的重要文人對南宗禪都有較深的瞭解。白居易在《答戶部崔侍郎書》中曾自敘他與崔侍郎「在禁中日，每視草之暇，匡床接枕，言不及他，常以南宗心要，互相誘導」；並在詩中提到「近歲將心地，迴向南宗禪。」後「外順世間法，內脫區中緣。進不厭朝市，退不戀人寰。自吾得此心，投足無不安。體非道引適，意無江湖閒。」（《贈杓直》）之所得。這種體適意閒、投足心安的「自然適意」之感正是洪州宗所推崇的、也是白居易等文人士大夫所嚮往的人生理想。在《感悟妄緣題如上人壁》、《重酬錢員外》、《讀禪經》等詩中，白居易曾多次流露出與洪州宗的「自然適意」相吻合的不須修證、不必執著的南宗禪思想。「有營非了義，無著是真宗。兼恐勤修道，猶應在妄中。」（《感悟妄緣題如上人壁》）有追求並不是佛教的常規定理，無所執著才是最重要的原則。求佛的念頭和勤苦修道都有可能還在有所營求的妄念之中。「不禪不動即如如」（《讀禪經》）的自然放鬆、無所欲求的狀態才是真正的自覺自由，洪州宗的「平常心是道」、「無事」等思想的本質也在於此。唐大珠慧海禪師「饑來吃飯，困來即眠」一語和對如此與常人有何不同的回答之語：「他吃飯時，不肯吃飯，百種須索；睡時不肯睡，千般計較，所以不同也。」〔註21〕既表現了佛教的離欲思想也指明了洪州禪「平常心是道」的真髓，即「平常心」就是眾生日常現實之心，眾生行住坐臥等日常世俗的生活和行為就是禪修。白居易也因此將自己吃飯睡眠、沐浴飲酒等瑣碎生活入詩，並反覆吟詠了自己日常生活中所獲得的閒適的身心：

〔註20〕葛兆光：《中國禪思想史——從 6 世紀到 9 世紀》，北京：北京大學出版社，1995 年版，第 332～333 頁。

〔註21〕〔宋〕釋・道原撰：《景德傳燈錄・卷六》，見《四部叢刊》（三編・子部・第 57 冊），上海：上海書店，1985 年版，「越州大珠慧海禪師」。

　　　　負暄閉目坐，和氣生肌膚。……外融百骸暢，中適一
　　念無。曠然忘所在，心與虛空俱。(《負冬日》)

　　　　褐綾袍厚暖，臥蓋行坐披。紫氈履寬穩，寒步頗相宜。
　　足適已忘履，身適已忘衣。況我心又適，兼忘是與非。……
　　禪那不動處，混沌未鑿時。(《三適贈道友》)

　　　　而我何所樂，所樂在分司。……歸來北窗下，解巾脫
　　塵衣。冷泉灌我頂，暖水濯四肢。體中幸無疾，臥任清風
　　吹。心中又無事，坐任白日移。或開書一篇，或引酒一巵。
　　但得如今日，終身無厭時。(《詠所樂》)

　　　　坐安臥穩輿平肩，倚杖披衫繞四邊。空腹三杯卯後酒，
　　曲肱一覺醉中眠。更無忙苦吟閒樂，恐是人間自在天。(《閒
　　樂》)

行住坐臥間，詩人所表現出的身心閒適之趣滲透著南宗禪特別是洪州
禪所生發的般若智慧生活化的思想，作詩也成為其閒適生活中的「無
事」之事，並被納入到與佛教解脫並無相悖的修行中來。與此同時，
從前文所分析的園林意境和詩性「佔有」的詩作，我們又看到白居易
在佛教「芥子納須彌」的空間觀念和「遊戲三昧」思想中所獲得的「獨
得獨識的意境」，這種詩境的開發「已非如來禪所開發的猶淵池息浪、
心水既澄的純感性直觀，和能所之辨泯沒得『自心現量』，而成為凸
顯祖師禪超越時空之靈動主體、以及般若智慧的不捨不著、有無雙
遣。」〔註22〕

　　　　洗浪清風透水霜，水邊閒坐一繩床。眼塵心垢見皆盡，
　　不是秋池是道場。(《秋池》)

於自家園林池邊閒坐的白居易在佛禪的觀想中見盡塵垢，體會到「云
轉物者，物虛非轉，唯轉自心」〔註23〕之理。這不正是其在《八漸偈》
中對「慧至乃明，明則不昧。明至乃通，通則無礙。無礙者何，變化

〔註22〕蕭馳：《佛法與詩境》，北京：中華書局，2005年版，第205～206頁。
〔註23〕〔宋〕釋‧延壽集：《宗鏡錄》，上海：商務印書館，民國二十四年
　　　　(1935)版，第878頁。

自在。」之「通」而做出的自我詮釋嗎？

　　白居易對佛教的信仰經歷了一個漸進的發展過程。正如前文所分析論述的，在浸入佛教的過程中他將儒家、道家的思想與佛學思想融通在自己「平俗」的「中人」意識和人生思想之中，這其中也包括他對道教迷戀又加以批判的矛盾態度。實質上，白居易浸入佛教的過程是佛教哲學思想的可實踐性和有效性與詩人所關注的實用性與目的性達成一致的過程。這也是詩人對待中唐時期大乘佛教各宗派和老莊思想所採取的態度。對佛教實用性的關注促使白居易在與南宗禪特別是洪州宗的禪師頻繁密切的交往中不立門戶之限，通學南宗北宗禪法，修習淨土宗、密宗以作來生之計，並研讀了包括《法華經》、《華嚴經》、《維摩詰所說經》在內的「佛名百部經」。這也是以白居易為代表的文人士大夫對佛禪思想所採取的主動性選擇的結果。佛教禪宗對一般的文人士大夫來說，只是一種思想和人生的興趣而非崇信的對象。即使對深入佛學並最終選擇以佛教作為個人信仰的白居易而言，其佛教信仰的出發點和立足點只在於佛學思想及佛教義理對個人的人生、現實生活和精神追求所給予的指導、調和、平衡的作用。這種實用性的原則與白居易極度關注自我、重視個體生命、自認「平俗」的思想密切相關。而白居易對個人主體生命的重視和對自身「平俗」的強調又是在中唐特定的社會歷史背景下所產生的與其出身和經濟地位息息相關的「中人」意識和人生思想所決定的。因此，白居易詩文中的「平俗」、真實是由其個人的思想所派生出來的。也正是他對自我「平俗」的高度認同導致了其對道教神仙思想、莊子神人和至人觀念的排斥態度。作為俗人，詩人毫不掩飾地在詩中表現了對道士、仙人及長生不老之術的羨慕之情，而且記錄了自己燒丹煉藥的努力實踐，但對道教的懷疑和嘗試的失敗最終促使詩人對道教採取了否定、批判的態度。

　　對老莊無為自然、逍遙自在等思想，白居易在《和〈思歸樂〉》、《隱几》、《養拙》、《冬夜》、《讀莊子》、《早春》、《留別微之》、《江上對酒二首》等詩中都表現出老莊隱几坐忘等思想的肯定。他甚至曾提

出「行禪與坐忘，同歸無異路。」(《睡起晏坐》)的觀點。中國佛教
哲學的心性思想在調和性情、平衡身心等方面與儒家、道家所追求的
自覺突破世俗利益的束縛而使人的本眞生命的存在不受外界控制並
試圖超越的思想是頗爲相近的。老莊的坐忘、靜觀和佛教的坐禪、虛
空等思想在儒家的「天人合一」、「盡心知性」的思想體系中給白居易
所帶來的調和身心、平衡情性的實用價值在某種程度上是相當的。《禮
記‧樂記》中的「人生而靜，感於物而動」一語揭示了儒家思想中對
性本靜、情易動的認識。在儒家看來保持人性本靜的狀態、調和性情
並使身心達到平衡是非常重要的。因此，對深受儒家文化影響的白居
易來說，無論是積極入世還是「中隱」處世，保持自己的平靜之心而
不受外界的干擾才是最重要的。而老莊「知足不辱」、「無爲無不爲」、
「逍遙」「自然」的思想和佛教所宣揚的「心性本淨」、「明心見性」、
「即心即佛」等思想也自然成爲白居易調和情性、平衡身心的重要手
段。也正是在這種意義上，白詩中出現了莊禪合論的現象。對於老莊
無爲而無不不爲、不受外物之累而實現生命絕對自由的逍遙，白居易
是十分贊同的：

　　　　身外名何有，人間事且休。澹然方寸內，唯擬學虛舟。
　　(《秋寒》)

　　　　忘榮知足委天和，亦應得盡生生理。(《吟四雖》)

　　　　不如家池上，樂逸無憂患。有食適吾口，有酒酡吾顏。
　　恍惚遊醉鄉，希夷造玄關。五千言下悟，十二年來閒。(《閒
　　題家池寄王屋張道士》)

對名利榮辱等身外之物，詩人以老莊思想來擺脫這些對自己的誘惑、
干擾和影響。但是，在眞正領會到佛教空理所蘊含的感悟與理性相結
合且具有超越性的思想內涵後，白居易對莊子不作善惡分別的「任其
性命之情」(《莊子‧駢拇》)的思想提出了自己的看法。作於公元834
年的《讀莊子》詩云：

　　　　莊生齊物同歸一，我道同中有不同。遂性逍遙雖一致，

　　鸞凰終校勝蛇蟲。

莊子「齊物」、「遂性逍遙」的思想與自己的追求表面看來是一致的，但對莊生不分善惡是非的觀點，白居易最終是不能贊同的。因為在詩人看來「鸞凰」最終還是勝於「蛇蟲」的。〔註24〕

　　白居易在詩中所說的對「齊物」同中有所不同的思想認識，實質上源自於佛教空觀的辯證思維。佛教所講的「空」即一切的本質為空表面看來似乎與莊子所謂的「逍遙」十分相似。但實際上，佛教的「空」與莊子所追求的無善惡分別的絕對的逍遙自由並不相同。佛教的「空」並非是否定一切、沒有善惡分別的概念。「空」是佛教中更高的境界，但並不是說講「空」就如「逍遙」一樣，將一切都否定了，沒有善惡，不講道德了。事實上，佛教的「空」與「有」是統一的，只是二者是在真諦（即理諦，是絕對真理）與俗諦（即事諦，是相對真理）的不同意義上講的。從真諦意義上的「空」是否定概念，即「無」；而從俗諦意義上的「有」則是肯定概念，即是有。因此，在特定的時空中，在特定的因緣條件作用下，各種事物在相依相對的關係中所呈現出來的能為世俗之智認識和體驗到的「有」是存在的。〔註25〕也就是白居易所說的「鸞凰終校勝蛇蟲」的善惡、高低的區別是存在的，是不能不做出區別的。但是這種存在區別的「有」與所追求的「遂性逍遙」是統一的。因為「遂性逍遙」如「空」一樣，是從絕對真理意義上講的，所以在白居易看來，即使是追求莊子所說的「遂性逍遙」也要在事相上區分善惡、道德。這也就是詩人所謂的「我道同中有不同」吧。而這種對善惡、道德分別的重視也是與儒家文化浸潤下的白居易的思想十分契合的。正如上文所指出的，追求實踐人與自然、與社會和他人、與自我的和諧是中國的辯證理性的主要表現。基於此點，儒、釋、

〔註24〕參閱謝思煒撰：《白居易詩集校注》（第五冊），北京：中華書局，2006年版，第2424頁。

〔註25〕參閱多識仁波切：《愛心中爆發的智慧》，蘭州：蘭州大學出版社，2005年版，第104～121頁。

道才具有了融會的基礎。白居易也正是出於對和諧的追求，在深入領悟了佛教以超越性爲特徵、具有辯證邏輯性的思想後，將儒、釋、道思想融合在自身的生活中，從而實踐了眞正的整體、辯證的和諧。

　　作爲頗有思想和個人見解的文人士大夫，白居易在與佛禪的深入接觸和實踐中，旁鑒老莊，愈至老年反而達到了身閒神安、心靈平靜的狀態。

　　　　外養物不費，内歸心不煩。不費用難盡，不煩神易安。

　　（《夏日作》）

雖然詩人已進入齒落身老的垂暮之年，但在對情理的融彙、對佛禪及老莊之理的應用無礙中，詩人將自我的人生提高到一個新的境界。正如《齒落辭》中所言：

　　　　昔君之壯也，血剛齒堅；今君之老矣，血衰齒寒。輔
　　　　車齗齶，日削月朘。上參差而下脆脆，曾何足以少安。嘻，
　　　　君其聽哉：女長辭姥，臣老辭主。髮衰辭頭，葉枯辭樹。
　　　　物無細大，功成者去。君何嗟嗟，獨不聞諸道經：我身非
　　　　我有也，蓋天地之委形；君何嗟嗟，又不聞諸佛説：是身
　　　　如浮雲，須臾變滅。由是而言，君何有焉？所宜委百骸而
　　　　順萬化，胡爲乎嗟嗟於一牙一齒之間。吾應曰：吾過矣，
　　　　爾之言然。

詩人的垂老不捨之情與「盛衰相尋之理」相映襯，在道經委順和佛教虛無之理的作用下，詩人的惜老戀生之情在佛理的指導下得到了平衡。詩作在凸顯詩人眞情的同時，也使人體悟到蘊藏在白居易曠達中的人生智慧。白居易的人生的智慧正是他從人生實踐的需要出發，挖掘佛學思想的內在價值和實用性所獲得的。而這恰恰顯示出中國文化深層所具有的辯證理性思維方式對白居易的作用。

　　不論是持齋受戒，篤信淨土，修鑄密宗幢鐘，還是以世俗綺語文字結「轉法輪」之緣，白居易最終在大乘佛教《維摩詰所説經》中所推崇的「在欲而行禪」中打通了文學與宗教的界限，協調了世俗需要與宗教解脱之間的衝突，在身心平衡的「閒適」中追尋到了自我心靈

的寧靜和心靈本性的清淨。在「身雖歿心長在，暗施慈悲與後人。」
（《開龍門八節石灘詩二首》之二）的全新的人生境界中，皈依佛教
的白居易在對佛法的主動性選擇中改變了自我的思想意識，使自己的
人生進入了一個更高的境界。而這正是佛教的眞正意義之所在。

結　語

　　文學與宗教之間微妙複雜的關係是比較文學跨學科、跨文化研究中不可或缺的重要內容。在文學研究中，「宗教」的存在雖然不是其研究的主要議題，但卻是無法避免的環節。宗教是人的終極關懷，是與人的生存本質相關的。因此它內在於人類的一切文化形式之中，作爲「人學」的文學當然也不例外。研究古今中外文學及其發展歷史，可以看出中外文學史上不同時期有特色有影響的作家大多都與宗教文化有著某種聯繫。從二十世紀末開始出現的世界範圍內的宗教回潮促使更多的人重新審視、挖掘宗教信仰、宗教哲學思想和文化的價值、作用。作家、作品與宗教的關係也自然成爲研究者所關注的重點。白居易文集中所表現出的其自身所具有的複雜的思想使他成爲引人注目的研究對象。

　　白居易是唐代文學史上創作頗豐而又親自編集自己的作品的詩人。他各體兼善，取材廣泛，加之精勵刻苦，這使他的文學活動持續的時間較長，作品數量較多且體式豐富。《御選唐宋詩醇》卷十九稱：

　　　唐人詩篇幅最富者，無如白居易詩。……詩名之盛，
　　前古儷矣。〔註1〕

─────────────

〔註1〕〔清〕乾隆十五年御選：《御選唐宋詩醇》，《四庫全書》(第1448冊)，
　　　上海：上海古籍出版社，1987年版，第405頁。

正是「喜文嗜詩」的偏好和自己的努力使他在中唐的文壇佔有較高的
地位，並眞正實現了自己「身後文章合有名」(《編者按集拙詩成一十
五卷因題卷末戲贈元九李十二》) 的願望。在「我亦定中觀宿命，多
生債負是歌詩。」(《自解》)「猶殘口業未拋詩」(《寄題廬山舊草堂兼
呈二林寺道侶》) 等詩句中，足以見出詩文創作之於白居易，不僅僅
是一種癖習，而是融入其生活並展示個人生命價值的重要內容。在
「釋、道、儒這三個在中國古代文化史中舉足輕重的宗教與思想流派
似乎都在『漁陽鼙鼓』停息後悄悄開始了內在理路的根本轉向」(註2)
的背景下，尤其是在洪州禪所代表的南宗禪在中唐的盛行和禪思想逐
漸滲入世俗並爲眾多的文人士大夫所接受的社會環境下，白居易囊括
世間一切、眞切地展示自我、記錄自我平俗的日常生活的詩歌創作及
其文集中所表現的與禪僧的親密往來、對佛理的感悟以及將反覆編定
的文集送入寺院的行爲和其「香山居士」的命名，這些都表明了他與
佛教之間的密切關係。但與此同時，儒家、老莊及道教的思想在白居
易的詩文中也均有所體現。白居易融合了儒釋道(老莊與道教)思想、
卻又不分宗戶門派地參學佛理以及其皈依佛教的言行，使他在佛教信
仰和運用方面成爲有別於同時代崇佛士人的代表。作爲中唐的文人士
大夫，白居易與佛教特別是南宗禪思想的接觸和參悟，在一定程度上
代表了南宗禪與文人士大夫的關係以及以南宗禪爲代表的中國佛學
的創新和發展。而他對佛教實用性的深入挖掘與融合儒釋道思想的實
踐也體現出中國辯證理性思維方式的作用。

　　作爲一種外來的宗教，佛教從東漢末年入華，經過在中國近六百
年的傳播與發展，到中唐時期已經成爲理論與實踐體系較爲完備的宗
教派別。中國佛教哲學思想在隋唐時期也得到了大力的發展。在這個
過程中，佛教在吸收、借鑒中國傳統文化和儒、道思想觀念的同時在
印度佛教的傳統基礎上創造、發展，從而建立了符合中國的文化特點

〔註2〕 葛兆光：《中國禪思想史——從 6 世紀到 9 世紀》，北京：北京大學
　　　 出版社，1995 年版，第 333 頁。

和中國人的思維方式的思想結構體系。在白居易所生活的中唐時期，雖然儒家士人們有部分地持佞佛和反佛兩種極端的態度，但是大多數人都或多或少地受到中國佛禪思想的影響並在自覺或不自覺地爲三教的調和作出了努力。身處此種大環境下的白居易，對包含佛教哲學思想和佛教義理的中國佛學，既非「佞」又非「反」。他雖於晚年自稱歸依佛教並以「香山居士」自封，但從現實的不同角度和利益出發，白居易對中國佛學的意義和價值的看法又是有所變化的。作爲有個人思想的文人，在深入領悟和借鑒佛學思想的同時，他並不盲從，而是從個人需要的角度對其進行選擇。正因爲如此，其皈依佛教也經歷了一個較長的發展過程。更加徹底地直面人生問題與深入地接觸佛學思想相互交錯，使白居易在現實生活中親身體會到了佛學思想及其義理的可實踐性和實用性，並在佛教的啓發、引導下，在現實生活與精神解脫等方面進行了協調而成爲「在家出家」的居士。

　　中國的儒家、道家也爲白居易調節性情、平衡身心、追求超越性的精神世界提供了有效的思想和途徑。從自我的「『中人』意識和現世精神」以及個人的人生實踐的需要出發，儒、釋、道的思想更自然地協調統一在白居易的整體思想中。即使對被佛教認爲是「綺語」、「口業」的詩文，在白居易得大乘佛教之精義的理解中也得到了統一。佛教特別是以「菩提心」、「慈悲心」、「方便智」爲核心思想的大乘佛教所包含的「以智化欲」、「在欲行禪」、「色空不二」、無分別等富有辯證、整體思維特點的義理思想使白居易更易於立足於自我、融會各種思想並在不斷深入地自我認知中應用無礙，從而將佛教信仰自然地溶入到自己的現實生活和精神生活中。以淺易、眞切的語言表現平俗、率性的眞我並在釋放情感的同時，表達出自我的體悟。正是在這些狂言綺語中，詩人得到了修學佛道、利樂眾生而精進的力量。由此，被視爲「廣大教化主」的白居易在皈依佛教的過程中也最終在晚年使自己的人生進入了一個全新的境界。

　　從白居易的詩學思想、詩歌創作來看，其「根情」說和在實踐自

我平俗風格的創作中所表現出的個人主體性意識的自覺和強烈的自我意識以及其詩作中的心境交融之境與對情理交融的認識，這些一方面顯示了佛學話語與語境對白居易思想及其詩歌創作的影響，另一方面也表明了白居易對佛教話語的闡釋以及佛教思維方式的詩學價值。白居易的文本記錄了他的一生，並展示了真實自我的蛻變過程。誠然，白居易過於頻繁的寫作和取材的無所限制使他的詩作呈現出庸常和瑣屑的傾向。但從另一面來看，白詩的這一特點卻在不經意中開創了中國詩歌的新局面並打破了固有的美學意識。他以中國佛學圓融無礙、方便任運的思想打通了文學創作與佛教信仰之間的界限，為唐以後的崇佛之人將佛教思想融入個人生活提供了範本；而這也標誌著佛學思想在整體上已經逐漸溶入中國社會和意識形態傳統，並成為具有辯證理性思維特徵的中國文化的重要組成部分。

主要參考文獻

1. 〔宋〕釋·贊寧:《宋高僧傳》,范祥雍點校,北京:中華書局,1987年。

2. 〔宋〕釋·普濟:《景宋寶祐本無燈會元》,線裝本。

3. 〔宋〕釋·道原:《景德傳燈錄》,四部叢刊本,上海:上海書店,1985年。

4. 〔宋〕阮閱:《詩話總龜》,北京:人民文學出版社,1987年。

5. 〔宋〕葛立方:《韻語陽秋》,上海:上海古籍出版社,1984年。

6. 〔宋〕計有功:《唐詩紀事校箋》,王仲鏞校箋,成都:巴蜀書社,1989年。

7. 〔宋〕洪邁:《容齋隨筆》,四庫全書本,上海:上海古籍出版社,1987年。

8. 〔宋〕胡仔:《苕溪漁隱叢話》,廖德明校點,北京:人民文學出版社,1962年。

9. 〔宋〕魏慶之:《詩人玉屑》,上海:上海古籍出版社,1978年。

10. 〔宋〕晁迥:《法藏碎金錄》,四庫全書本,上海:上海古籍出版社,1987年·

11. 〔清〕王士禎:《帶經堂詩話》,戴鴻森校點,北京:人民文學出版社,1963年。

12. 〔清〕《御選唐宋詩醇》,四庫全書本,上海:上海古籍出版社,1987年。

13. 〔清〕趙翼:《甌北詩話》,霍松林、胡主祐校點,北京:人民文學出版,1981年。

14. 〔英〕崔瑞德編：《劍橋中國隋唐史》（589～906），中國社會科學院歷史研究所、西方漢學研究課題組譯，北京：中國社會科學出版社，1990 年。

15. 湯用彤：《湯用彤全集》（七卷），石家莊：河北人民出版社，2000 年。

16. 陳寅恪：《隋唐制度淵源略論稿（外二種）》，石家莊：河北教育出版社，2002 年。

17. 梁啓超：《梁啓超全集》（第二、六、九冊），北京：北京出版社，1999 年。

18. 呂澂：《中國佛學源流略講》，北京：中國書局，1979 年。

19. 范文瀾：《唐代佛教》，北京：人民出版社，1979 年。

20. 劉隆凱整理：《陳寅恪<元白詩證史>講席側記》，武漢：湖北教育出版社，2005 年。

21. 羅香林：《唐代文化史研究》，影印本，上海：上海文藝出版社，1992 年。

22. 〔日〕礪波護：《隋唐佛教文化》，韓昇、劉建英譯，上海：上海古籍出版社，2004 年。

23. 榮新江主編：《唐代宗教信仰與社會》，上海：上海辭書出版社，2003 年。

24. 張國剛：《佛學與隋唐社會》，石家莊：河北人民出版社，2002 年。

25. 湯一介：《佛教與中國文化》，北京：宗教文化出版社，1999 年。

26. 文史知識編輯部編：《佛教與中國文化》，北京：中華書局，2005 年。

27. 張立文主編：《空境——佛學與中國文化》，北京：人民出版社 2005 年。

28. 葛兆光：《域外中國學十論》，上海：復旦大學出版社，2002 年。

29. 葛兆光：《道教與中國文化》，上海：上海人民出版社，1987 年。

30. 〔荷〕許理和：《佛教征服中國》，李四龍、裴勇等譯，南京：江蘇人民出版社，2003 年。

31. 賴永海：《中國佛教文化論》，北京：中國青年出版社，1999 年。

32. 李澤厚：《中國古代思想史論》，天津：天津社會科學院出版社，2004 年。

33. 〔日〕蜂屋邦夫：《道家思想與佛教》，雋雪豔、陳捷等譯，瀋陽：遼寧教育出版社，2000 年。

34. 葛兆光：《七世紀至十九世紀中國的知識、思想與信仰》（第二卷），
    上海：復旦大學出版社，2000 年。

35. 李羨林：《禪和文化與文學》，北京：商務印書館國際有限公司，1998
    年。

36. 〔日〕荒木見悟：《佛教與儒教》，杜勤、舒志田譯，鄭州：中州古
    籍出版社，2005 年。

37. 葛兆光：《中國禪思想史——從 6 世紀到 9 世紀》，北京：北京大學
    出版社，1995 年。

38. 高令印：《中國禪學通史》，北京：宗教文化出版社，2004 年。

39. 印順：《中國禪宗史》，上海：上海書店，1992 年。

40. 張曼濤主編：《佛教與中國文化》，臺北：大乘文化出版社，民國
    67 年（1978）。

41. 張曼濤主編：《佛教與中國文學》，臺北：大乘文化出版社，民國
    66 年（1977）。

42. 張曼濤主編：《禪學論文集》（禪學專集之二），臺北：大乘文化出
    版社，民國 65 年（1976）。

43. 姜義華主編：《胡適學術文集·中國佛學史》，北京：中國書局，1997
    年。

44. 任繼愈：《任繼愈禪學論集》，北京：商務印書館，2005 年。

45. 楊曾文：《唐五代禪宗史》，北京：中國社會科學出版社，1999 年。

46. 梁啓超：《佛學研究十八篇》，天津：天津古籍出版社，2005 年。

47. 方立天：《中國佛教哲學要義》，北京：中國人民大學出版社，2002
    年。

48. 姚衛群：《佛教入門——歷史與教義》，北京：中國人民大學，2006
    年。

49. 姚衛群：《佛學概論》，北京：宗教文化出版社，2002 年。

50. 《維摩詰所說經》，〔後秦〕鳩摩羅什譯，《大正藏》第 14 冊。

51. 《禪宗集成》，續藏經菁華選，臺北：藝文印書館，民國 57 年（1968）

52. 林世田，李德範編：《佛教經典精華》，北京：宗教文化出版社，1999
    年。

53. 駱繼光主編：《佛教十三經》，石家莊：河北人民出版社，1994 年。

54. 多識仁波切：《愛心中爆發的智慧》，蘭州：蘭州大學出版社，2005
    年。

55. 〔法〕讓-弗朗索瓦·勒維爾，馬蒂厄·里卡爾：《和尚與哲學家》，

陸元昶譯，南京：江蘇人民出版社，2005 年。

56. 丁福保輯：《歷代詩話續編》，北京：中華書局，1983 年。

57. 周裕鍇：《禪宗語言》，杭州：浙江人民出版社，1999 年。

58. 張伯偉：《禪與詩學》，杭州：浙江人民出版社，1992 年。

59. 〔日〕岡村繁：《唐代文藝論》，張寅彭譯，上海：上海古籍出版社，2002 年。

60. 張節末：《禪宗美學》，杭州：浙江人民出版社，1999 年。

61. 霍然：《唐代美學思潮》，長春：長春出版社，1990 年。

62. 劉墨：《禪學與藝境》，石家莊：河北教育出版社，2002 年。

63. 〔美〕宇文所安：《中國「中世紀」的終結》，陳引馳、陳磊譯，北京：生活‧讀書‧新知三聯書店，2006 年。

64. 羅根澤編：《隋唐文學批評史》，臺北：臺灣商務印書館，1966 年。

65. 傅璇琮。羅聯添主編：《唐代文學研究論著集成》，西安：三秦出版社，2004 年。

66. 聞一多：《唐詩雜論》，上海：上海世紀出版集團，上海古籍出版社，2006 年。

67. 戴偉華：《唐代文學綜論》，北京：商務印書館，2006 年。

68. 馬自力：《中唐文人之社會角色與文學活動》，北京：中國社會科學出版社，2005 年。

69. 郭紹林：《唐代士大夫與佛教》，鄭州：河南大學出版社，1987 年。

70. 李乃龍：《雅人深致與宗教情緣──唐代文人的生活樣態》，臺北：臺北文津出版社，2000 年。

71. 查屏球：《唐學與唐詩──中晚唐詩風的一種文化考察》，北京：商務印書館，2000 年。

72. 屈小強：《俠心劍膽：唐代詩人的文化精神與人生意趣》，濟南：濟南出版社，2002 年。

73. 陳炎，李紅春：《儒釋道背景下的唐代詩歌》，北京：崑崙出版社，2003 年。

74. 孟二冬：《中唐詩歌之開拓與新變》，北京：北京大學出版社，1998 年。

75. 張再林：《唐宋士風與詞風研究──以白居易、蘇軾為中心》，北京：人民文學出版社，2005 年。

76. 項楚 等：《唐代白話詩派研究》，成都：巴蜀書社，2005 年。

77. 蕭馳：《佛法與詩境》，北京：中華書局，2005 年。

78. 陳允吉：《古典文學佛教溯源十論》，上海：復旦大學出版社，2002 年。

79. 陳允吉：《唐音佛教辨思錄》，上海：上海古籍出版社，1988 年。

80. 孫昌武：《游學集錄——孫昌武自選集》，天津：南開大學出版社，2004 年。

81. 孫昌武：《文壇佛影》，北京：中華書局，2001 年。

82. 孫昌武：《道教與唐代文學》，北京：人民文學出版社，2001 年。

83. 陳引馳編著：《佛教文學》，上海：上海人民美術出版社，2003 年。

84. 陳引馳：《隋唐佛學與中國文學》，南昌：百花洲文藝出版社，2002 年。

85. 孫昌武：《唐代文學與佛教》，西安：陝西人民出版社，1985 年。

86. 孫昌武：《佛教與中國文學》，上海：上海人民出版社，1988 年。

87. 孫中行：《佛教與中國文學》，合肥：安徽教育出版社，1984 年。

88. 趙杏根：《佛教與文學的交會》，臺灣：臺灣學生書局，2004 年。

89. 張志剛：《宗教學是什麼》，北京：北京大學出版社，2002 年。

90. 〔加〕威爾弗雷德‧坎特韋爾‧史密斯：《宗教的意義與終結》，董江陽譯，北京：中國人民大學出版社，2005 年。

91. 〔英〕凱特‧洛文塔爾：《宗教心理學簡論》，羅躍軍譯，北京：北京大學出版社，2002 年。

92. 〔英〕麥克‧阿蓋爾：《宗教心理學導論》，陳彪譯，北京：中國人民大學出版社，2005 年。

93. 〔蘇聯〕德‧莫‧烏格里諾維奇：《宗教心理學》，沈翼鵬譯，北京：社會科學文獻出版社。1989 年。

94. 〔美〕瑪麗‧喬梅‧多，理查德‧德‧卡霍：《宗教心理學——個人生活中的宗教》，陳麟書等譯，成都：四川人民出版社，1990 年。

95. 謝思煒撰：《白居易詩集校注》，北京：中華書局，2006 年。

96. 朱金城箋注：《白居易集箋校》，上海：上海古籍出版社，1988 年。

97. 朱金城：《白居易年譜》，上海：上海古籍出版社，1982 年。

98. 朱金城：《白居易集研究》，西安：陝西人民出版社，1987 年。

99. 陳友琴編：《白居易資料彙編》，北京：中華書局，1962 年。

100. 張弘：《迷路心回因向佛——白居易與佛禪》，鄭州：河南人民出版社，2001 年。

101. 朱傳譽主編:《白居易傳記資料》(二十一冊),臺北:天一出版社,民國 71~74 年(1982~1985)。

102. 王拾遺:《白居易研究》,上海:上海文藝聯合出版社,1954 年。

103. 褚斌傑:《白居易評傳》,北京:人民文學出版社,1980 年。

104. 〔日〕花房英樹:《白居易》,黃瑋等譯,北京:社會科學文獻出版社 1991 年。

105. 〔日〕靜永健:《白居易寫諷諭詩的前前後後》,劉維治譯,北京:中華書局,2007 年。

106. 謝思煒:《白居易集綜論》,北京:中國社會科學出版社,1997 年。

107. 蹇長春:《白居易評傳》,南京:南京大學出版社,2002 年。

108. 許海東:《諷喻、美麗、感傷──白居易之詩賦邊境及其文化風情》,臺北:萬卷樓圖書股份有限公司,2005 年(民國 94 年)。

109. 方漢文:《比較文學高等原理》,海口:南方出版社,2002 年。

110. 方漢文:《比較文化學》,桂林:廣西師範大學出版社,2003 年。

111. 俞炳禮:《白居易研究》,國立臺灣師範大學中國文學研究所博士論文,1988 年。

112. 林明珠:《白居易詩探析》,臺灣東吳大學中國文學系博士論文,1997 年。

113. 李敬一:《白居易詩歌的三大主題研究》,北京大學中國古代文學博士論文,2001 年。

114. 李振榮:《白「俗」論考》,復旦大學中國古代文學博士論文,2001 年。

115. 羅聯添:《白居易與佛道關係重探》,《唐代研究論集》(第四輯),臺北:新文豐出版公司,民國 81 年(1982)。

116. 蔣寅:《古典詩歌中的「吏隱」》,《蘇州大學學報》(哲學社會科學版),2004 年第 2 期,第 51~58 頁。

117. 姚衛群:《印度古代宗教哲學中展示的思維方式》,《杭州師範學院學報》(社會科學版),2003 年第 5 期,第 59~65 頁。

118. 方立天:《佛教「空」義解析》,《中國人民大學學報》,2003 年第 6 期,第 55~60 頁。

119. 蔣寅:《語象·物象·意象·意境》,《文學評論》,2002 年第 3 期,第 69~75 頁。

120. 吳學國,秦琰:《從「天人和合」到「心境交融」──佛教心性論影響下中國傳統審美形態的轉化》,《南開學報》(哲學社會科學版)

第 103～109 頁。

121. 蕭麗華：《白居易詩中莊禪合論之底蘊》,《唐代文學研究》（第七輯）,桂林：廣西師範大學出版社,1998 年。

122. 朱易安：《中唐詩人的濟世精神和宗教情緒》,《人大複印資料》,1998 年第 11 期,第 21～26 頁。

123. 詹志和：《復合思維：佛教與美學在思維特徵上的共相》,《中國文學研究》,2003 年第 4 期,第 8～13 頁。

124. 方立天：《中國佛教直覺思維重要詞語略說》,《中國文化研究》,2001 年秋之卷,第 66～68 頁。

125. 姚衛群：《佛教的有爲法與無爲法觀念》,《北京大學學報》（哲學社會科學版）,2005 年第 1 期,第 133～139 頁。

126. 方立天：《中國佛教哲學思維的歷史演變》,《哲學研究》,2002 年第 1 期,第 38～44 頁,第 2 期,第 54～59 頁。

127. 胡遂：《從「平常心是道」看白居易平易淺俗詩風》,《文學評論》,2007 年第 1 期,第 37～41 頁。

128. 謝思煒：《白居易諷諭詩的語言分析》,《文學遺產》,2006 年第 1 期,第 66～72 頁。

129. 謝思煒：《白居易諷諭詩的詩體與言說方式》,《陝西師範大學學報》（哲學社會科學版）,2004 年第 3 期,第 43～47 頁。

130. 尚永亮,李丹：《「元和體」原初内涵考論》,《文學評論》,2006 年第 2 期,第 48～56 頁。

131. 馬現誠：《白居易與佛教》,《江漢論壇》,1999 年第 2 期,第 85～88 頁。

132. 王新亞：《白居易的淨土信仰與後期詩風》,《山西大學師範學院學報》（哲學社會科學版）,1998 年第 2 期,第 50～53 頁。

133. 檀作文：《試論白居易的閒適精神》,《安慶師範學院學報》（社會科學版）,2000 年第 1 期,第 43～46 頁。

134. 貫文昭：《白居易的「物感」說》,《江淮論壇》,1997 年第 6 期,第 78～84 頁。

135. 左漢林：《唐代采詩制度及其與元白新樂府創作的關係》,《山東大學學報》（哲學社會科學版）,2006 年第 6 期,第 47～52 頁。

附　錄

白居易有關道、佛作品編年對照表

年　代	與道家思想、道教有關的作品	與佛學思想、佛教有關的作品
德宗貞元十六年（800）左右		《客路感秋寄明準上人》 《感芍藥花寄正一上人》 《題贈定光山人》 《旅次景空寺宿幽上人院》
貞元十八年（802）	《動靜相交養賦》	
貞元十九年（803）	《大巧若拙賦》	
貞元二十年（804）		《八漸偈》
順宗永貞元年（805）	《永崇里觀居》 《感時》 《春中與盧四周諒華陽觀同居》	
憲宗元和元年（806）	《夢仙》（806～815） 《策林·十一》（黃老術）	《雲居寺孤桐》 《丘中有一士二首》之二 《策林·六五》（議釋教）

元和二年 （807）		《送文暢上人東遊》
元和三年 （808）	《松齋自題　時爲翰林學士》 《夏日獨直寄蕭侍御》	《禁中》（808～810） 《松齋自題　時爲翰林學士》
元和四年 （809）	《海漫漫》	《兩朱閣》 《同錢員外題絕糧僧巨川》
元和五年 （810）	《隱几》 《和〈思歸樂〉》 《題贈鄭秘書徵君石溝溪隱居》	《見元九悼亡詩因以此寄》 《早梳頭》 《酬錢員外雪中見寄》 《重酬錢員外》 《新磨鏡》 《贈別宣上人》 《和夢遊春詩一百韻》 《和〈思歸樂〉》
元和六年 （811）	《渭上偶釣》 《養拙》（811～814） 《清夜琴興》（811～813） 《遣懷》（811～813）	《白髮》 《自覺二首》之二 《夜雨》 《送兄弟回雪夜》 《夏日》（810～811）
元和七年 （812）	《適意二首》 《歸田三首》之三 《詠拙》	《遊藍田山卜居》 《念金鑾子二首》之二 《蘭若寓居》
元和八年 （813）	《效陶潛體十六首》之六、之十二、之十四 《對酒》（812～813）	《贈王山人》（811～814）
元和九年 （814）	《冬夜》 《遊悟眞寺詩　一百三十韻》 《村居寄張殷衡》 《渭村退居寄禮部崔侍郎翰林錢舍人詩一百韻》	《遊悟眞寺詩　一百三十韻》 《渭村退居寄禮部崔侍郎翰林錢舍人詩一百韻》 《夢裴相公》 《夜雨有念》 《眼暗》

元和十年 （815）	《酬吳七見寄》 《朝回遊城南》 《對酒》 《讀莊子》 《題李山人》	《贈杓直》 《恒寂師》 《夢舊》 《苦熱題恒寂師禪室》 《罷藥》 《晏坐閒吟》 《歲暮道情二首》 《強酒》
元和十一年 （816）	《尋李道士山居兼呈元明府》 《宿簡寂觀》 《早春》（816〜817） 《詠意》 《睡起晏坐》（816〜817） 《送毛仙翁》（816〜818） 《香爐峰下新置草堂即事詠懷題於石上》	《晚春登大雲寺南樓贈常禪師》 《宿西林寺早赴東林滿上人之會因寄崔二十二員外》 《寄李相公崔侍郎錢舍人》 《放魚》
元和十二年 （817）	《答崔侍郎錢舍人書問因繼以詩》 《詠懷》 《酬贈李煉師見招》 《潯陽歲晚寄元八郎中庾三十二員外》 《贈韋煉師》 《齊物二首》（817〜818）	《因沐感發寄郎上人上二首》 《正月十五日夜東林寺學禪偶懷藍田楊六主簿因呈智禪師》 《山居》 《讀僧靈澈詩》 《閒吟》 《江樓夜吟元九律詩成三十韻》 《興果上人歿時題此訣別兼簡二林僧社》
元和十三年 （818）	《詠懷》 《對酒》 《尋郭道士不遇》 《醉吟二首》之一 《達理二首》 《郭虛舟相訪》 《問韋山人山甫》 《送蕭煉師步虛詞十首卷後以二絕繼之》	《贖雞》（817〜818） 《放魚》 《自題》 《自悲》 《贈曇禪師 夢中作》 《廬山草堂夜雨獨宿寄牛二李七庾三十二員外》 《自到潯陽生三女子因詮真理用遣妄懷》 《唐撫州景雲寺故律大德上弘和尚石塔碑銘》

元和十四年 （819）	《江州赴忠州至江陵已 來舟中示舍弟五十 韻》	《別草堂三絕句》之二 《郡齋暇日憶廬山草堂兼寄二林僧 社三十韻多敘貶官已來出處之意》 《和李澧州題韋開州經藏詩》 《醉後戲題》 《傳法堂碑》 《東林寺經藏西廊記》
元和十五年 （820）	《我身》 《委順》	《不二門》 《遣懷》 《戲贈蕭處士清禪師》、《錢徽州以三 堂絕句見寄因以本韻和之》
穆宗長慶元年 （821）	《卜居》 《中書寓直》 《新昌新居書事四十韻 因寄元郎中張博士》	《春憶二林寺舊遊因寄朗滿晦三上 人》 《寄山僧》 《慈恩寺有感》 《新昌新居書事四十韻因寄元郎中 張博士》
長慶二年 （822）	《予與故刑部李侍郎早 結道友以藥術為事與 故京兆元尹晚為詩侶 有林泉之期周歲之間 二君長逝李住曲江北 元居昇平西追感舊遊 因貽同志》 《逍遙詠》 《題別遺愛草堂兼呈李 十使君》 《秋寒》 《不睡》 《宿竹閣》	《逍遙詠》 《寓言題僧》 《宿清源寺》 《東院》 《清調吟》 《晚歲》 《續座右銘》
長慶三年 （823）	《無可奈何歌》（823 年 前） 《獨行》 《贈蘇煉師》 《新秋病起》	《無可奈何歌》（823 年前） 《繡阿彌佗佛贊》（823 年前） 《自誨》（823 年前） 《與濟法師書》（823 年前） 《題靈隱寺紅辛夷花戲酬光上人》 《題孤山寺山石榴花示諸僧眾》

長慶四年 （824）	《題石山人》 《舟中李山人訪宿》 《自詠》 《仲夏齋戒月》 《味道》	《仲夏齋戒月》 《內道場永歡上人就郡見訪善說維摩經臨別請詩因以此贈》 《北院》 《天竺寺送堅上人歸廬山》 《留題天竺靈隱兩寺》 《招韜光禪師（見咸淳臨安志）》 《味道》 《愛詠詩》 《遠師》 《問遠師》
敬宗寶曆元年 （825）	《同微之贈別郭虛舟煉師五十韻》 《故饒州刺史吳府君神道碑銘》	《寄韜光禪師》（825～826）
寶曆二年 （826）	《留別微之》 《江上對酒二首》之一 《有感三首》之三 《遊紫霄宮》（無確定時間）	《自詠五首》之一、之二 《仲夏齋居偶題八韻寄微之及崔湖州》 《眼病二首》 《酒筵上答張居士》 《答次休上人》 《感悟妄緣題如上人壁》
文宗大和元年 （827）		《三教論衡》 《閑詠》 《登靈應臺北望》 《與僧智如夜話》
大和二年 （828）	《北窗閑坐》 《雨中招張司業宿》 《和送劉道士遊天台》 《和櫛沐寄道友》 《和送劉道士遊天台》 《贈朱道士》 《贈王山人》	《繡觀音菩薩像贊》（827～828） 《畫水月菩薩贊》（827～828） 《觀幻》 《戊申歲暮詠懷三首》之一 《題道宗上人十韻》（827～828） 《齋月靜居》、《和晨霞》

大和三年 （829）	《和朝回與王煉師遊南山下》（828～829） 《對酒五首》之一、之二、之三 《自題》 《贈鄰里往還》 《池上即事》 《偶作》 《不出門》 《中隱》	《和知非》 《僧院花》 《偶作》 《不出門》 《中隱》 《蘇州重玄寺法華院石壁經碑文》 《祭中書韋相公文》
大和四年 （830）	《不如來飲酒七首》之五 《偶吟二首》 《晨興》 《朝課》 《登天宮閣》 《疑夢二首》	《不如來飲酒七首》之七 《逢舊》 《晚起》 《對小潭寄遠上人》 《行香歸》 《嗟髮落》 《秋遊平泉贈韋處士閑禪師》 《秋池》 《和微之十七與君別及朧月花枝之詠》 《夜題玉泉》
大和五年 （831）	《府齋感懷酬夢得》 《與諸道者同遊二室至九龍潭作》	《齋居》 《贈僧五首》 《祭微之文》
大和六年 （832）	《從龍潭寺至少林寺題贈同遊者》 《天壇峰下贈杜錄事》	《夜從法王寺下歸嶽寺》 《贈韋處士六年夏大熱旱》 《結之》 《醉後重贈晦叔》 《睡覺》 《重修香山寺畢題二十二韻以紀之》 《修香山寺記》 《初入香山院對月》 《沃洲山禪院記》
大和七年 （833）	《四月池水滿》 《把酒》 《冬日早起閑詠》	《贈草堂宗密上人》 《喜照密閑實四上人見過》 《自詠》 《香山寺二絕》、

大和八年 （834）	《負春》 《思舊》 《寄盧少卿》 《詠懷》 《池上清晨候皇甫郎中》 《吟四雖　雜言》 《池上閒吟二首》之二 《早服雲母散》 《早夏遊平泉回》 《讀老子》 《讀莊子》 《曉上天津橋閒望偶逢盧郎中張員外攜酒同傾》	《負春》 《拜表回閒遊》 《早服雲母散》 《神照禪師同宿》 《詠所樂》 《風雪中作》 《讀禪經》 《閒臥》 《酬皇甫郎中對新菊花見憶》 《答皇甫十郎中秋深酒熟見憶》 《老去》 《送宗實上人遊江南》 《畫彌勒上生幀贊》 《大唐泗州開元寺臨壇律德徐泗灝三州僧正明遠大師塔碑銘》
大和九年 （835）	《感興二首》（834～835） 《犬鳶》 《七月一日作》 《閒園獨賞》 《詠懷》 《唐故虢州刺史贈禮部尚書崔公墓誌銘》	《短歌行》 《覽鏡喜老》 《二月一日作贈韋七庶子》 《早熱二首》 《偶作二首》 《因夢有悟》 《五月齋戒罷宴徹樂聞韋賓客皇甫郎中飲會亦稀又知欲攜酒饌出齋先以長句呈謝》 《宿香山寺酬廣陵牛相公見寄》 《唐故虢州刺史贈禮部尚書崔公墓誌銘》 《東林寺白氏文集記》
文宗開成元年 （836）	《老熱》 《隱几贈客》 《清明日登老君閣望洛城贈韓道士》 《奉酬淮南牛相公思黯見寄二十四韻》	《聖善寺白氏文集記》 《題天竺南院贈閒元旻清四上人》 《歡春風兼贈李二十侍郎二絕》之二 《齋戒滿夜戲招夢得》 《偶於維揚牛相公處覓得箏箏未到先寄詩來走筆戲答》 《長齋月滿寄思黯》 《長齋月滿攜酒先與夢得對酌醉中同赴令公之宴戲贈夢得》

		《奉酬淮南牛相公思黯見寄二十四韻》、《東都十律大德長聖善寺缽塔院主智如和尚荼毗幢記》
開成二年（837）	《狂言示諸姪》《春夜宴席上戲贈裴淄州》《感事》《燒藥不成命酒獨醉》《酬思黯戲贈》《齒落辭》	《三適贈道友》《六十六》《送李滁州》《長齋月滿寄思黯》《分司洛中多暇數與諸客宴遊醉後狂吟偶成十韻因招夢得賓客兼呈思黯奇章公》《齒落辭》《蘇州南禪院千佛堂轉輪經藏石記》
開成三年（838）	《自題小園》（838～839）《夢得相過援琴命酒因彈秋思偶詠所懷兼寄繼之待價二相府》《詠懷寄皇甫朗之》	《醉吟先生》《早春持齋答皇甫十見贈》《戲贈夢得兼呈思黯》《酬皇甫十早春對雪見贈》《和夢得洛中早春見贈七韻》《酬夢得以予五月長齋延僧徒絕賓友見戲十韻》《春日題乾元寺上方最高峰亭》《詠懷寄皇甫朗之》《與牛家妓樂雨夜合宴》《自詠》《九月八日酬皇甫十見贈》《池上幽境》《三年除夜》
開成四年（839）	《白髮》《對鏡偶吟贈張道士抱元》《初病風》《戒藥》	《白髮》《書事詠懷》《答閑上人來問因何風疾》《病中五絕句》《罷灸》《自解》《齋戒》《戲禮經老僧》《蘇州南禪院白氏文集記》《繡西方幀贊》（828～839）

開成五年 （840）	《足疾》 《閒題家池寄王屋張道士》 《閒居》	《老病幽獨偶吟所懷》 《在家出家》 《題香山新經堂招僧》 《寄題廬山舊草堂兼呈二林寺道侶》 《改業》 《自戲三絕句》 《閒居》 《畫西方幀記》 《畫彌勒上生幀記》 《香山寺新修經藏堂記》 《香山寺白氏洛中集記》 《唐東都奉國寺禪德大師照公塔銘》
武宗會昌元年 （841）	《逸老》 《遇物感興因示子弟》 《偶吟》 《雪夜小飲贈夢得》 《病中數會張道士見譏以此答之》	《六贊偈》 《山下留別佛光和尚》 《偶吟自慰兼呈夢得》 《寄潮州楊繼之》 《閏九月九日獨飲》 《李留守相公見過池上泛舟舉酒話及翰林舊事因成四韻以獻之》 《池上寓興二絕》 《寄題餘杭郡樓兼呈裴使君》
會昌二年 （842）	《不與老為期》（842～844） 《客有說》 《讀道德經》（842～846）	《佛光和尚眞贊》 《夢上山》 《晚起閒行》 《香山居士寫眞詩》 《二年三月五日齋畢開素當食偶吟贈妻弘農郡君》 《達哉樂天行》、《出齋日喜皇甫十早訪》 《酬南洛陽早春見贈》 《以詩代書酬慕巢尚書見寄》 《招山僧》 《夏日與閒禪師林下避暑》 《病中看經贈諸道侶》 《遊豐樂招提佛光三寺》

		《送後集往廬山東林寺兼寄雲皐上人》 《答客說》 《刑部尙書致仕》
會昌三年 （843）	《禽蟲十二章》之二 （843～846）	《道場獨坐》（842～844）、 《禽蟲十二章》之十二（843～846）
會昌四年 （844）		《開龍門八節石灘詩二首》
會昌五年 （845）		《歡喜二偈》（844～845）、 《齋居春久感事遣懷》
會昌六年 （846）		《自詠老身示諸家屬》 《自問此心呈諸老伴》 《齋居偶作》 以下收錄於《全唐詩》無確切時間： 《吹笙內人出家》、《贈張處士山人》、《宿誠禪師山房題贈》、《翻經臺（見咸淳臨安志）》、《辱牛僕射相公一箚兼寄三篇寄懷雅意多興味亦以三長句各各繼來意次而和之》

後　記

　　博士論文終於完成。我如釋重負。在寫作後記時，我突然意識到伴隨著論文寫作的完成、遞送、評審、答辯，博士研究生的生活即將正式結束，新的人生旅程亦將開始……百感交集。「一切有爲法，如夢幻泡影，如露亦如電，應作如是觀。」看著這句佛語在私人博客中鋪天蓋地而來之勢，同樣的百感交集。佛教之意義、宗教之力量，在今日之中國已經得到了眞正、足夠的重視？流行全球的瑜伽、冥想、普拉提也隨著印度文化在西方世界的擴張力而眞正爲全世界的人帶去智慧和健康？作爲潮流中的一份子，我在親身感受佛教的力量，同時也已經向實踐研究佛教邁出了一小步。

　　偶然的機會，在恩師方漢文教授的指點下，我確定了此次博士論文的選題。中國佛學，博大精深，內容繁多，掌握其精義並非易事。白居易，中唐的代表性詩人。對才疏學淺的我來說，此二者的結合更是對我的巨大挑戰。憑藉著自己對佛學的興趣，我開始大量搜集整理有關白居易與中國佛學之聯繫方面的資料。爲了獲得更多的論文材料，我於 2006 年 8 月赴北京國家圖書館查找相關的論文與書籍，大有收穫。於是，在方老師的教導下，我開始嘗試著將自己的想法寫成一篇一篇的論文，並反覆修改提煉觀點。最終便形成了這篇博士論文。

　　這篇論文的寫作是漫長的，也是短暫的。那些不眠夜和苦悶之

日，是艱難痛苦的路程；而當時感覺漫長的艱苦時光，在即將結束博士生活時，卻覺得短暫又令人難忘。這是值得珍惜的時光，讓人回味的苦痛。爲了論文的最後衝刺，我沒能參加爺爺的葬禮。他曾是最疼愛我、以我爲驕傲的人，我懷著對爺爺的崇敬和懷念完成了論文，並以此慰藉他的在天之靈。人生亦如夢幻泡影。他安詳的離去，讓我體會到了白居易「慚將理自奪，不是忘情人。」詩句的內涵。白居易其人其作與中國佛學關係之研究，對我而言，只有因個人能力所限未能深入研究拓展之遺憾，沒有應付學業而研究之無趣。而這遺憾恰恰成爲我奮起前行的重要動力。我堅信興趣加毅力和努力終究可以幫助我在將來進一步深入完善白居易與中國佛學關係這一論題的探討，我希望能夠以此爲基礎，進而將研究擴展到白居易與儒釋道三教關係的探討，並希望以此爲個案來進一步深入印證業師方漢文教授所提出的辯證理性的思維方式之於中國人、中國文化的重要意義。

最後，我要眞心地感謝導師方漢文教授在博士研究生階段對我的教導。諄諄教導必將使我終生受益。衷心地感謝吳雨平老師對我的關心與幫助。眞誠地感謝在論文方面曾給予我指導和幫助的趙杏根教授、汪榕培教授、李榮教授。同時，也眞誠地感謝陪伴、幫助我的學友們。相識是緣。雖然幻世泡影，如露如電，轉瞬即逝，但是師友們的鼓勵、支持和幫助令我珍惜難忘，也將鼓勵我繼續前行。在這裡也特別感謝我的父母、愛人和密友，他們默默的支持和關愛給予我勇氣和力量，讓我眞正成長。感恩之餘，我衷心祝願所有的人幸福安康。

鄒　婷

2008 年 4 月